唐詩物候

阜盧題

曾莹 著

南方日報出版社
NANFANG DAILY PRESS
中国·广州

图书在版编目（CIP）数据

唐诗物候 / 曾莹著. -- 广州 : 南方日报出版社,2023.4
ISBN 978-7-5491-2638-5

I. ①唐… II. ①曾… III. ①唐诗—诗集 IV. ①I222.742

中国版本图书馆CIP数据核字(2022)第220743号

TANGSHI WUHOU
唐诗物候

著　　者：曾　莹
出版发行：南方日报出版社
地　　址：广州市广州大道中289号
出 版 人：周山丹
策划统筹：谭庭浩
责任编辑：陈　焱
装帧设计：肖晓文
责任校对：朱晓娟
责任技编：王　兰
经　　销：全国新华书店
印　　刷：广州市岭美文化科技有限公司
开　　本：889mm×1194mm　1/32
印　　张：11.75
字　　数：282千字
版　　次：2023年4月第1版
印　　次：2023年4月第1次印刷
定　　价：68.00元

投稿热线：(020) 87360640　读者热线：(020) 87363865
发现印装质量问题，影响阅读，请与承印厂联系调换。

序　言

董上德

曾莹君的新著《唐诗物候》脱稿，发给我看，我看后回复一条微信："大著起于夏日，迄于春日，四季分明，物候纷纷然迎面而来；精心选例，文笔流利优雅，全书均为美文。可喜可贺！期待早日出版。"这不是恭维的话，确实是我的读后观感。曾莹君平时有诗词新作，或刚写就的论文，每每也发给我看，是长是短，我会直言不讳，用不着客套。没想到，她收到我的微信后复了一条："可以斗胆请老师给学生写个序吗？"说实话，于唐诗，于物候，我是门外汉，应允与否，我并非没有犹豫，怕写不好，有负雅托，可转念一想，何不趁着这个机会，再细读一番，学习学习，算是我给曾莹君交出的"作业"呢？学无先后，能者为师，一咬牙，回复了一个字："好！"

读《唐诗物候》，使我回想起一件陈年往事。我读高中的时候，曾买到一部当时刚出版的《物候学》，是这部书让我记住了一个光辉的名字：竺可桢。竺可桢先生是我国现代物候学的创始人和奠基者。当时我处于渴望知识的年岁，读到《物候学》，感到很新鲜，很有趣。其实，也没有全看懂，只是觉得此书为我打开一扇自己以前从未接触到的窗口，我是抱着读《十万个为什么》一样的心情去读的，那时就已经知道有"物候学”这一门学问了。今天，查阅资料，才知道《物候学》初版于二十世纪六十年代，修订本是一九七三年由科学出版社出版的。我买的就是这个修订本。一转眼，这件事已经过了将近五十年。

我又联想起我在日本九州大学任教的时候吃过的一次“万叶宴”。日本的名著《万叶集》，里面的不少作品记载着古代歌人的季节感受，成为日本人尊奉的经典。那时，九州的太宰府（供奉学问之神菅原道真）附近有一家专营“万叶宴”的食店，依据不同的季节安排适时的菜肴，据说配菜的灵感来自《万叶集》，故称“万叶宴”。九州大学刚好分别从德国、法国聘请了两名外籍教师，为了欢迎新同事，于是文学部的教师一起去太宰府的那家食店用餐小聚。说实在的，吃惯了粤菜的我，对这餐“万叶宴”没有太多惊喜，有的只是印象很深的“简朴”，实在太“简朴”了，那是五月份，多用五月份才有的食材，配以五月份才有的花叶做底衬，用今天的话来说是“吃得很环保”。无论如何，日本人的季节感异常敏锐，世人皆知，写俳句非得知道使用“季语”不可，一说“花见”，就知道是什么月份了，那是樱花盛开的季节；一句“啖柿听钟声”（正冈子规），就知道那是用上了秋日的季语（柿子上市之时），如此等等，不一而足。有一位日本通朋友还告诉我，日语里表示色彩的词语十分丰富，几乎细致到无以复加，要翻译成汉语，简直难以找到对应的词汇。敏锐，太敏锐，这就是日本人，他们的视觉、听觉、触觉以及其他的感觉，都无比敏锐，而敏锐的人也会无比细致，我想，这大概也是一种民族性格吧，难怪他们盛行“工匠精神”。

其实，我国先民又何尝不敏锐？我们都读过《诗经·豳风·七月》，“七月流火，九月授衣”，什么月份做什么事情，古人都是心中有数，错不了的。这是农耕文明的产物，“天人合一”，“不时不食”，在这天地之间，人的行为与大自然的节律“合拍”，有什么事情会比这样的生活方式更富于“韵律感”呢？大雁南飞，春暖花开，梅花傲雪，秋菊清刚，还有那“春江水暖鸭先知”，一草一木，飞禽走兽，无不和我们人类一样时刻在感知着节令、气候的微妙变化，进而做出相应的调适策略，这多有诗意！难怪古代诗词里有那么多与“物候”相关的作品。

而我们人类与动植物不同的是，还可以在“理性”层面上去思考，去“格物”。我翻出了《吕祖谦全集》（浙江古籍出版社），其中有《庚子辛丑日记》，起于宋孝宗淳熙七年（一一八〇）正月，迄于淳熙八年（一一八一）七月，这是南宋大理学家吕祖谦（一一三七—一一八一）临终前的日记，前后共五百八十八天，接近二十个月，所记录的多是每一天的时令感觉，如淳熙七年正月二十四日：“欲晓雨止。林塘膏润，畦垄渗漉。晴。”同年二月三日：“晴，和，桃杏盛开。”淳熙八年七月十一日：“晴，时有云。步月墙东，水竹幽茂。”同月二十三日：“阴，时时雨。秋意翛然，木芙蓉开。”这里就有不少属于“物候”范畴的珍贵资料。一位理学家是如何精细地观察日常生活的，读此日记，可知一二。难怪朱熹赞誉：“学如伯恭（祖谦字伯恭），方是能变化气质。”周必大也说：“祖谦涵养久，知典故，不但文字之工。”一个人的涵养，是多方面的，而对于物候的关注和细微辨析，也是气质养成的题中应有之义。

然而，时至今日，说到细致精微，我们为何首先想到的是日本人呢？须知，日本文化是以大唐文化为其“底色”的，我们的先辈在感知物候方面有很多很多诗歌作品摆在眼前，太精彩了；读《源氏物语》可知，日本的歌人每每以白居易等人的诗作为楷模，甚至可说是亦步亦趋，学习之，化用之，而后才形成日本诗歌的传统。可不能否认，我们在很长的时段里似乎记不得自己曾经有那么多敏锐、精微的诗人，记不起曾经有那么多精彩绝伦的诗篇来记录物候的周期变化，而随着“粗鄙化”的快餐文化的流行、应试教育的一统天下，我们以及新的一代人好像没有耐性去辨析一枝一叶在形态上的细微差异，去在乎一禽一兽在数量上的加减乘除。如今，珍惜美好自然，爱护绿水青山，似乎越来越成为共识，但愿不会成为喊来喊去的口号就好。

我不知道曾莹君可否记得在康乐园读书期间物理学院前边那一片草丛里晚间出没的流萤，我是很怀念它们的，现在见不到了，不知道它们去了什么地方，不晓得它们命运如何，很是牵挂。想必曾莹君写完《唐诗物候》之后还会不时思念起康乐园的杜鹃和惺亭。

幸好有了一部《唐诗物候》，让我重新学习如何“格物”；幸好有了曾莹君的辛劳，广大的诗歌爱好者多了一扇窗口来观赏唐诗里的五颜六色和草木虫鱼，品味那心细如发的诗意感悟。

如此呈交一份“作业”，不知能否“及格”，姑且录以备忘而已。

（作者系中山大学中文系教授）

引　言

杜牧《李贺集序》里记录了李贺挚友沈子明的一段话，就算隔着重叠的时光读来，也并未减损它的动人：“吾亡友李贺，元和中义爱甚厚，日夕相与起居饮食。贺且死，尝授我生平所著歌诗，离为四编，凡千首。数年来东西南北，良为已失去。今夕醉解，不复得寐，即阅理箧帙，忽得贺诗前所授我者。思理往事，凡与贺话言嬉游，一处所，一物候，一日夕，一觞一饭，显显焉无有忘弃者，不觉出涕。”人生匆匆，太多的光阴与人事都逝去得了无痕迹，似乎就是长林树端的一阵风过，江河湖上的数圈涟漪。然而，当我们回望这令人仓皇无措的匆促时，总有那么一些瞬间让目光有停驻的可能。而这些瞬间，大多都是和物候系在一起的。那一年春天，纷纷开落的梨花，庭院间洒下的月色；那一年夏天，窗外布谷鸟的第一声啼鸣，浓密树荫里流出的第一阵蝉噪；那一年秋天，随着山涧宛转而出的红叶，绚烂了整个山谷的银杏，以及湍然中历历可见的磊磊白石；那一年冬日，和寒鸦而立的许多个黄昏，寥落空明同时又写满料峭的天空，以及那初初到来的雪夜……“一处所，一物候，一日夕”，这样一些细微而寻常的变化瞬息，短暂，却也隽永，仿佛岁月、人生刻度一般的存在，总能有所标记，有所唤醒——这些个总是在刹那间绽放的灵动鲜活，大抵，就是万般虚妄中不易的真实；抑或，是那一切屑屑中最为分明和深长的诗意。

所以，当我们想要有所书写和记录时，总免不了“嗟时序之回斡，叹物候之推移”，目光所向，感触所系，往往都是那些关乎物候的片段、画面。例如简文帝之赋晚春：

望初篁之傍岭，爱新荷之发池。石凭波而倒植，林隐日而横垂。见游鱼之戏藻，听惊鸟之鸣雌。树临流而影动，岩薄暮而云披。既浪激而沙游，亦苔生而径危。

（梁简文帝《晚春赋》）

又像潘岳之题写秋日：

四时忽其代序兮，万物纷以回薄。览花莳之时育兮，察盛衰之所托。感冬索而春敷兮，嗟夏茂而秋落。……庭树摵以洒落兮，劲风戾而吹帷。蝉嘒嘒以寒吟兮，雁飘飘而南飞。天晃朗以弥高兮，日悠阳而浸微。何微阳之短晷，觉凉夜之方永。月曈胧以含光兮，露凄清以凝冷。熠燿粲于阶闼兮，蟋蟀鸣于轩屏。听离鸿之晨吟兮，望流火之余景。

（潘岳《秋兴赋》）

还有陆机写在冬天的字句：

天悠悠而弥高，雾郁郁而四幕。夜绵邈而难终，日晼晚而易落。敷曾云之葳蕤，坠零雪之挥霍。寒冽冽而寖兴，风谡谡而妄作。鸣枯条之泠泠，飞落叶之漠漠。山崆巄以含瘁，川蝼蛇而抱涸。

（陆机《感时赋》）

不知有多少的窗前灯下、湖上江边，也不知有多少的清晓黄昏、白昼长夜，无论是立于庭树，身影寂寥，还是驱车荒野，群山静谧，总会有那么一些喟叹，因物候的推迁而生发；

也总会有那么一些时刻，因为这既细微又分明的变化而趋向生动、立体。这样的体会，在唐人的吟诵间有着更为细致和真切的呈现。随意翻开一册唐诗，那些光色声响，便令到昔时的季节流转、晨昏更迭，都一齐跃动于眼前。

最为著名的，当然要数杜审言的那句感叹：“独有宦游人，偏惊物候新。”正因为是宦游在外的人，远离乡原，经受了太多的羁旅漂泊，才会在物候转新的时候，是惊而非喜。万物的苏生，让诗人惊觉的是年光易逝、年岁易老，宦游相伴的种种蹉跎，更令到那些暌违分离、寂寥孤独都变得旷日持久，无从逾越。是以，哪怕眼前是一幅大气浑成、饱含生机的画面，内心的低回、凄惶，似乎都是在所难免的。于是，面对着“云霞出海曙，梅柳渡江春。淑气催黄鸟，晴光转绿蘋”这等明亮、清新的图景，诗人在听到朋友的率先吟唱之后，依然写下了“忽闻歌古调，归思欲沾巾”这样的心绪。这自然是和朋友的共情，但同时也写出了宦游之人共通的心曲。很显然，物候变化对于他们而言，不啻为内心深处的一次次激荡。哪怕是枝头的一枚新叶，林间的一声清啭，都让人不由思索起自身光阴之虚度，生涯之荒废——本应闲适的，偏偏交付给了匆促与琐屑；本应相伴的，却偏偏陷入相隔天涯的形影相吊、岁月暌违。这样的处境，大概最易唤起千年之后，我们内心的那份戚戚然。

当然，留心物候的唐人，并没有限定在宦游的群体。有人惊于物候，自然也就有人耽于物候。与“偏惊物候新”相对，元稹就写过《生春》二十章，充分渲染了有关春天到来的种种物象变化，以及这物象变化引发的色色欣悦。这二十首诗，开头两句有着相同的格式，诗人分明是在切切地追问着，同时也迫不及待地一一作答：

何处生春早？春生云色中。
何处生春早？春生漫雪中。
何处生春早？春生霁色中。
何处生春早？春生曙火中。
何处生春早？春生晓禁中。
何处生春早？春生江路中。
何处生春早？春生野墅中。
何处生春早？春生冰岸中。
何处生春早？春生柳眼中。
何处生春早？春生梅援中。
何处生春早？春生鸟思中。
何处生春早？春生池榭中。
何处生春早？春生稚戏中。
何处生春早？春生人意中。
何处生春早？春生半睡中。
何处生春早？春生晓镜中。
何处生春早？春生绮户中。
何处生春早？春生老病中。
何处生春早？春生客思中。
何处生春早？春生濛雨中。

如此一问一答的张阖，如此长篇累牍的格局，有关春的意绪便纷然洒落在字里行间——细碎着，也堆叠着，回环往复，奔涌不息。整体而言，这一组诗并不见得好，但这些意绪的滋生缠绕却叫人印象深刻，无法拂却。古往今来，那些季节变化的无数刹那，不知可以牵引起多少的心旌摇荡、思绪飘飞。人们每每会在许多不可思议的时刻、场所，感知到那些细微而深长的异样。春天就这么到来了，在每一个飞雪冰岸，每一段细雨初晴。池上水榭，江间舟上，每一次揽镜，每一次凭栏，每一次把盏，每一次倚楼，春天带来的悸动，或大或小，却基本有着鲜明的轮廓，清晰的眉目。而在这样的感知与领受中，诗人似乎也不止直面了春的发生与到来，更看到了属于自己的斑斑心痕。依稀，是朝班之上的肃穆雍容；一转眼，已然是羁旅客愁满腹苦况。仿佛，犹然可见相对时的浓情洽意——“手寒匀面粉，鬟动倚帘风”，儿女绕膝时的天真光景——“乱骑残爆竹，争唾小旋风”。甚至，即使身处老病之中，春的迸发萌动也一般无二；而在半梦半醒之间，同样是与春之气息相傍相偎——“见灯如见雾，闻雨似闻风。开眼犹残梦，抬身便恐融”。而在这样一些物候的纷然、粲然间，唐人笔下的山川岁月顿然有了可触可感的亲切活泼。这些春日里的种种，物象，心情，一时纷至沓来，似乎全然悬停在了我们的脚边、窗前——丝毫不见，任何时空的阻隔。俯仰之间，都是一笔接一笔的真切鲜活。

于是，循着物候进入唐诗的世界，这中间便不再有什么不可逾越的时间。四季的流转，万物的变迁，以及这人世之纷扰代谢，历历鲜明，在在可见，于是也不再有什么今古之间的彻底分别。持卷展读，自是油然而生亲切，也自然加剧了那些相应的所谓会心、所谓懂得。

于唐诗当中，不仅这些物候的影迹随处可见，那些深邃浓炽的情感思绪，纷繁复杂的人物事件，也都有相应的物候作为载体、作为支撑。譬如卢照邻所勾勒的大唐气象，除了大家熟悉的“人歌小岁酒，花舞大唐春”这两句以外，就还有“草色迷三径，风光动四邻。愿得长如此，年年物候新”（《元日述怀》）。诗歌通体焕映着的，就是一副雍容的气度，笃定的神情。而在杜甫笔下，所谓家国的喟叹，亦时常系诸物候之上。如《大历二年九月三十日》一诗，即有：“为客无时了，悲秋向夕终。瘴余夔子国，霜薄楚王宫。草敌虚岚翠，花禁冷叶红。年年小摇落，不与故国同。”某个客居异地的秋日黄昏，诗人看着周遭的秋景历历，内心翻涌的，正是常年作客的无奈与伤怀。秋之摇落，映照着心绪的摇落，以及旧日山河的那份摇落。物象各异的描摹铺陈中，的是幽怀难禁。再看老杜另外一首广为人知的作品——“一片花飞减却春，风飘万点正愁人。且看欲尽花经眼，莫厌伤多酒入唇。江上小堂巢翡翠，苑边高冢卧麒麟。细推物理须行乐，何用浮名绊此身。”（《曲江二首》其一）同样是与物候有关，然而清人金圣叹所评却让我们充分感受到寻常物候之外的那份呼之欲出的不寻常。金圣叹写道：

本为万点齐飘，故作此诗，却以曲笔倒追至一片初飞时说起。细思老人眼中，物候惊心，节节寸寸，全与少年相异，真为可悲可痛！

看他接连三句飞花，第一句是初飞，第二句是乱飞，第三句是飞将尽：裁诗从未有如此奇事。

“欲尽花”“伤多酒”，以三字插放句腰，其法亦异。酒是“伤多酒”，入唇最难，本最可厌；而先生叮嘱“莫厌”者，为花是“欲尽花”。看他下“经眼”二字，便将眼前一片一片不算是花，直是老人千金一刻中之一点一点血泪也！

小堂翡翠，不过小鸟，而今日现存，即金碧可喜；高冢麒麟，虽是大官，而今日不在，即黄土沉冥。“巢”字妙，写出加一倍生意；“卧”字妙，写出透一步荒凉。……如此二句十四字中间，凡寓无数悲痛感悟。……

所以，看似是春景，看似在伤春，又何止是春景，何止在伤春而已。

唐人笔下的物候若此，既含蕴深长了那些感喟，也沉淀练濯了所谓辰光。这样的物候书写，真正体现也成就了唐诗的兴象遄飞、鸿朗高华。闻一多先生早就说过，有关唐代诗歌，与其说是唐诗，倒不如说是“诗唐”来的更为恰切。在这样一个诗歌构筑的“绝对”时空里，诗情往往出落得澎湃席卷，同时不失细腻幽深——充溢天地，俯仰皆是。人们面对生活，总是抱持着最大化的热情，也显露出最为饱满、深邃的诗思。于是，季节的每一丝颤动，都可以印刻在眼里、襟间。捕捉与寻觅，感知与领受，深味与思考，那些匆匆而过的生涯岁月，藉此便获得了抽离于粗伧与仓促的不二法门。故而，阅读唐人笔下的斑斑物候，辗转于那些月夜雨檐下的迹迹心痕，不需要更多的讲解，我们就这么和诗、和美相遇了。“人，诗意地栖居”，这句海德格尔的名言，更是在唐人的这些诗句中消解了它自身的深奥与高冷——不需要哲思奥理，此间自有幽径可通、可循、可抵。

的确，唐人诗句中的那些物候，和我们离得就是这样的近，似乎一推窗、一开门、一展卷，就满眼皆是，扑面而来。不过，如此这般的色色光景，多少也形同于梦境——总是映照着不一样的时间心境、物华人群；既陌生，又熟悉。徜徉其间，任四季流转，时空遁形，委实是别一番境遇。于是乎，身边那些看似粗伧不堪的现实，居然可以被诗意一一照亮点燃，至于那些看似苍白模糊的过往，也仿佛得到一份悄然唤醒的契机，得以在不同的世代，继续它的隽永鲜活、繁复深沉。

目录

夏日篇

夏天，大概是在第一声蝉鸣奏响的时刻就轰然启动了。然后，便随着如浪的蝉声在天地间倾泻开来。夏天的一切，总有着不容分说的气息。阳光，不复其他时节的吝啬，一转而为毫无节制的挥霍——尽情泼洒在大地之上，令人满耳都是明亮的喧哗。雨水也是。没有任何预警地到来，也没有任何预警就倏忽离开。此时的雨，再不是润如酥的天街小雨，没有“随风潜入夜，润物细无声”的幽微与温情。相反，它总有着喧豗的气势，裹挟着狂风，夹杂着雷电，像是重量级人物的登场亮相，那样地富于排场，不可遏止，也不容阻挡。不过，夏天之雨同样饱含着浓郁的诗意——那诗意，正在这份痛快淋漓的酣畅。说起来，夏天中雨的况味，就好像是曲。

实际上，夏天与曲的相似，不止在雨。不妨说，他们之间的相似，在于手法，更在于精神。熟悉元曲的读者都知道，曲最常用的手法，就是赋。夏天的手法，又何尝不是？曲最核心的精神就是极情尽致，夏天的性情，同样何尝不是如此！蔷薇、榴花、翠竹、荷塘、蛙声、蝉鸣、暴雨、惊雷，避无可避的热浪，恣意蔓延的绿意，夏天就是这样，如此彪悍地证明并展现着自己——似乎这世界的每一个空隙，每一个瞬间，都有夏意漫溢。

就连和夏天有关的那些特定称谓，也总是闪现出盛大、怒拔的气质。读到这些语汇的刹那，夏的气息便已宛然纸上，充盈于我们所置身的方寸之间。真是令人不得不佩服古人的智慧与悟性——生活之于我们，早已隔膜在色色的匆忙中；生活之于旧时的人，却似乎有着格外的灵动与鲜明。

“朱明”，是夏天最广为人知的一个别名。得名的原因，显然在于这个季节突出的“气赤而光明”——颜色是火一般的赤红，亮度如太阳一般灼目。当朱明降临于大地，万物便都笼罩在形同燃烧的热度之中，以及那眩人耳目的明亮当中。甚至夏日的天空，也有特定的称谓，叫作“昊天”。众所周知，昊的含义即为浩大，这样一个名称，道出了夏季天宇才具有的广阔与明媚。夏季的风，叫“炎风”；夏季的草，叫“茂草”；夏季的树木，不是叫蔚林、茂林，就是写作密树、茂树。相比之下，春天的生机，对这个世界来说不过是头角峥嵘的乍露；而夏日的生长，却是这大地之上的肆意鼓荡。

论起来，古人对于时日推移、四季变化最具仪式感的把握，非二十四节气莫属。根据清代赵翼的说法，是周公最初裁定了二十四节气的名称，有所谓“辨二十四气之应，以顺天时”之举。试想，能够在时间的洪流中找寻到那些极富规律性的节点，年复一年迈着逝去的步履温习记忆，这除了洞见，更需要热爱吧。这样一些规律性的节点，不但标注了那些过往的岁月与记忆；更在时间的轮转中，消解了流逝的无情。于是乎，行走在无可遮挽的仓促中，既有旧时记忆的叠加与暖意，又有新的触动与增添。匆匆逝去的光阴岁月，就算依旧无法遮挽，却也在促迫的无奈中，有了些许的情味与隽永。一句话，正是因为有了这些富于仪式感的停顿瞬间，光阴的流动，才有了人的影迹，以及不待言明的诗情。

在二十四节气当中，与夏天相关的首先是“立夏”。由古至今，夏天就是这般富含仪式感地到来了。中唐诗人元稹有《咏廿四气诗》一组，关于立夏，他这样写道：

> 欲知春与夏，仲吕启朱明。蚯蚓谁教出，王菰自合生。
> 簾蚕呈茧样，林鸟哺雏声。渐觉云峰好，徐徐带雨行。

在古人的观念中，立夏这个日子，总有这样一些特殊的征候，即所谓蝼蝈鸣、蚯蚓出、王菰生。这也正是元稹诗中写到

元　稹

的内容。诗虽不佳，却传递出古人有关“立夏”一贯的体认。这些略带死板的体认，显现出的是先人们对于季节变化长时间深入细致的观察。所以，透过具体的物象，我们读到的就不只是时光的推移，更有生活的延展——虽然陌生却依旧不失生动的生活。

立夏之后，接下来的节气是“小满”。小满到了，即有“苦菜秀、靡草死、麦秋至”的种种表征，于是元稹的吟咏又见：

小满气全时，如何靡草衰。田家私黍稷，方伯问蚕丝。
杏麦修镰钐，锄䅳竖棘篱。向来看苦菜，独秀也何为?

小满过后，芒种又至。一转眼，五月就这样不容分说地降临世间。而夏天的色泽，也随着这一场场风雨，一场场花事，不断渐浓渐深。

芒种看今日，螗螂应节生。彤云高下影，鴳鸟往来声。
渌沼莲花放，炎风暑雨情。相逢问蚕麦，幸得称人情。

待到夏至的光景，蝉声早已不复新夏时节的三两声，而是呈现出如海复如潮的态势。

处处闻蝉响，须知五月中。龙潜渌水坑，火助太阳宫。
过雨频飞电，行云屡带虹。蕤宾移去后，二气各西东。

伴着蝉声在天地间鼓荡，盛夏的雨事也在一幕幕上演。闪电、雷鸣，如注的大雨，无论古代现代，都是夏天不变的标签。再之后，六月到来，最难耐的酷热也随之到来。这个时候的节气，有小暑、大暑。光看名字，都有无法承受、难于排解的热浪袭来。小暑，古人的总结有：温风吹拂，蟋蟀的位置发生变化，鹰开始习飞。大暑，则是：腐草为萤，土润溽暑，大雨时行。所以元稹笔下又有：

倏忽温风至，因循小暑来。竹喧先觉雨，山暗已闻雷。
户牖深青霭，阶庭长绿苔。鹰鹯新习学，蟋蟀莫相催。

大暑三秋近，林钟九夏移。桂轮开子夜，萤火照空时。
苽菓邀儒客，菰蒲长墨池。绛纱浑卷上，经史待风吹。

而随着酷热抵达极致，夏天的怒拔也就到了尾声。有新的微凉叩响窗棂，盘踞大地之上的闷热徐徐褪去，蝉声渐微，整个世界的色泽也渐趋柔和。不难看到，夏日的到来，总有着堪称磅礴的气势，夏日的谢幕，却只见那么不经意的几笔宕开，仿佛像是承受不了那别绪一般，有着些许依依，些许怅然。

当然，上面引到的元稹这些有关二十四节气的题写，记录的无非是过于普泛的经验，甚至可以说是用诗的体制留存下来的一些民间俗谚。不过就算如此，透过这样一些略显枯索浅淡的诗句，唐时的夏日，仍然可以拨开时间的飞尘，获得片时的定格，呈露出依稀可辨的轮廓。

上述节气之外，夏天还有一个很重要的节日，那就是端午。今天的人们过端午，依旧有龙舟竞渡、蒿艾飘香，粽子更是家家桌上都少不了的端午标配。而这色色的光景，我们在唐人的诗歌中也能遇到。

［明］吴彬《岁华纪胜图册·端阳》

杨巨源有一首《谢人送粽》写道：

来时三月春犹在，到日端阳节又临。
珍重主人意勤腆，满槃角黍细包金。

角黍，是粽子的别名。这个名称显然和粽子的形状有一定关联。今天的粽子，仍是这么尖尖似角的模样。至于“角黍包金”，根据前人的说法，乃是因为煮粽子的时候，古人是烧艾灰淋汁去煮，所以煮出来就有“其色如金”的效果。旧时粽子里头所包，也不单纯是黏米，还有枣子，或者松子、胡桃、姜桂、麝香，等等。显然，古人对待粽子的那点繁复意绪，丝毫不逊今天的我们。

褚朝阳有《五丝》一诗，诗中写道：

越人传楚俗，截竹竞萦丝。水底深休也，日中还贺之。
章施文胜质，列匹美于姬。锦绣侔新段，《羔羊》寝旧诗。
但夸端午节，谁荐屈原词。把酒时伸奠，汨罗空远而。

这一首诗，既显露了唐时端午和屈原的关联，也令人不难揣想从前“五丝”跟粽子之间的联系。诗歌情绪不免悲愤，而这悲愤的抒发，则让我们看到了端午节俗当中那份由古及今的庄重与深沉。这在其他节日是很难想见的。因为这个缘故，今天很多人在过端午节时，倡言只道“安康”，不称“快乐”。这其实是大可不必的。作为历时久远的节俗，端午节实在有着太多的层次与内涵，仅囿限在这么单一的一面分明不可取。不过，就个人而言，如若愿意选择以凝重的神色遥荐古人，却也是无可厚非的。

另外，唐人的端午也和我们今天一样，有着赛龙舟的独特节俗。卢肇写过一首《竞渡诗》：

［元］王振鹏《宝津竞渡图卷》

石溪久住思端午，馆驿楼前看发机。
鼙鼓动时雷隐隐，兽头凌处雪微微。
冲波突出人齐譀，跃浪争先鸟退飞。
向道是龙刚不信，果然夺得锦标归。

现而今广东人过端午，最隆重、最热闹的事件仍然要数龙舟竞渡。一如这首唐诗中所写，依旧有着锣鼓喧天，龙舟激越的场面。“冲波突出人齐譀，跃浪争先鸟退飞”，这样的句子在广东人读来，一定是倍感亲切的，简直就仿若是现场直播的画外音。而这样的端午面容，便写满了狂欢，而非凝重。

唐代人对于端午的重视，在殷尧藩的两首诗中也有突出的呈现。其中一首，题为《端午日》，诗曰：

少年佳节倍多情，老去谁知感慨生。
不效艾符趋习俗，但祈蒲酒话升平。
鬓丝日日添头白，榴锦年年照眼明。
千载贤愚同瞬息，几人湮没几垂名。

另一首《同州端午》，又有：

鹤发垂肩尺许长，离家三十五端阳。
儿童见说深惊讶，却问何方是故乡。

这两首诗，都可谓叹惋深长。中国传统节日的存在，就有这样的效能：一方面，它让我们可以望进时空的深处，在具体习俗中拾取过往，记忆平生——艾符、蒲酒、粽子，这样的存在成就了血脉自带的根性与回响；另一方面，它也可以不断触动思绪，激发乡情——于是我们每个人，都有了不曾失落的故乡，可以回望的乡原。乡关何处？就在这些古老节日的肌理当中，也在这些篇章字句的浅吟低唱之间。

唐代还有一个和端午节相关的小故事，也很有意思。《全唐诗》卷八百六十六录了一首《题芭蕉叶上》，诗前记有：

校书郎张仁宝，素有才学，年少而逝。自成都归葬阆中，权殡东津寺。其家寒食日，闻扣门甚急，出视无人，唯见门上有芭蕉叶题诗。端午日，又闻扣门声。其父于门罅伺之，见其子身长三丈许，足不践地，门上题五月五日天中节。题未毕，其父开门，即失所在。

寒食节有芭蕉叶题诗，端午节又来扣门，可知在唐代人心目中，寒食、端午这两个节日，都和家庭亲族、故人魂魄有所关联。荒诞不经间，却有着现世的鲜活印痕。而那样的牵恋不舍，又岂是唐人独有的意绪。

“汉魏诗象春，唐诗象夏，宋元诗象秋，有明诗象冬”，清代朱锡绶《幽梦续影》曾这样形容不同时段的诗歌特性。这样的形容是耐人寻味的。春意味着萌发，秋意味着凋萧，冬是彻底的衰败，而夏，则是全面的盛大与绽放。在中国古代诗歌的具体发展历程中，唐诗所呈现出来的特性，的确就是有如夏季一般的怒拔与盛大。所以，走入唐诗中的夏天，跟随唐代诗人去感受发现、流连俯仰，我们所能获取的体认观感，其实也就不限于夏这个季节本身——在唐诗中遇到夏天，在夏天中遇到唐诗，酷暑中，自有清凉和闲逸；平淡中，也自有层叠的诗意涌出。对夏天的感受，分明就有了来自历史深处的回响；对于唐诗的阅读，也有了更为真切的体认。这样的阅读和找寻，是在与无数个夏天共鸣，也是在与以往若干诗的心灵共鸣。

第一章 发现

阶底蔷薇入夏开

春夏之间的转换，有着猝不及防的特性。惜春之人，自然免不了各色伤感。而那些热爱生活又明朗向上的人，却可以在季节变化的刹那，汲取到簇新的诗意和感动。唐代的诗人，大多都是这样一些有着明朗目光，既乐于也擅长去捕捉与感受的人。惯常所说的伤春悲秋，似乎在这一时段并未成为某种俗态的定格。就连一向被认为有着浓厚阴郁色彩的李贺，在新夏到来之际，也写出了一色盛大的生长。像《河南府试十二月乐词》一组，就曾这样展开着四月：

晓凉暮凉树如盖，千山浓绿生云外。
依微香雨青氛氲，腻叶蟠花照曲门。
金塘闲水摇碧漪。老景沉重无惊飞，
堕红残萼暗参差。

诗人笔下的四月，作为新夏到来的时节，仍有着突出的清凉。而这清凉的得来，和树荫的遮蔽直接相关。不难想象，树叶要茂盛浓密到何等样的程度，才能有这般晓也荫凉，暮也荫凉的蔽日遮天。“千山浓绿生云外”，这一句真是好，完全就是浓墨重彩绿的写意，最得夏天的韵致。的确，夏天的到来，

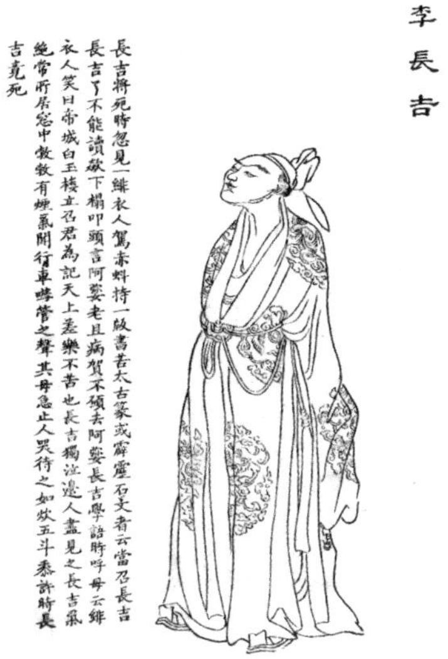

李 贺

带来的就是生长的泼墨写意，天地间只得一个盛字。所以在诗人眼中，自有浓得化不开的绿意蔓延，无论是在云深处，还是在雨丝间——云深处溢出的是千山浓绿，雨丝间呈现的是青色氤氲。再普通不过的一个池塘，此时也是一泓绿色轻漾，泛起碧色涟漪。整个世界，都浸润在了恣意的绿色当中。这样的绿，是生长的表征，同时也是夏天的表征。

再看腻叶蟠花，这是典型的李贺式的遣词。夏日的繁盛之貌，就在这样略带奇异的光景中得以凸显。腻叶，是指叶之肥大者；蟠花，是指花之丛生者，所以夏天的容色，没有春的轻曼，而是厚重，是堆叠，是耀目。有人说此处的蟠花专指榴花，倘若果然如此，则颜色之如火顿在目前。就算不是榴花，着一蟠字，色彩的喧闹也是不难想见的。而随着腻叶一词泛起的，则是层层叠叠的深绿盘旋，显然不复春天时节，初初迸出的那点点星星。

李贺是一个很能写出差异感的诗人，无论是季节，还是画面，抑或情感本身。这首诗所勾勒的，就是一个轮廓鲜明的夏天。写完夏日降临之种种，诗歌的最末两句，又转而交代了一下春天的逝去。老、堕、残、暗，这同样是李贺惯用的字眼。有人说这两句，“浓阴朱实，无复娇妍，春去不归，芳姿难再。末句老字堕字，残暗等字，不尽愁怨”（姚文燮注），如此理解，未免有些过于刻板了。清代诗人黎简读到这么两句，更是直接批评：

“堕红”句与第四句犯，虽说先开后落不妨，然诗绝无意义。

在黎简看来，诗歌明明之前才写过枝繁叶茂的盛景，这里又续之以“堕红残萼”的衰颓，这显然是自相矛盾的；就算这是在敷演先开后落的自然过程，又似乎没有更多的诗意存在。其实，这就是没有读通李贺此诗所致。这首诗，实际不曾拘泥于某一个季节，而是写出了季节的交替感——夏来到的盛大，春归去的必然，都在这首诗中得见。而且只有景象的呈现，不见情感之纠缠，这便是另外一层意义上的明朗与洒脱。

唐人写及夏天，可谓大多如此。

杜甫写在大历二年的一首题为《园》的五律，同样记叙了唐人眼中，夏日的明快与美好。诗是这样写的：

仲夏流多水，清晨向小园。碧溪摇艇阔，朱果烂枝繁。
始为江山静，终防市井喧。畦蔬绕茅屋，自足媚盘餐。

时间已经来到仲夏时节。和首夏的清和不同，仲夏是繁盛而浓密的。碧溪与朱果的对举，鲜亮浓炽的夏日色泽瞬间扑面而来。其中碧溪摇艇一句，化用了何逊的诗句“碧溪水色阔，摇艇烦舟子”，由此可见盛唐这些诗人与六朝之间的渊源。烂字，在此是灿烂的意思；烂枝，就是灿烂夺目的树枝，这样不动声色的形容，突出了朱果的明艳与繁多。这座夏日的小园，就这么在明丽的色彩中栖止着，同时也把喧闹的市声隔开，圈出了一隅静谧的江山。

而夏天，除了那些夺人耳目的色彩外，往往是用一些特殊的物象宣告它的到来。所以，感知夏天的存在，捕捉夏天的神情，我们大多依赖于那些特定的物象的存在。唐代的诗人们，也不曾例外。于是，封存并鲜活于唐诗当中的那些个夏日，首先是让我们从庭院花木和田园荷塘中，嗅到了季节的气息，找寻到夏天的踪迹。

一、照眼榴花

夏日庭院最耀目的一抹光色，当首推石榴花。

石榴花是最为典型的夏季花卉。它开放的时间正当夏天，火红的色泽比任何一种花都来得浓炽与耀眼，还有那份与柔弱相去甚远的厚重铿然，种种特性，使得石榴花就好像是夏天的注脚一般。韩愈写有一首《榴花》，诗曰：

五月榴花照眼明，枝间时见子初成。
可怜此地无车马，颠倒青苔落绛英。

诗中最动人的句子，是开首第一句——“五月榴花照眼明”。那样一种无法掩抑的光色与热情，越过了层叠的光阴岁月，就这么倾泻下来。

如果说，韩愈诗中的石榴花是一团炽热的光影，那到了李商隐的笔下，这石榴花就有了各色的细节：

［清］邹一桂《蜀葵石榴轴》局部

榴枝婀娜榴实繁，榴膜轻明榴子鲜。
可羡瑶池碧桃树，碧桃红颊一千年。

（《石榴》）

石榴这样一种繁复的美好，的确也只有同样繁复的诗人才写得出来。然而就算是美得无比热闹、美到了种种细部，却也难敌时间的无情。所以，仙家世界中的事物值得艳羡，就在于它们不曾陨落于时间。李义山，总是惯于在明媚的景象中伤感低回。不过，抛开他的伤感，石榴的婀娜繁茂、轻明鲜亮，还是顿时焕然于眼前。这真是一种极为夏天的植物，奔放而夺目，在开落之间贮满了火一般的热情。

所以，唐代诗人在写到夏天风物时，石榴花总是必被点名的一种。元稹《有酒十章》中有一章，在写春夏之间时序变迁时，便及榴花：

有酒有酒歌且哀，江春例早多早梅。
樱桃桃李相续开，间以木兰之秀香徘徊。
东风吹尽南风来，莺声渐涩花摧颓。
四月清和艳残卉，芍药翻红蒲映水。
夏龙痡毒雷雨多，蒲叶离披艳红死。
红艳犹存榴树花，紫苞欲绽高笋牙。
笋牙成竹冒霜雪，榴花落地还销歇。

万古盈亏相逐行，君看夜夜当窗月。
荣落亏盈可奈何？生成未遍霜霰过。
霜霰过兮复奈何！灵芝夐绝荆棘多。
荆棘多兮可奈何？可奈何兮终奈何！
秦皇尧舜俱腐骨，我可奈何兮，
又进一杯歌复歌。

春事老去，花事摧颓，却仍有一些残留的卉木在继续明艳着。这其间最突出的一种，就是石榴花，它便是所谓“红艳犹存”。德国人关于夏天的歌唱，有所谓“夏天最后的一朵玫瑰”，而我们唐代的诗人，对于夏天的观照，目光所及，却多在石榴花——既写到盛时，也笔及凋零。此处，“榴花落地还销歇”之句，就是在慨叹着盈亏有时，荣悴有时。元稹还有一首《石榴花》，同样是环绕着荣落在写。其诗曰：

寥落山榴深映叶，红霞浅带碧霄云。
曲尘枝下年年见，别似衣裳不似裙。

从繁茂到寥落，石榴花的开谢映带着夏天。纵然已归寥落，这花的美依旧是令人眼亮的一道光芒——映带着叶的深绿，艳丽如天边瞬息即逝的红霞。

同样是石榴花谢，在杜牧笔下，情态又见不同。杜牧《见穆三十宅中庭海榴花谢》一首即有：

矜红掩素似多才，不待樱桃不逐梅。
春到未曾逢宴赏，雨余争解免低徊。
巧穷南国千般艳，趁得东风二月开。
堪恨王孙浪游去，落英狼藉始归来。

“矜红掩素”一句甚奇，写出了石榴花不同寻常的绰约。四五月盛开的石榴花，确实有一种异于普通花木的傲然姿态。

杜　牧

这样的花都有凋残满地的时刻，更是叫人觉得辜负了光阴岁月，心间铺满怅恨。难得的是，就算已是一地狼藉的石榴落英，却也仍然有着铿然的神情。而当石榴花都已成为一地落英之时，夏天便开始了谢幕的段落。

二、满架蔷薇

夏天的标签，除了石榴，还有蔷薇。一提到夏日与蔷薇，最易令人想起的唐诗，大概就是高骈这首《山亭夏日》了——

绿树阴浓夏日长，楼台倒影入池塘。
水精帘动微风起，满架蔷薇一院香。

夏日，是四季中白昼最长的时段，所以总是给人以慵懒的感觉。绿树阴浓，道出了生意与清凉。在这样的地方度夏，无所事事都带有一种闲适与恬淡的风致。而当一切都慢下来的时刻，感受自然细微而深入。水晶帘的晃动，是有风轻拂。伴着风的到来，既有舒爽，又有满架蔷薇的清香。这其间的惬意，这其间鲜明的夏日香气，都不需要过多的言说。满架蔷薇，勾勒出繁密的花叶缤纷，本身即是一曲有关细碎与明妍的清婉吟唱。

说起来，唐代诗人中夏日蔷薇的爱好者为数实在不少。杜牧，就是其中非常突出的一位。那首广为传唱的《齐安郡后池绝句》如此写道：

菱透浮萍绿锦池，夏莺千啭弄蔷薇。
尽日无人看微雨，鸳鸯相对浴红衣。

夏天的绿，无论何人所写，似乎都有浓得化不开的特质。夏天的声响，也有着不依不饶的执拗，所以是夏莺千啭。夏日的花，繁密一如蔷薇，灿烂一如风荷。这首诗的好，恰恰是在浓处密处，在无尽的热闹当中，又勾出了一味隽永的宁静。

［清］董诰《二十四番花信风图·蔷薇》

李商隐也有一首《日射》，同样写到了蔷薇：

日射纱窗风撼扉，香罗拭手春事违。
回廊四合掩寂寞，碧鹦鹉对红蔷薇。

这一首诗，用碧鹦鹉和红蔷薇相对，渲染夏天明艳的同时，也勾勒了难以言说的心事。这样一种既鲜明又含蓄的写法，影响了后来的不少诗人。于是，在韩偓的《深院》诗中，我们看到了几乎如出一辙的表达：

鹅儿接唼栀黄嘴，凤子轻盈腻粉腰。
深院下帘人昼寝，红蔷薇架碧芭蕉。

可见，夏日的色彩，浓烈就是其常态。而在轻红与深碧的映照中，这份浓烈来得更为直接和鲜明了。于是乎，在红蔷薇与碧芭蕉的对峙中，夏天同样不觉中有了一丝不可多得的宁静，这丝宁静同样来得不动声色又意味深长。

另外，在唐人众多有关蔷薇的吟唱中，不但可以读到不同的夏日光景，也可以读出各异的诗笔与神情。譬如说，李白的诗，写出的便是蔷薇的逸。像“烟窗引蔷薇，石壁老野蕨”（《登梅冈望金陵赠族侄高座寺僧中孚》）两句，就有着唐人咏蔷薇中少见的烟霞气。而《春归终南山松龛旧隐》一首，又给了蔷薇一个往昔与隐逸的底色：

我来南山阳，事事不异昔。
却寻溪中水，还望岩下石。
蔷薇缘东窗，女萝绕北壁。
别来能几日，草木长数尺。
且复命酒樽，独酌陶永夕。

诗人此处写蔷薇女萝，着一“缘”字、一“绕”字，写出的却是内心的无尽牵恋。而李白笔下的蔷薇，最为高妙的还是那首著名的《忆东山二首》（其一）：

不向东山久，蔷薇几度花。白云还自散，明月落谁家。

可见，李白笔下的蔷薇，总是和隐逸生涯系在一起。拥有这等散逸神色的蔷薇，几乎叫人忘却了它的夏天背景——没有了鲜晃的色泽，也没有了生长的肆意，只是那么淡淡的，凝伫一段岁月与心绪。

至于刘禹锡的诗，让我们看到的蔷薇，又是一味夏天的野趣：

城外园林初夏天，就中野趣在西偏。
蔷薇乱发多临水，鸂鶒双游不避船。
水底远山云似雪，桥边平岸草如烟。
白家唯有杯觞兴，欲把头盘打少年。
（《和牛相公游南庄醉后寓言戏赠乐天兼见示》）

临水之蔷薇乱发，便是诗中最能触到野趣的句子。“乱发”二字用得非常精彩，写出了那样一种夏日的生长势头，自在又从容。旁逸斜出的水边蔷薇，旁逸斜出的夏日光景，皆因其不涉尘俗功利而令人愈觉美好。

作为刘宾客的好友，白居易笔下的蔷薇，带出的则是一分闲情：

甕头竹叶经春熟，阶底蔷薇入夏开。
似火浅深红压架，如饧气味绿粘台。
试将诗句相招去，倘有风情或可来。
明日早花应更好，心期同醉卯时杯。
（《蔷薇正开春酒初熟因招刘十九张大夫崔二十四同饮》）

白居易

在当时的洛阳，白居易可说是过着惬意无比的“中隐”生活——当着闲官，拿着俸禄，周遭不乏好友，镇日诗酒唱和。是以此处蔷薇入诗，显得十分平实，只是“阶底蔷薇入夏开”这么轻描淡写的一句，仅见陈述，并没有更多的渲染。而在这娓娓轻叙间，夏天独有的慵懒闲适，不经意就散落了一地。甚至后面稍嫌俗俚的形容出现，也未曾破坏这闲适的神情。

值得一提的是，刘禹锡、裴度、韦行式、白居易、张籍等人，还写过《蔷薇花联句》，诗曰：

似锦如霞色，连春接夏开。　禹锡
波红分影入，风好带香来。　度
得地依东阁，当阶奉上台。　行式
浅深皆有态，次第暗相催。　禹锡
满地愁英落，缘堤惜棹回。　度
芳浓濡雨露，明丽隔尘埃。　行式
似著胭脂染，如经巧妇裁。　居易
奈花无别计，只有酒残杯。　籍

此番联句虽不甚佳，但这“连春接夏开”的蔷薇花色，其中蕴藏的既慵懒又风雅的度夏方式，还真是叫人读之不由得心生向往。

再看孟郊所咏蔷薇，则是和萧寺有关。于是，在一派空寂中，闪耀着奇异的光色，的是蔷薇题写中并不多见的笔墨：

忽惊红琉璃，千艳万艳开。
佛火不烧物，净香空徘徊。
花下印文字，林间咏觞杯。
群官饯宰官，此地车马来。

（《溧阳唐兴寺观蔷薇花同诸公饯陈明府》）

孟郊不愧是以“奇”著称的诗人，其视角与感受，都与一般诗人不大相同。以琉璃比拟蔷薇，令此花瞬间远离了孱弱之姿，转而有了一种既通透又脆硬的质感。以艳字相形容，同样大大加重了蔷薇本身的色泽。于是，在一个本该收敛容色的所在，有了不大相侔的张扬——这是生意的张扬，也是夏天的张扬。而佛寺与尘寰之间的关系，遂在这车马涌来时、蔷薇怒放中，有了很是异样的呈现。

三、迎夏庭阴

除了各色繁花，夏日庭院在唐诗中最突出的特征还有“阴”。像钱起《早夏》一诗，即有：

……
花萼败春多寂寞，叶阴迎夏已清和。
鹂黄好鸟摇深树，细白佳人著紫罗。
……

王维也写过“背春涉夏兮，众木蔼以繁阴”（《宋进马哀词》）这样的句子。显然，有“繁阴”，乃是因为有“深树”。夏日的庭院里，总是有着幽深繁茂的高大众木，遮出一方清凉天地、生意世界。白居易有《首夏》一诗，开篇即云：

林静蚊未生，池静蛙未鸣。
景长天气好，竟日和且清。
春禽余哢在，夏木新阴成。
兀尔水边坐，翛然桥上行。
……

首夏时节，新阴初成。而随着夏日渐深，“繁阴”之漫天

开襟夏木繁

遮蔽与清凉无限便不难想见了。所以严维《夏日纳凉》一诗，才会如此写道：

山阴过野客，镜里接仙郎。
盥漱临寒水，褰闱入夏堂。
杉松交日影，枕簟上湖光。
衮衮承嘉话，清风纳晚凉。

该诗整体并不算佳。但是诗歌的颈联，却让我们充分感受到了夏日里不可多得的清凉。是联写得清幽漫溢，洵是不俗。尤其“杉松交日影”一句，足见庭院里夏木的高大，以及由它们构建的、有着斑驳光影的荫凉。

初唐时，元希声《宴卢十四南园得园韵》一诗，同样写到了庭院中的夏木繁阴：

超遥乘暇景，洒散绝浮喧。
写望峰云出，开襟夏木繁。
野人怜狎鸟，游子爱芳荪。
卧篠低临席，惊流注满园。
□然林下意，琴酌坐忘言。

元希声，是已经湮埋于历史烟尘的一位诗人，我们对他的印象，仅仅是因为宋之问，或是张说。《全唐诗》仅收了他的八首诗。这一首诗，还是陈尚君《全唐诗补编》所辑录增补的。不过，一句“开襟夏木繁”，却让我们看到了掩于烟尘之下的一笔动人的清新。这也是夏日所独有的清新。

四、夏日田园

至于田园里的夏天，花木又是另外一重光景了。

王维名篇《积雨辋川庄作》就有：

积雨空林烟火迟，蒸藜炊黍饷东菑。
漠漠水田飞白鹭，阴阴夏木啭黄鹂。
山中习静观朝槿，松下清斋折露葵。
野老与人争席罢，海鸥何事更相疑。

诗题强调积雨，诗中所写也紧扣积雨。因为积雨，水田方至漠漠，夏木才会阴阴。试想，无边无际、冥冥漠漠的水田之上，突然有白鹭掠过；本身就已连天蔽日的夏木树阴，雨天又加重了一层暗意，可在这样的深阴中，却有黄鹂婉转不停。雨天的意绪，淋漓其间；清新的况味，也在诗句间不断漫生。王维果然是善画之人，这两句诗的精彩，就在于涂抹了满纸的水气氤氲之后，更在一派冥蒙中，勾出了一抹突出的亮色，一线夺目的清新。而田园之别于庭院，大概就在那份突出的开阔，以及撤除了边际之后无所拘束的自然。

杜甫《绝句漫兴九首》中其七、其八两首，也写到了田园中的夏日花木。其七曰：

糁径杨花铺白毡，点溪荷叶叠青钱。
笋根稚子无人见，沙上凫雏傍母眠。

细碎的杨花铺满了小径，溪间也逐见点点青钱般的荷叶，不断迸出的新笋，卧戏于沙上的水禽，写在浣花溪的这首小诗，可谓不动声色地摹绘了春夏之交的田园所特有的物象。没有更多的议论与抒情，那与夏日白昼一般悠然淡然的闲情，却自在物象铺叠间不经意涌起，漫溢。其八又有：

舍西柔桑叶可拈，江畔细麦复纤纤。
人生几何春已夏，不放香醪如蜜甜。

这一首写田园之夏明显更为生动。桑树新叶可拈，江畔细麦纤纤，入望都是夏天所特有的生长。故此诗末的感叹才出落得那般自然。春去夏来，人生几何。何不紧随时光的步履，尽享其间的快意。唐时诗人的难得，就在于面对不可遮挽的流逝，并没有更多的颓然与感伤。言语间的从容澹荡，最是动人。

而李贺笔下的田园夏景，又比老杜的平淡多了一丝奇异的色彩。《南园十三首》其三就这样写道：

> 竹里缫丝挑网车，青蝉独噪日光斜。
> 桃胶迎夏香琥珀，自课越佣能种瓜。

夏天里日头太毒，所以缫丝的网车也移到了竹阴当中。而在缫丝声响之外，还有蝉的鸣声。根据古人的观察，有一种蝉，总是在五月之前鸣叫，颜色青绿，个头不大，声音小而清亮。这种蝉就被称作“青蝉”，它们的鸣唱，总是宣告着夏天的降临。桃胶，现下流行的滋补美容之佳品，其实就是夏天桃树茎节间渗出的胶质物，往往凝结成块状，有着琥珀的光泽。这种时候，还恰是种瓜之时。诗中写及的种种，都是夏天才有的特殊景象。有声响，有色泽，还有具体的举措，夏天的到来，似乎总是这般喧哗而浩荡，细密而深长。

五、夏日风荷

不过，夏天最为动人的所在，还是那一塘塘随风轻曳的荷花。孟浩然《夏日南亭怀辛大》，便是唐诗中书写夏日荷风的名篇。其诗曰：

山光忽西落，池月渐东上。散发乘夕凉，开轩卧闲敞。
荷风送香气，竹露滴清响。欲取鸣琴弹，恨无知音赏。
感此怀故人，中宵劳梦想。

一般来说，孟浩然诗的特点，总是无句可摘，通篇浑成。不过这一首，“荷风送香气，竹露滴清响”却格外地引人注目。着一“送”字，风与花香之怡人不需多言；着一“滴”字，则周遭世界的宁静也不难感知。一塘风荷，几丛幽竹，置身于这样一个所在，夏天的暑热早就遁迹无踪。心境当中的幽与清，尽在这风荷淡香、竹露轻响当中。有趣的是，唐代诗人写到夏日庭院当中的荷花，总是与幽碧的物象对举而言。同样将荷与竹相对的，还有杜甫《狂夫》一诗：

万里桥西一草堂，百花潭水即沧浪。
风含翠篠娟娟净，雨裛红蕖冉冉香。
厚禄故人书断绝，恒饥稚子色凄凉。
欲填沟壑唯疏放，但笑狂夫老更狂。

翠篠，就是翠竹，红蕖，就是红色的荷花。翠竹与红荷的并立，一方面是浓烈鲜明的夏日色彩，另一方面，又可见夏日风声雨色的那份灵动与明快。夏日世界，在这样的并峙中不但愈见鲜丽，也瞬间静谧。

除了竹以外，唐诗中常与荷花并举的，还有柳与芭蕉。比如，储光羲《仲夏入园中东陂》就有：

方塘深且广，伊昔俯吾庐。环岸垂绿柳，盈泽发红蕖。
上延北原秀，下属幽人居。暑雨若混沌，清明如空虚。
此乡多隐逸，水陆见樵渔。废赏亦何贵，为欢良易摅。
且言重观国，当此赋归欤。

一个绿柳，一个红蕖，就算是暑雨混沌，这样鲜活的光色也能够跃动而出。

相比之下，李商隐《如有》所勾勒的夏天，更是明艳到不可方物：

如有瑶台客，相难复索归。
芭蕉开绿扇，菡萏荐红衣。
浦外传光远，烟中结响微。
良宵一寸焰，回首是重帏。

如此逼人的明艳，出现在诗歌的颔联——“芭蕉开绿扇，菡萏荐红衣”。芭蕉绿扇之开，意味着大叶舒展，成团的浓郁青碧腾跃于目前；而菡萏红衣之荐，又是以荷花的绽放渲染了嫣红所独具的迷人风致，也道出了一色旖旎的风情。

当然，最动人的荷花，还是生长在江南水乡，招展在采莲的歌声里。李白的《子夜吴歌·夏歌》这么写道：

镜湖三百里，菡萏发荷花。
五月西施采，人看隘若耶。
回舟不待月，归去越王家。

再不是一茎红莲的默然相对，而是三百里镜湖的浩荡风色。这

［明］项元汴《墨荷图》

样接天连地的荷叶荷花，无尽绵延的深碧与轻红，就是夏日江南最美的风景。加上采莲女子那绰约的风姿，正所谓“粉光花色叶中开，荷气衣香水上来”（陈去疾《采莲曲》），也就无怪乎有那么多诗人频加咏叹，歌此不疲。王昌龄《采莲曲二首》（其二），可说是其间最为精彩的一笔速写。诗曰：

荷叶罗裙一色裁，芙蓉向脸两边开。
乱入池中看不见，闻歌始觉有人来。

荷叶与罗裙一色，芙蓉与脸颊同妍，花与人的那份交辉，真是动人之极。“乱入”一句，既写出了这种相似的隐蔽性，也道出了池中荷花的高大繁密。在这样的画面中，还有清歌响起，这就是最为生动的点睛。

相比之下，鲍溶所作《采莲曲二首》，笔触显然要繁密许多——

弄舟揭来南塘水，荷叶映身摘莲子。
暑衣清净鸳鸯喜，作浪舞花惊不起。
殷勤护惜纤纤指，水菱初熟多新刺。

采莲朅来水无风，莲潭如鉴松如龙。
夏衫短袖交斜红，艳歌笑斗新芙蓉。
戏鱼往听莲叶东。

南塘水波轻漾，荷叶荷花映身，暑衣鲜净，夏衫短袖，再加上艳歌笑斗，这便绘就了一幅生气淋漓的夏日风情画。瞩目于画卷，唐代夏天的许多声响动静，就这么在眼前轻启开来。而穿越时光的阻隔，我们一样可以把臂并肩，沉醉于那些遥远的夏日辰光，同立于那一望无边的片片荷塘。

第二章 流连

一树蝉声片影斜

夏天最美好的所在，一定非山林莫属。无论唐代还是今天，这应该都是不存任何疑问的共识。夏日恣意的生长，成就了山林的葱茏。而山林的葱茏，又自然圈出了一方与扰攘红尘有别的天地。这其间的夏日，既宁静而幽深，又明澈且开阔，有着更为彻底的慵懒悠长，也有别具规模的层次与纹理。这样的夏日辰光，最足流连。

唐初王绩写过一组《山家夏日九首》，这一组诗，可谓是夏日山林生涯的一次全面亮相。其诗如下：

寂寞坐山家，萧条玩物华。树奇全拥石，蒲长半侵沙。
池光连壁动，日影对窗斜。石榴兼布叶，金蓥唯作花。
落藤斜作蔓，伏笋暗抽芽。高卧长无客，方知人事赊。

隐士长松壑，先生孤竹丘。溪深常抱冻，涧冷镇含秋。
九春宁解褐，五月自披裘。谁信汤年旱，山燋金石流?

山中旧可安，无处不盘桓。岭涩攀藤易，岩崎策杖难。
药供无限食，石起自然坛。树密檐偏冷，泉深阶镇寒。
松根聊入酿，竹实试调丹。孔淳书数帙，朝朝还自看。

岩居何啻好，野性本规闲。青松生户侧，奔泉涌砌间。
老父循浑沌，稚子服褊襕。自得为巢许，无劳买却山。

追凉剩不归，高卧隐松闱。野竹栏阶种，岩花入户飞。
涧幽人路断，山旷鸟啼稀。不特嫌周粟，时时须采薇。

山人有敝庐，竹树近扶疏。傍岩开灶井，横涧引庭除。
障子游仙画，屏风章草书。谁言非面俗，更欲赋《闲居》。

幽居枕广川，长望郁芊芊。北岩采樵路，东坡种药田。
涧泉通院井，山气杂厨烟。向夕林庭旷，萧条鸣一弦。

山居自可安，乐道不为难。甲乙题书卷，梧桐数药丸。
树阴连户静，泉影度窗寒。抱琴聊倚石，高眠风自弹。

避暑长岩东，萧条趣不穷。密藤成斗帐，疏树即檐栊。
槿花碍前浦，荷香栏上风。寄言覆苔客，无事果园中。

王绩，是由隋入唐的诗人，也是唐初著名的隐士。既然是隐士，生涯自然与红尘无涉，而是与山林相关。也因为是隐士，所以诗歌自有一种洗尽铅华的素朴与美好。在趋尚繁华的初唐时节，王绩这位诗人可以说是一个相当异类的存在。吟啸于当日的东皋之上，王绩给我们留下的，就是一个陶渊明似的清淡背影。我们对他隐居生涯最熟悉的诗句，莫过于那首《野望》。不过那首诗中的隐居图景，是属于秋天的。而这九首所呈现的，却是夏日的山林。

山林的夏天，自然与一般市廛不同，没有那么多逼人的热度，反而有着别样的清凉与宁静。再加上，这是隶属于隐士的山林，自然也就有了那么一些出尘与空寂的色泽。所以，此间的夏天，有着可以高卧的长昼，与暑意烦嚣全然无关。这样的夏日长昼，有的是树阴泉影，山气厨烟。盘桓在这样的夏日山

幽居枕广川

林，对于物象的体察，自会有更为细致深入的观感。注视着密藤疏树、池光日影，体会着户静窗寒、涧幽山旷，隐蔽在山林深处的夏天，似乎就只剩一味深幽与清凉，一夕闲适与悠长。

此间，屋庐和山林近乎完美地融合在一起——“傍岩开灶井，横涧接庭除”“密藤成斗帐，疏树即檐栊”“青松生户侧，奔泉涌砌间”“野竹栏阶种，岩花入户飞”。其实已经分不清，究竟哪里是自然的山林，哪里是人建的屋庐，二者之间，并不存在明确的界线分野。屋庐坐落于山林，山林的一切都是它的装点，它的延伸。这样的居所，呈现了最为理想的栖居生涯，也展示了最为丰沛的诗意。至于此间的夏天，在萧条寂寥中也有物象繁华，有无穷无尽的生趣涌动。在此间度夏，可以倚石抱琴，也可以高卧闲居，有书有药，有老父有稚子，有山气有厨烟，不但有避暑追凉的快意，更远离了事与劳。

披上了隐士外衣的山林夏日，除了清淡萧散的面容，更不啻一丸灵药，救人于尘俗烦嚣，以深邃与宽徐，疗愈了心间的许多不安与郁结。约翰•缪尔有一册随笔题为《夏日走过山间》，题目很美，容易令人心向往之；不过我常常觉得光是走过那还是不够的，唯有住下，像王绩那样结庐山林，也许，才真的能够了解何为山林中的夏天。

一、几处促流年

有关夏日山林，最突出的声响大概要数蝉声了。正如本篇一开篇所说，夏天，是随着第一声蝉鸣轰然启动的。这样的第一声蝉鸣，在城市里听来也许是不易察觉的，在山林之间，却有着清晰的印痕。在山林之间，蝉声不但启动了夏天，也伴随着整个夏天一并鼓荡，甚至，还宣告了夏天的终结。唐诗中的夏日山林，就是漂浮在蝉声当中的。

白居易，可以说是唐代诗人中对初夏的蝉鸣最为敏感的诗人了。在“夏浅蝉未多”（《府西亭纳凉归》）的时刻里，他就第一时间捕捉到了这些微的声响，心间也因此而起了许多的涟漪。所以，他写了很多首以早蝉为题咏对象的诗歌，其中，与山林相关的自然为数不少。比如这首《早蝉》：

月出先照山，风生先动水。亦如早蝉声，先入闲人耳。
一闻愁意结，再听乡心起。渭上新蝉声，先听浑相似。
衡门有谁听，日暮槐花里。

这首诗的开篇有趣。用颇具民歌风味的起兴手法，轻轻言明了一个事实——最先听到那早夏蝉声的，总是闲人的耳朵。因为闲，所以能静。因为静，所以才能捕捉到这细微的声音。所以要想在匆忙的行走间感知季节的变化，以及这季节变化所具有的诗意，也唯有将匆忙置换为闲适方能做到。现在很多人都觉得诗在远方，换句话讲，似乎诗就不可能在近旁。其实读唐人的句子我们不难发现，只要懂得去体味感受，诗，从来就在身侧不远的地方。所以，对于懂得的人而言，诗可说是无处不在的。哪怕这么一丝半缕些微的蝉声，也一样，有诗情鼓荡。即便细微，这蝉声一样可以牵人愁绪，起人乡心。

乐天《六月三日夜闻蝉》一诗又道：

荷香清露坠，柳动好风生。微月初三夜，新蝉第一声。
乍闻愁北客，静听忆东京。我有竹林宅，别来蝉再鸣。
不知池上月，谁拨小船行。

这首诗写得很是清新。寥寥几笔，便勾勒出一个透着清意的环境。有荷香有清露，有高柳有凉风，加上一痕微月，这新蝉的第一声鸣叫，完全就像投入池中的一粒小石，划破了这一团黑色的静谧，也使得这夜晚有了夏天的气韵。

而《答梦得闻蝉见寄》《开成二年夏闻新蝉赠梦得》等诗，又是在这“薄暮两三声”中，让我们看到了知交深情。《开成二年夏闻新蝉赠梦得》题下有注：“十年来，常与梦得索居。同在洛下，每闻蝉，多有寄答，今喜以此篇唱之。”其诗曰：

十载与君别，常感新蝉鸣。今年共君听，同在洛阳城。
噪处知林静，闻时觉景清。凉风忽嫋嫋，秋思先秋生。
残槿花边立，老槐阴下行。虽无索居恨，还动长年情。

且喜未聋耳，年年闻此声。

之前的听，都是别后索居的孤清。今夕却可以一改孤清，并肩同听。如此听来，方能觉出林静与景清。当然，此时听在耳中的，又何止是蝉声而已，分明更是经年不移的深情厚谊。所以，才会有无边的喜悦与感喟，在这新夏的蝉声中袅袅腾起。

同样咏叹过这初夏符号的，还有杜甫、耿沣、张籍、卢仝、雍裕之、李廓、杜牧等诗人。由他们的诗句，可以看到这一声新蝉，是如何奏响了唐代的夏日山林。在杜甫笔下，是“五月仿佛闻寒蝉”（《枏树为风雨所拔叹》），张籍则有“早蝉声寂寞，新竹气清凉”（《夏日闲居》），李廓是“初蝉数声起”（《夏日途中》），卢仝更有《新蝉》一首，诗曰：

泉溜潜幽咽，琴鸣乍往还。长风翦不断，还在树枝间。

显然，在卢仝听来，这初夏树间的声响，就好像幽咽的泉

齐白石《蝉》

声，又如往还的琴音，长风不绝，鸣声亦未曾绝。涩，似乎是这声音最为突出的特质。

而在雍裕之耳中，又有《早蝉》：

一声清溽暑，几处促流年。志士心偏苦，初闻独泫然。

蝉鸣的到来，提醒的是光阴的流逝。所以在有志于时的人听来，那就是生涯的促迫，激发出功业难就的叹息。

这样的声响，到了杜牧笔下，又见“槿堕初开艳，蝉闻第一声”（《东都送郑处诲校书归上都》）、“小丛初散蝶，高柳即闻蝉”（《惜春》）这样的字句，都扣紧了蝉声，来描绘这季节的变化。其《闻蝉》一首写道：

火云初似灭，晓角欲微清。故国行千里，新蝉忽数声。
时行仍仿佛，度日更分明。不敢频倾耳，唯忧白发生。

牵动心绪的，其实从来就在这骤然入耳的两三声。它提醒着季节，也催动着乡情；它令人回望着往日，也感怀着今夕。所以，不要以为夏天这个季节就只有因酷暑而起的一味烦闷，在夏蝉的吟唱中，一样有着听他不得的万千低回。

唐人笔下的初夏蝉声，不仅勾勒了夏日山林的幽绝清新，也道出了友朋之间的相思相知，甚至还有心海深处的种种波澜。对生活有足够的热爱，才会有这样的敏锐和深沉；有这样的敏锐和深沉，才能够定格这样一个毫不呆板的夏天。立在夏意初临的山谷林泽，为君倾耳，这样的姿态，本来就写满了诗情。

和夏日山林最为契合的蝉声，则是出自许浑的笔下。像这首《泛五云溪》，就不但勾出了蝉声的行迹，更给这一笔蝉声绘就了一个美不胜收的背景：

此溪何处路，遥问白髯翁。佛庙千岩里，人家一岛中。
鱼倾荷叶露，蝉噪柳林风。急濑鸣车轴，微波漾钓筒。
石苔萦棹绿，山果拂舟红。更就千村宿，溪桥与剡通。

寺庙坐落在群山万壑之中，这是我们惯常所见的幽深与规模。以一岛之人家与之映衬，平添的，是生活的温煦、人间的烟火。荷叶露与柳林风，又是习见的季节标配，带来满纸夏的意蕴。最清新也最鲜明的山林气，出现在“石苔萦棹绿，山果拂舟红”两句——虽然有些许合掌的嫌疑，但夏天的那份明媚色泽，山林所特有的生动又宁静的幽致，都在这两句中悄然溢出。这样的蝉声，道出的就是一份无法掩抑的流连与沉醉。

刘昭禹《闻蝉》一诗，也把这夏日山林腾起的声响演绎得无比精彩。

一雨一番晴，山林冷落青。莫侵残日噪，正在异乡听。
孤馆宿漳浦，扁舟离洞庭。年年当此际，那免鬓凋零。

如果说杜甫的《望岳》是由“望”字生神，那么这一首《闻蝉》显然就是由“闻”字生神。此前我们读到的蝉声，大多都是约略的印象。而刘昭禹这一首，却令这声有了轮廓，更有了质感。首联所写，是“闻”的背景——亦晴亦雨的天气，正是夏天的特色，晴雨的交替中，总是难免会有些怅然。泛着冷冷青色的山林，不仅是蝉声发生的所在，也奠定了这声响的基调——冷落与青色的涂抹，使这蝉声有了宁静的品性。颔联进一步诠释着“闻”的时间和环境——残日，说明正当黄昏。黄昏山林与蝉声的合奏，自然涌起不难想见的凄清。更何况，这山林还是异乡的山林。颈联，刻画的是“闻”之人——孤馆与扁舟的叠加，渲染的正是异乡为客的事实。所以这样的声响，实在是不堪听。尾联两句，敷演的正是那“闻”的效果。

年年此际，他乡为客显然是诗人的常态，是以此声入耳，又如何能销那份神伤与凋零。

早蝉得入诗人耳，晚夏的蝉鸣，也一样在唐人的笔下有所呈现。姚合《闲居晚夏》一首，就写到了晚夏的山林与蝉声。

闲居无事扰，旧病亦多痊。选字诗中老，看山屋外眠。
片霞侵落日，繁叶咽鸣蝉。对此心还乐，谁知乏酒钱。

蝉声还是在落日晚霞的背景中发生，不过已非处处可闻的嘹亮。树叶依旧繁茂，可叶间传递出的鸣蝉之声，已经有了幽咽的特色。而蝉声的退隐，也就意味着夏的终结。唐人听到新蝉第一声时有低回更有欣悦，听到这渐趋式微的晚夏蝉鸣，倒是令人意外地表现了自若与从容。姚合此诗，就没有太多的伤感烦忧；穷病交攻之下，也依然能够欣然、淡然。

所以，听着这夏日的蝉声，不但可以尽情流连，还可以片刻忘情。钱起写过这样的字句：

竹下忘言对紫茶，全胜羽客醉流霞。
尘心洗尽兴难尽，一树蝉声片影斜。

（《与赵莒茶宴》）

“一树蝉声片影斜”，这一句的精彩就在于，声响与光影圈出了一围静谧。这样的静谧，写出了茶事之清，更写出了心境之清。一定是尘心洗尽，忘怀于尘情，才会有这样的相对，以及这样的聆听。

如此不绝于耳的蝉声，就这么在唐诗的夏日山林间不断鼓荡着，映照出这山林的每一个角落，每一个瞬间。“一听知何处，高树但侵云”（韦应物《始闻夏蝉》），这是在侵云的树端明亮地漾着；“归路烟霞晚，山蝉处处吟”（沈佺期《游少林寺》），这又是在晚霞间处处可闻的吟唱；无数的蝉声，焕映着当日的山谷与村庄——“草色村桥晚，蝉声江树稀”（刘长卿《宿严维宅送包佶》），“日色隐空谷，蝉声喧暮村”（岑参《缑山西峰草堂作》），也伴随着当日的羁旅途程——“野店愁中雨，江城梦里蝉”（岑参《送陕县王主簿赴襄阳成亲》），“北信无人寄，蝉声满树头”（元稹《闲二首》其二）。

二、独坐山中静

夏日山林，也是和时刻系在一起的。如前所写，白昼所见，往往就是诗人高卧山林的悠闲与自得。就如韦应物在《夏日》中所写，是“无人不昼寝，独坐山中静”。所以，在陈子昂笔下我们读到的是：

闻道白云居，窈窕青莲宇。岩泉万丈流，树石千年古。
林卧对轩窗，山阴满庭户。方释尘事劳，从君袭兰杜。

（《酬晖上人夏日林泉》）

在柳宗元笔下，又有：

南州溽暑醉如酒，隐几熟眠开北牖。
日午独觉无余声，山童隔竹敲茶臼。

（《夏昼偶作》）

很显然，“卧”之一项，就是唐人身处山林夏昼的标准动作。对着山窗高卧，领受一山的风声雨色，一山的岩泉高树，还有一山的静谧闲逸，这才是最无可比拟的写意。

特别是在夏日正午时分，倘能畅快地闲卧高眠，那大概是神仙才有的境界了。那么多诗人选择山林度夏，可以高卧遣

岩泉万丈流

日，大约也是原因之一。晚唐著名的“皮陆”之皮日休，就写了一首《鹿门夏日》，诗曰：

满院松桂阴，日午却不知。山人睡一觉，庭鹊立未移。
出檐趁云去，忘戴白接篱。书眼若薄雾，酒肠如漏卮。
身外所劳者，饮食须自持。何如便绝粒，直使身无为。

皮陆的诗以“清淡”著称，就连夏日正午热度这么高的题目，进入到皮陆笔下，都有了清淡的神情。夏天一般最难耐的时段应该就是正午了，因为有着高烧一样避无可避的酷热，可是来到皮日休诗中，热度褪去了，等待我们的反而是满目阴凉——“满院松桂阴”。在这样的地方，真是就连到了正午也叫人不知不觉。“山人”两句，随性从容，令夏日的慵懒跃出纸面。而“出檐趁云去”一笔，又把山人的清逸绝尘和盘托出。可见山林夏日，总是和人连在一起的。有何等样人，方有何等样的夏日山林。

进入到向晚时分，夏日的山林自又有些不同。再由黄昏入夜，这夏日山林便展现了它最沉静的面容。骆宾王《夏日游山家同夏少府》，所写就是由黄昏入夜的夏日山林。其诗云：

返照下层岑，物外狎招寻。兰径薰幽珮，槐庭落暗金。
谷静风声彻，山空月色深。一遣樊笼累，唯余松桂心。

当落日从群山之上徐徐沉下，山林之间最显著的变化就在于光影。“槐庭落暗金”一句，写出了树荫浓密的山家庭院，那余晖洒落一地的情状。待到夜幕降临，山谷里安静得只有风声，也空寂得只有月色恣意皎洁。这样的所在，确实不会有尘世的羁累萦怀，只有和这深山一样澄明的松桂月色留驻心间。

而如此沉静的夜，来到贾岛的笔下又自不同——

原寺偏邻近，开门物景澄。磬通多叶罅，月离片云棱。
寄宿山中鸟，相寻海畔僧。唯愁秋色至，乍可在炎蒸。

（《夏夜》）

贾岛诗笔间特有的空寂清寒，给这夏夜注入了许多的深沉幽峻。钟磬之声穿过树叶的罅缝传来，月色悬在天空片云的边际，这样的深山之中，找寻不到任何的烟火气息，的确只适合僧人与山鸟的栖止。任何一丝跟红尘有关的存在，似乎都与这样的清深幽寂相违。而这样寒凉的夏夜，也只有在贾岛的诗句当中才浮现出轮廓。

三、山中有所忆

唐诗中的夏日山林，确实是最值得流连的所在。这一点绝非虚言。红尘间的夏日有着逼人的喧嚣和溽热，而山林中的夏，则只是一味清与幽。可以说，但凡写到山林夏日的唐人诗句，这个特色都是分明的。像是初夏时节，居于山中之人眼前所见，往往即是这般景象：

> 山中有所忆，夏景始清幽。野竹阴无日，岩泉冷似秋。
> 翠岑当累榭，皓月入轻舟。只有思归夕，空帘且梦游。
>
> （李德裕《初夏有怀山居》）

直叙似的铺陈，却丝毫不曾减损夏日山林的魅力——那样一种突出的清幽风致。山林之外，是阳光肆虐的地盘；山林之中，却几乎看不到太阳的身影。野生的竹林遮天蔽日，翠绿的山峦涌至窗前，岩石间飞湍的泉水有如秋凉一般清冽，泛舟溪上，可以载得满船的明月同归。这样的世界，经得起无数世代的相思与向往。居于此间，便是筑梦生涯；离了此间，也有梦魂不断规往。

待到夏末，经历了三伏天的洗礼，这山林中的岁月却依然美好得叫人心折。李山甫有一首《山下残夏偶作》，就是这类题材的突出代表。诗曰：

> 等闲三伏后，独卧此高丘。残暑炎于火，林风爽带秋。
> 声名何要出，吟咏亦堪休。自许红尘外，云溪好漱流。

当周遭都裹挟在暑气中，山林间的风却是凉爽依旧。此间天地，依旧可以闲卧消遣，依旧是“云溪好漱流”。

所以说，唐诗中的夏日山林，就是异乎万丈红尘的一个所在。一如山林中人不会贪恋红尘的种种，山林中的好，热心世务者也难于知晓，无从懂得。孟贯《山中夏日》一诗，就如此写道：

深山宜避暑，门户映岚光。夏木荫溪路，昼云埋石床。
心源澄道静，衣葛蘸泉凉。算得红尘里，谁知此兴长。

位于唐诗夏日山林里的夏天，无疑是与暑热绝缘的。似乎也唯有这高山长林里的夏天，才能够让人细细感受那岚光的层次、云霞的步伐。并且，愿意去往返于每一处夏木繁阴、岩壑幽清，流连在所有的山溪、泉石当中。濯足、停驻，是此时腾跃心中的唯一念头。山林蓊郁，夏天的光色是如此怡人，除了静谧清淡，还是透亮的，更是出尘的。

而这出尘的夏日山林，最令人动容的地方，就在于它所标举的，是与红尘的彻底隔绝，是一味最写意也最恣肆的自由。

且看李白这首《夏日山中》：

懒摇白羽扇，裸袒青林中。脱巾挂石壁，露顶洒松风。

此处“懒摇白羽扇”，并不是懒散地摇动，而是根本懒得去摇扇。然而时当夏日，不摇扇怎么乘凉呢？那就干脆赤身露体、不着片缕地置身青林石壁之间——脱了衣服，更除了头巾，欣然领受，那一山松风的苍翠清凉。这一位，真不愧是“谪仙人”！其他诗人度夏于山中，无非就是高卧遣怀，闲适悠然，他却能够裸袒其间，仰首松风。实际上，唐诗中夏日山林的过人之处，也许正在于此——不但能够高卧，也可以裸袒——这一“裸”一“袒”，真可谓是夏日山间最无法比拟的自在，也是最为极致的自由。如此恣意，如此超迈，如此的不在尘俗眼中，真真可爱至极！唯有彻底脱心志于俗谛桎梏的人才能会得，也唯有与尘俗无涉的夏日山林方能成就。

第三章 仰望

夏夜新晴星校少

储光羲有一首诗，写到夏日发生的一场宴集，其中有两句尤其精彩——

山河临咫尺，宇宙穷寸眸。

（《夏日寻蓝田唐丞登高宴集》）

我们在唐诗中触到的夏天，有太多，即所谓“寸眸”对于宇宙之穷——都是发生在夏日天空下的仰首。仰首于夏日天空，所见往往浩瀚而深邃、澄明而清朗。双眸之间驻进的，是无数的云与星，也是不曾移易的日和月。

一、流目夏云生

仰首于夏日的天空，最常见的物象，大概就是云了。含雨的云，映山的云，连天的云，海上的云……一如当日诗人所咏，是“流目夏云生”（张九龄《使还湘水》）。

提到春云，我们想到的往往是霭霭溶溶，是天空中最初的温柔；提到秋云，想到的又是鲜洁疏朗，是不待言说的高远与淡然。冬天的云，凝结着寒气与雪意。夏天的云，则总是有着和这季节一般的盛大与迅疾。所以夏天的云，是长云，连绵不绝，动辄千里，韦应物就有“千里夏云生”（《奉送从兄宰晋陵》）。夏云，是席卷，也是堆叠，有如高山一般的状貌，于是唐诗中常见的形容有“峨峨”“嵯峨”：

嵯峨夏云起，迢递山川永。

（韦应物《送苏评事》）

夏云已嵯峨，寨叶爱繁绿。

（韦应物《夏景园庐》）

春去未几日，夏云忽嵯峨。

（白居易《青龙寺早夏》）

蔼蔼春景余，峨峨夏云初。

（白居易《和朝回与王炼师游南山下》）

这盈空怒卷的势头，致使很多诗人在仰望之余，写入文字，便总是将夏云与山峦并提。像李白这首《早秋单父南楼酬窦公衡》，就是这么写来：

白露见日灭，红颜随霜凋。
别君若俯仰，春芳辞秋条。
泰山嵯峨夏云在，疑是白波涨东海。
散为飞雨川上来，遥帷却卷清浮埃。
知君独坐青轩下，此时结念同所怀。
我闭南楼看道书，幽帘清寂在仙居。
曾无好事来相访，赖尔高文一起予。

季节之间的界线有时并不是那么分明的。所以就算是早秋，也依然有夏云喷涌。从诗句的具体描述看，这还是典型的夏云。一则在于那份翻滚与厚重，就像是大海泛起的白色浪涛。二则在于因云而起的川上之雨，猛烈飞洒，洗净了这天宇之间的一切浮埃。这样的云，仰望时顿起豪气，化雨时又生无边爽意。

仰首极目，云随山势，自然就有了阔远的神情。唐人诗中所写，的确也多见这一抹阔远。吴巩的《白云溪》即有：

山径入修篁，深林蔽日光。夏云生嶂远，瀑水引溪长。……

项斯《送友人之永嘉》一首又如此写道：

长贫知不易，去计拟何逃。相对人愁别，经过几处劳。
城连沙岫远，山断夏云高。犹想成诗处，秋灯半照涛。

极目处，总有无尽云山堆叠。山已望断，夏云仍在。所以，才有那么多诗人在仰望时，把思绪交付给了这似乎无穷无尽的夏云。

云腾起时，有：

半夜长安雨，灯前越客吟。孤舟行一月，万水与千岑。
岛屿夏云起，汀洲芳草深。何当折松叶，拂石剡溪阴。

（贾岛《忆吴处士》）

云起时，各种意绪也随之起。而夏云之起，规模可知，则意绪之浓郁深重，其程度也可知。贾岛的诗，总是需要深味，不仅仅在于其对仗的精巧，更在那份意绪的深沉。这首诗除了写及夏云，颔联亦令人过目难忘。一句当中，“孤”与“一”，“孤舟”与“一月”，“万”与“千”，“万水”与“千岑”，这样的对应，本身已经自成格局。两句之间再行对仗，顿时漾起无尽的感喟深长。

云盘桓时，又有：

闲居谁厌僻，门掩汉祠前。山色夏云映，树阴幽草连。
晴光分渚曲，绿气冒原田。何日远游罢，高枝已噪蝉。

（马戴《题吴发原南居》）

这映着山色的夏云，挟裹着满目的青苍，写出了多少郁勃而浓炽的生意。

这夏天的云，可以悬于晴空之上：

雷息疏雨散，空山夏云晴。南轩对林晚，篱落新蛩鸣。
白酒一樽满，坐歌天地清。十年身未闲，心在人间名。
永怀君亲恩，久贱难退情。安得蓬丘侣，提携采瑶英。

（司马扎《山中晚兴寄裴侍御》）

流目夏云生

与晴空相亲，不难想象这夏云的舒展与轻逸。这样的天空，唯当仰首与沉醉，它呈现的是天地之间浑成的清意。在这样的天空之下，“白酒一樽满”道出的，就是不待言说的自足与惬意。

当然，夏天的云更多的时候都是和雨相关的。太多的翻涌，其实都在传递着雨来的讯息。所以有人这样写道：

共有樽中好，言寻谷口来。薜萝山径入，荷芰水亭开。
日气含残雨，云阴送晚雷。洛阳钟鼓至，车马系迟回。

（杜审言《夏日过郑七山斋》）

“日气”云云，写出了夏雨过后的那份氤氲，“云阴”一句，又在雷声隐隐中，继续预报着下一场雨事的到来。还有人这样总结：

如峰形状在西郊，未见从龙上泬寥。
多谢好风吹起后，化为甘雨济田苗。

（李中《夏云》）

堆叠如峰，因风化雨。夏天的云气，就这么和雨意捆绑在一起。所以，当诗人仰首，不但看到了声势浩大的云，也看到了瞬息将至的同样声势浩大的雨。

仰首于天宇之下，亦不难发现，这夏云的颜色，可以是叫人镌到心里的耀目的白——

今年到时夏云白，去年来时秋树红。
两度见山心有愧，皆因王事到山中。

（白居易《再因公事到骆口驿》）

却也可以是灼人眼目、照亮一切的红——

窦岭吟招隐，新诗满集贤。白衫春絮暖，红纸夏云鲜。
琴缠江丝细，棋分海石圆。因知醉公子，虚写世人传。

（李洞《寄窦禅山薛秀才》）

“红纸夏云鲜”这一句，真是新奇而真切，叫人读之即有深刻印象。夏云，的确就是这么样的绚烂鲜洁，炫着世俗人等的耳目，也惊着平凡众生的心神。诗僧齐己有一首《夏云曲》，就毫不吝惜笔墨渲染着夏云的奇异光色：

红嵯峨，烁晚波。乖龙慵卧旱鬼多。
爞爞万里压天堑，飚雷电光空闪闪。
好雨不雨风不风，徒倚穹苍作岩险。
男巫女觋更走魂，焚香祝天天不闻。
天若闻，必能使尔为润泽，洗埃氛。
而又变之成五色，捧日轮，将以表唐尧虞舜之明君。

身为一清寂的诗僧，齐己能有这么浓炽的笔墨，还真是令人有些意外。像山一样巍峨的红云，照耀在黄昏水波之上，连天动地而来，兀自在空中峻拔耸峙，完全就是天宇间的一桩奇观。这样的云，如果带来的是一场暴雨，那天地就会为之一洗。它如果幻化成五色，那就是卿云，是祥云，随着日轮捧出，象征着万象升平。而这样的绚烂，是夏天的云色，也是夏天的霞彩。

势能成岳仞，顷刻长崔嵬。暝鸟飞不到，野风吹得开。
一天分万态，立地看忘回。欲结暑宵雨，先闻江上雷。

（《夏云》）

曹松的这首小诗，宛如一帧夏云的素描。它勾勒了仰望的重点，也传递了仰望的痴迷。夏天的云，重点在势——是山岳一般的崔嵬，也是飞鸟触不到的高峻。夏天的云，特点在跟雨的那份密切。江上有雷，云中带雨，每一次仰首，都能懂得一场汰洗的势在必行。而夏天的云，总是看不尽的——“一天分万态，立地看忘回”，所以，唐代诗人存留至今的诗篇，才会有那么多点出夏云的字句，有关夏云的仰首。

二、星斗俨虚空

至于夏日的夜空，更是叫人只能仰首——迈不了步子，也移不开目光——是那样的深邃浩淼，也是那样的璀璨明澈。其间，有星，有月，有着这宇宙间最令人心折的陈列。

夏天的星，杜甫这样写过：

醉酒扬雄宅，升堂子贱琴。不堪垂老鬓，还对欲分襟。
天地西江远，星辰北斗深。乌台俯麟阁，长夏白头吟。

（《夏日杨长宁宅送崔侍御常正字入京得深字韵》）

“星辰北斗深”，这样的仰首，一如它所押的韵脚，也如杜诗一贯的风格，让我们看到的，是星辰位列夏空深处的景象，也传递出诗人暮年于夏夜送别友人时，那份离愁的深长。唐代诗人的杰出，就在于他们总能于惯常之外，有所点染，有所唤起。提到星，我们所能想到的无非就是明亮与璀璨，可唐代人笔下的星，却似乎有着万千姿态。而且，并不是刻意出新，他们只是通过吟咏，让人们充分地意识到，在“平凡无奇”的生活中，我们究竟无视了多少，又错过了多少，在平凡中闪着奇异光辉的存在。

杜甫写了星之深，王建写到的是星之少——

夏夜新晴星校少，雨收残水入天河。
檐前熟著衣裳坐，风冷浑无扑火蛾。

（《新晴》）

诗人所勾勒的，是一个夏日雨后，新晴的夜晚。雨后新晴，一切都泛着清新的况味。“雨收残水入天河”，这一句新而且奇，写出了星河于夏空的那份轻漾。夜空澄净而清冽，所以就算只有稀疏的几粒小星，也仍然历历闪烁着，如碎钻般不动声色地点缀着。校，这里就是较的意思。唐人诗句中，常见这用法。瞩目于不多几粒星子，浅浅一道明河，这夏夜的轻恬，几乎不待摹写，就已潜入了心中眼中。这就是唐人突出的本领。

星斗疏落，往往就会觉得夜空寥廓，刘得仁《夏夜会同人》一诗这么写道：

沈沈清暑夕，星斗俨虚空。岸帻栖禽下，烹茶玉漏中。
形骸忘已久，偃仰趣无穷。日汲泉来漱，微开密篠风。

偌大的夜空，只有数星横陈，这样的夜，自然是清意无尽的。仰可扪参历井，俯可岸帻烹茶，有幽禽纷下，有清辉一庭，俯仰之间，不免忘怀形骸，沉醉在那至深的清与静中。

而韦庄，则写到了星之众多。其《夏夜》有：

傍水迁书榻，开襟纳夜凉。星繁愁昼热，露重觉荷香。
蛙吹鸣还息，蛛罗灭又光。正吟秋兴赋，桐景下西墙。

显然，星之繁与疏，直接折射着来日的溽热与清凉。所以，星疏写到的都是欣然，星繁却带出了一丝丝愁颜。然而，这个繁星点点的夏夜里，更为突出的，依旧是傍水纳凉的那份享受。西墙的桐影，荷花的清香，还有声声蛙鸣，实在是给这夜增添了许多的写意。更何况，还有一天的繁星。那明亮的喧哗，大概是宁静到了最深处的人间夜色方能拥有的喧哗。

再看顾非熊写星之众，又是另外一套笔墨了。其《夏夜汉渚归舟即事》有：

扁舟江濑尽，归路海山青。巨浸分圆象，危樯入众星。
雨遥明电影，蜃晓识楼形。不是长游客，那知造化灵。

这是观星于江海之上，一叶舟中。其特殊的位置，也赋予了所见与平时不同的特性。江海之上，繁星是大而且低。如此夜空映在水面，那是说不出的震撼与璀璨。“巨浸分圆象”，写的正是这样一幅场景。圆象，指的就是天象。行舟水上，已经分不清何处是天，何处是水，这般璀璨真是美得能够叫人忘却所有。至于身处一叶舟中，繁星则是低而且明的。在这样的逼近面前，船的桅杆有了与星平齐的高度，甚至有了驶入繁星当中的错觉。悬于身侧的星空，似乎伸手即可触及，几乎不待任何仰首。没有摄录仪器的唐代诗人，就凭借手中一枝健笔，将这样奇异的画面永远定格，令到无数世代的读者可以身临其境，一样动容屏息，划入繁星深处。

唐代在仰望中感喟星河灿烂的，当然也不乏其人。如柳宗元，他就写到了头顶星汉的湛然，不过，却是在苦热的背景中着笔写来：

苦热中夜起，登楼独褰衣。山泽凝暑气，星汉湛光辉。
火晶燥露滋，野静停风威。探汤汲阴井，炀灶开重扉。
凭阑久彷徨，流汗不可挥。莫辩亭毒意，仰诉璿与玑。
谅非姑射子，静胜安能希。

（《夏夜苦热登西楼》）

与山泽暑气相对的，是凌空熠熠光辉的银河。诗人用一个“湛”字，写出了头顶星汉与身侧尘寰完全不同的品质。相异于现实世界的“热”——显然柳宗元意欲敷演的，也并非简单意义上的暑热而已，天上星河既明澈又清凉，就仿如一味足以疗救的良药。注目星汉，仰诉璇玑，这俗世中的一切苦楚彷徨，似乎都获得了纾解与熨帖的可能。

同写银汉，李商隐的表达又见另外一种风致——

前阁雨帘愁不卷，后堂芳树阴阴见。
石城景物类黄泉，夜半行郎空柘弹。
绫扇唤风阊阖天，轻帏翠幕波洲旋。
蜀魂寂寞有伴未，几夜瘴花开木棉。
桂宫流影光难取，嫣薰兰破轻轻语。
直教银汉堕怀中，未遣星妃镇来去。
浊水清波何异源？济河水清黄河浑。
安得薄雾起缃裙，手接云軿呼太君。

（《燕台诗四首》其二《夏》）

很显然，诗人于此描绘的是一场发生在夏夜的幽会。于是，他堆叠了满纸与夏夜相关的意象来书写这场难以言明的情事。其中，便有天上璀璨的银河。可是在李商隐笔下，这银河

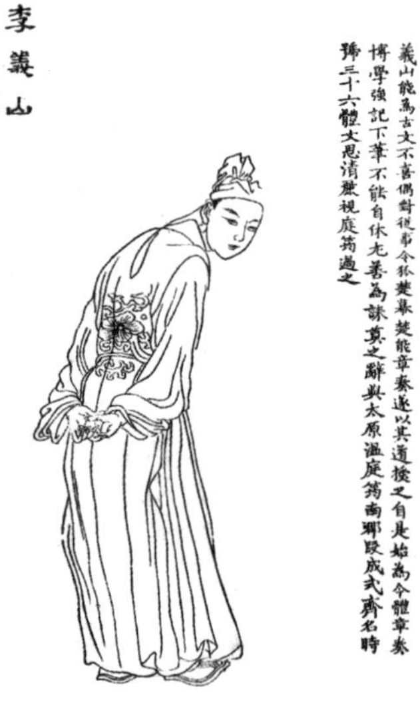

李商隐

却成了来人的象征。一句“直教银汉堕怀中”，解构了星辰本身固有的遥远与敻绝，赋予了一层前所未见的亲昵。以银汉作比，足见其人的美好，宛若星辉斑斓。而银汉之堕，又写出了诗人满怀的难以置信和惊喜非常。至于“未遣星妃镇来去”，同样以星作比，抒发了诗人意欲留住刻下的那份强烈的相守热望。由远而近，以星言人，这无疑是关于银汉，十分奇诡又不失旖旎的一笔。

星空就是这样一种存在。它亘永如一。而人间的仰首，却有着千百种所在、千百种角度、千百种感受。不过，那份因浩瀚杳远、光华流溢而生发的敬畏、震撼、吸引，甚至是痴迷，却是古今无二的。康德就说过：

> 有两种东西，我对它们的思考越是深沉和持久，它们在我心灵中唤起的惊奇和敬畏就会日新月异，不断增长，这就是我头上的星空和心中的道德定律。

所以，读唐人眼中的夏日星空，就等于我们可以穿越时空阻隔，与这些诗歌作者一同并肩仰首，一同领受并披拂一宇宙的星光。

三、云尽月如练

夏夜中最美好的，除了点点星光，当然更有那一轮皓月。其实前面引到的和夏夜有关的诗句，已经有太多的月影流动。可以充分看到，有关夏夜的仰首，基本时时有月。要么一月当窗，要么照彻四野，要么，是林间碎月光，又或者，是入船入襟、入云入盏。这清光流溢不绝，是夏日夜空的特写，也是这人间最可宝贵的“无尽藏”。

夏天的月，是悬于夜空中的一泓清冽，仰首观月，自然就能汲取到无尽凉意，从身处的滚烫红尘逃逸开去。因此唐代诗人写及夏月，往往强调的也是其寒、其凉。岑参《登嘉州凌云寺作》就有：

寺出飞鸟外，青峰戴朱楼。搏壁跻半空，喜得登上头。
始知宇宙阔，下看三江流。天晴见峨眉，如向波上浮。
迥旷烟景豁，阴森棕楠稠。愿割区中缘，永从尘外游。
回风吹虎穴，片雨当龙湫。僧房云濛濛，夏月寒飕飕。
回合俯近郭，寥落见远舟。胜概无端倪，天宫可淹留。
一官讵足道，欲去令人愁。

既是凌云寺，诗人置身其间，自然极力夸炫位置之高。云和月，无非也是形容其高的道具。僧房笼在了云中，迷蒙一团。月光也是一片清寒，添设着寺中的凉意。浸在寒月之中的这种体验，既写出了高处不胜之凛然，也道明了月色极致的清冽。

白居易的《香炉峰下新卜山居草堂初成偶题东壁》，同样写到了山间夏月之凉——

五架三间新草堂，石阶桂柱竹编墙。
南檐纳日冬天暖，北户迎风夏月凉。
洒砌飞泉才有点，拂窗斜竹不成行。
来春更葺东厢屋，纸阁芦帘著孟光。

整首诗都在写山间居所的美好。而这美好的一项条件，就在“北户迎风夏月凉”。北边的窗户，开启后就是一个清凉的夏天——有清风，更有凉月，这确实能够叫人心生向往。试想凭窗而坐，有风入襟，有一窗枨泠泠然的清光，或读或写，套用张岱的句式，大概也是字俱莹然的。

张籍《隐月岫》一诗又有：

月出深峰里，清凉夏亦寒。每嫌西落疾，不得到明看。

山林中月色的清寒，总跟山林的幽深撇不清干系。月亮从峰峦深处浮现，带出来的，就是峰峦深处的清寒。

而戎昱《玉台体题湖上亭》所赋则为：

湖入县西边，湖头胜事偏。绿竿初长笋，红颗未开莲。
蔽日高高树，迎人小小船。清风长入坐，夏月似秋天。

整首诗的亮点，就在最后两句。山间月色清寒，这湖上的月，也充满了秋的意蕴，也是一味凉彻。因为这份凉意，诗人所在就与一般红尘有了区别，心境之闲适自足也无须多言。

就连寻常枕席，也因为有了这月光的照拂，有了如水的凉意。吴融《夏夜有寄》即有：

月上簟如水，轩高帘在钩。竹声寒不夏，蛩思静先秋。
偶得清宵兴，方知白日愁。所思何处远，斜汉欲低流。

夜凉如水，往往是因为月色如水。月色映上簟席，那就是一榻滉瀁的皎洁。卧于其上，暑意何存！所以月色是夏夜最精致的妆容，有了月的点染，溽热的夏夜就有了美好的可能。

李中《晋陵县夏日作》诗中也有：

事简公庭静，开帘暑气中。依经煎绿茗，入竹就清风。
至论招禅客，忘机忆钓翁。晚凉安枕簟，海月出墙东。

诗歌开篇即云“暑气”，结篇却是“晚凉”。而能够在暑气之中感受到晚凉，跟公事的退却有关，离不开绿茗修竹的安抚、至论忘机的心境，不过更重要的，还是一轮海月从墙东升起，清光铺上枕席。坐卧之安，枕簟之凉，尽在于此。

前面说过山林是夏日最美的所在，而月下的山林，大概是这“最美”中的至境了。所以才有“夏月山长往”（齐己《山中答人》）这样的句子。李峤笔下的夏日山林，最牵人思绪的，也在“月涧”一语——

碣馆分襄野，平台架射峰。英藩信炜烨，胜地本从容。
林引梧庭凤，泉归竹沼龙。小轩恒共处，长坂属相从。
野席兰琴奏，山台桂酒酿。一枰移昼景，六箸尽宵钟。
枚藻清词律，邹谈耀辩锋。结欢良有裕，联寀愧无庸。
暂悦丘中赏，还希物外踪。风烟远近至，鱼鸟去来逢。
月涧横千丈，云崖列万重。树红山果熟，崖绿水苔浓。
愿以西园柳，长间北岩松。

（《夏晚九成宫呈同僚》）

［南宋］夏圭《松溪泛月图》

月涧，月光照映下的溪涧。月华如练，这是我们常见的形容。而当如练的月华映照于溪涧之上，那溪涧也就同样成了一条银练，通体淌着皎洁莹澈的波光。这样的一份辉映，真可谓美轮美奂。更何况，诗人所咏是“月涧横千丈”，这就不是一线隐约幽微的清光所能比拟的。天空中一轮皓月照彻，山林中又是千丈潺潺汩汩的溪涧闪着月光，置身其间，自然胜地从容，自然不思归去。

当然，夏天的月光，也有着明显的季节标签——是从天宇间倾泻而下，是厚，是稠，是清光漫溢。唐人吟咏当中，时常可见“潭深月光厚”（王湾《晚夏马嵬卿叔池亭即事寄京都一二知己》）、“云尽月如练”（欧阳詹《荆南夏夜水楼怀昭丘直上人云梦李莘》）、“轩窗映月深”（刘得仁《夏日即事》）、“断云流月却斜明”（韩偓《夏夜》）这一类的字句。这样的月色，最强大的功能除了清凉一夏外，就在于沉醉一夏。就像戴叔伦《夏夜江楼会别》所咏：

不作十日别，烦君此相留。雨余江上月，好醉竹间楼。

劝人留驻，不言其他，只言月色，可知这月色是好到了何等样的程度。凭着这雨后江上的皓月一镜，便足以流连，足以沉醉。

所以，在这皓月当空的夏夜里，不去玩一番赏一番，那实在是对这月色大大的辜负。尽情仰首，踏月步月，将当空一轮的无尽清辉掬到诗句当中，如此这般，才足以应对这纷扰在在、涯岸在在的所谓人生。

第四章 荡涤

露洒长松六月凉

就气象来讲，夏日最突出的当然是突如其来的雨——而且往往是阵雨，是暴雨；风和雨也总是结伴同行，一霎雨，就有一霎风。夏风的狂荡，丝毫不逊春风。只不过，春风肆虐往往是在白昼日下，而夏风的狂荡，往往和雨事相关，风雨交加，这才是夏风的日常。雷与电，也是雨的搭配，或者预告雨的到来，或者伴随整个过程，又或者，只是充当一个隐隐的尾声。总体来看，夏日的这些气象，都是天地间的一次次荡涤或者说汰洗。夏天最明快的爽意，就在这随时而发的雷电与风雨。它们纾解着所谓暑意，也冲刷着一切的尘垢，无论是自然万物，还是这尘色满满的世间。

一、乔木更含风

关于夏风，前面说过，它有“炎风”的别名。它就是炎热时节最为横肆的一阵清凉。如果说，春风是绿色的，拂过处皆有生意迸出，那夏风就是苍翠氤氲的，因为它总是来自山林深处，是诗人露顶所洒；也是起自江海之上，因为总有不绝的雨意蕴涵其中，跟随其后。

而在唐人有关夏风的咏叹中，尤以王维这首《夏日过青龙寺谒操禅师》最具气象。其诗曰：

龙钟一老翁，徐步谒禅宫。欲问义心义，遥知空病空。
山河天眼里，世界法身中。莫怪销炎热，能生大地风。

王维的诗本来就有浓郁的禅意佛理，这首诗又是写在去到山寺拜谒禅师的一个夏日，其禅意佛理自当更为分明。全诗最精彩处就在最后四句。天眼，是佛教五眼（肉眼、天眼、慧眼、法眼、佛眼）之一，《翻译名义集》卷六有："天眼远近皆见，前后内外，昼夜上下，悉皆无碍。"所以"山河"一句，既写出了青龙寺俯瞰一切的高度，禅师目摄一切的通达，也写出了佛法的无所不包。世界，同样是佛家用语，《楞严经》称，"世为迁流，界为方位"，是以世为时间，界指空间。法身，则是法性身，也即法性。《维摩经》认为，"法身在天而天，在人而人"，可谓涵盖了一切。所以"世界"一句，写出的就是法身广大无边，遍布于一切现象当中。故此，又何须诧异于寺境的清凉，炎热尽销。清凉世界，皆因此间有佛，能于大地生风。以天地之间风的鼓荡，以风过之处万物的清凉，来形容于佛法无边，这真是生花妙笔，丝毫不待经营。这样的形容，也写出了夏风的特质——那样一种生于天地、销尽暑气、吹彻尘情、无边无际的荡涤。

这样的荡涤，拂过山林，吹过襟间，就是一夕永远言说不尽的幽深。如韦应物《南园》所咏：

清露夏天晓，荒园野气通。水禽遥泛雪，池莲迥披红。
幽林讵知暑，环舟似不穷。顿洒尘喧意，长啸满襟风。

满襟风起，长啸亦起，这样的组合，写出的不仅是尘喧之洗、山林之幽，更有诗人怀抱之旷远澄明。

戴叔伦《夏日登鹤岩偶成》一诗所咏也十分精彩：

天风吹我上层冈，露洒长松六月凉。
愿借老僧双白鹤，碧云深处共翱翔。

登岩，诗人称之为“天风吹我上层冈”，风何其浩荡，登又何其轻巧。所临之风，是“露洒长松六月凉”，此句显然化用了李白的“露顶洒松风”，藉由化用，也使那份潇洒与写意得以径入此诗当中。这样的风，令人有直上云霄的热望，也似乎有了翱翔于碧云深处的各种可能。

露洒长松
六月凉

山间的风，似乎总是从松上吹来。这样所塑造的清，就不是一般穿堂入室的风所能比拟的。贾岛《夏夜上谷宿开元寺》便有：

诗成一夜月中题，便卧松风到曙鸡。
带月时闻山鸟语，郡城知近武陵溪。

能够卧于松风，此境之幽可知，此夜之清，也不待多言。

方干《夏日登灵隐寺后峰》又道：

绝顶无烦暑，登临三伏中。深萝难透日，乔木更含风。
山叠云霞际，川倾世界东。那知兹夕兴，不与古人同。

能够在三伏天登临灵隐寺后山而绝无烦暑，关键就在于此地松萝蔽日，乔木含风。乔木含风，这一笔运得妙。风在乔木之中，所写出的就是风在山林之间的穿梭，声响可闻，爽意可鉴。

这正是孟郊在《题从叔述灵岩山壁》中形容的：

换却世上心，独起山中情。露衣凉且鲜，云策高复轻。
喜见夏日来，变为松景清。每将逍遥听，不厌飕飕声。
远念尘末宗，未疏俗间名。桂枝妄举手，萍路空劳生。
仰谢开净弦，相招时一鸣。

山中，显然是与世间相对的一个所在。所以山中的种种，就充满了象征的意味。山中之情待起，必须换去世上之心。没有了得失的计较，世俗的点染，才能真正懂得山中的好处。山中夏日之来，与酷热无关，与烦嚣无关，它就是一味清冽，与松声相并。满耳飕飕，是这一山林的夏意；更是夏日的风，那本来无痕的脚踪被山林记忆。

二、萧索似山中

这样的荡涤，来到庭院，就是一席不可多得的清意。就像曹松《夏日东斋》所写，有了这夏日的清风，居所，就离山不远了——

三庚到秋伏，偶来松槛立。热少清风多，开门放山入。

风，是夏天看不见的手，如同魔术师一般，不单左右着天气，更左右着心情。再热的时段，有了风，也就有所不同。伏天，因为有了风，居然都可以"热少清风多"。而迎着这充盈于庭间的风，似乎一开门，青山也就进到了院中，来到了身旁。这两句的妙处，就在用山之临门入户，写出了风特有的禀赋——凭借自身的鼓荡，赋予这世界的幽，与青，还有那逼人的爽意。

能够有此一榻竹风，庭院，即可瞬间与山林无二。李中《夏日书依上人壁》一诗即有：

门外尘飞暑气浓，院中萧索似山中。
最怜煮茗相留处，疏竹当轩一榻风。

门外院中，分明也是截然不同的两个世界。门外又是飞尘又是暑气，院中，却可以像山中一样萧索。萧索的成因、得以煮茗相留的关键，都在这一榻竹风。卧于这一榻竹风之上，又何啻卧于松风？

因为有这风的存在，夏夜的庭院，也可以写满疏爽的温情。杨凝《晚夏逢友人》一诗即云：

一别同袍友，相思已十年。长安多在客，久病忽闻蝉。
骤雨才沾地，阴云不遍天。微凉堪话旧，移榻晚风前。

疏竹当轩
一榻风

雨后的庭院，因风而起一段晚凉。“微凉堪话旧，移榻晚风前”，这两句笔墨简淡而情味十足。移榻，就的是那点微凉；移榻，更是为了十年叙不尽的相思之情。此时的风，就有了叫人倍感温煦的情意。

夏日的风，也不止起于山林，穿梭庭户，它还可以生于扇下，徘徊于樽盏之间，在酷暑之中，带来渔歌声声，也带来海的气息，继续那时时处处的荡涤。羊士谔《晚夏郡中卧疾》一诗所咏，就是扇底之风——

事外心如寄，虚斋卧更幽。微风生白羽，畏日隔青油。
用拙怀归去，沉痾畏借留。东山自有计，蓬鬓莫先秋。

生于白羽之微风，已经不单单是纳凉的必需，更像是幽抱的一份外化。

至于风色在席间樽盏之上的徘徊，我们可以于姚合《早夏郡楼宴集》一诗中见之——

官散有闲情，登楼步稍轻。窗云带雨气，林鸟杂人声。
晓日襟前度，微风酒上生。城中会难得，扫壁各书名。

整首诗所敷演的，正是“官散有闲情”的那份生涯的闲适。因为闲中无事，才会留心周遭的一切景象，像是窗间带雨的云，楼外鸟声与人声的混杂。岁月的流逝，在闲适中方见印痕。注视着日色的变化，把盏消磨着辰光，此刻的微风，就宛若从杯盏中生起，拂过面颊，也拂过朱栏，这也恰是幽恬心境方能体察到的那点微妙的美好。

姚合的另一首诗，《夏夜宿江驿》，伴着一阵风起，捎来的又是江渚间嘹亮的渔歌之声——

竹屋临江岸，清宵兴自长。夜深倾北斗，叶落映横塘。
渚闹渔歌响，风和角粽香。却愁南去棹，早晚到潇湘。

歌声在风中漾开，夏夜的江渚有格外生动的色彩。还有在风中散开的粽香，又是在这清宵中提醒着时令。如此夏夜里的风，有着人世间惯见的鲜活，也吹拂起与古老与传统相关的万千思绪。在这夏夜的江岸，激荡着，也深沉着……

再看许浑《闲居孟夏即事》，此间的风，带来的却是海的意绪。诗曰：

绿树荫青苔，柴门临水开。簟凉初熟麦，枕腻乍经梅。
鱼跃海风起，鼍鸣江雨来。佳人竟何处，日夕上楼台。

柴门临水而开，这样的居住环境必然会遇到一个不一般的夏天。特别是在风雨到来之时，无论势头还是力量，所呈现的，应该都会百倍于寻常。所以风来，是“鱼跃海风起”，有着席卷一切的气势，苍茫而磅礴；雨来，又是“鼍鸣江雨来”，这样的形容挟带着幽奇险怪的色彩，江天之昏黄可见，雨势之滂沱可知。可是面对这样的惊风骇雨，诗句中却丝毫不见惊骇之色，仿佛与前之簟凉枕腻并无区别，这样的态度，才是真正意义上的闲适，也是真正意义上的难得。

三、骤雨已喧山

当然，夏风的荡涤，往往是和雨系在一起的。山雨欲来，从来都是风满层楼。于是，我们在卢纶《酬苗员外仲夏归郊居遇雨见寄》一诗中读到这样的字句：

雷响风仍急，人归鸟亦还。乱云方至水，骤雨已喧山。
田鼠依林上，池鱼戏草间。因兹屏埃雾，一咏一开颜。

雷的轰鸣，风的狂肆，这似乎是每年夏到深处时节，我们窗前定期播放的场景。这真是自然在展现它的力度——雷在震慑，风在荡涤，雨在汰洗。雷增添的是声势，风却是雨势的切实助攻。乱云的瞬间移动，便是在风的作用之下。一霎间，满山都是雨声喧哗。风作为打头阵的角色，确实令这场雨增势不少。这首诗中偶然遇到的雨，似乎可以发生在任何一个夏天的午后，有着那等熟悉而真切的面容。然而这样一场突如其来的风雨，又何尝因为熟悉而减损了它的诗意！

卢 纶

刘得仁《夏日樊川别业即事》，也是写风及雨。其诗有：

无事称无才，柴门亦罕开。脱巾吟永日，著屐步荒台。
风卷微尘上，霆将暴雨来。终南云渐合，咫尺失崔嵬。

风和雨，总是彼此离不开的一对搭档。所以写雨之时，每每及风；写风之时，又每每及雨，往往就这么并辔驱驰。发生在夏日里的一场场风雨，都可说是天地之间的一次次荡涤。每一次注目于风卷微尘、雷霆暴雨，心里似乎同时也经历了一次强有力的冲刷清洗。

所以风而外，夏天世界，最有力的荡涤还有雨。作为一位擅长写雨的诗人，杜甫的笔下，便不止“随风潜入夜，润物细无声”的春雨，还有许多关于夏雨的记录。比如这首《陪章留后侍御宴南楼》，就是有关夏雨的一首诗歌：

绝域长夏晚，兹楼清宴同。朝廷烧栈北，鼓角满天东。

屡食将军第，仍骑御史骢。本无丹灶术，那免白头翁。
寇盗狂歌外，形骸痛饮中。野云低渡水，檐雨细随风。
出号江城黑，题诗蜡炬红。此身醒复醉，不拟哭途穷。

在这一首诗中，诗人的情绪写满沉痛，夏雨则是这一腔沉痛的底色，写得情味十足。“野云”“檐雨”两句，既是眼前所见之实景，也是心境之压抑低沉的写照。这一场夏雨，把本属难言的心事写得真切可感，几可触及。

另外，杜甫还有《大雨》一首，此诗以较长的篇幅，敷演了由旱及雨的整个过程：

西蜀冬不雪，春农尚嗷嗷。上天回哀眷，朱夏云郁陶。
执热乃沸鼎，纤絺成缊袍。风雷飒万里，霈泽施蓬蒿。
敢辞茅苇漏，已喜黍豆高。三日无行人，二江声怒号。
流恶邑里清，矧兹远江皋。荒庭步鹳鹤，隐几望波涛。
沉疴聚药饵，顿忘所进劳。则知润物功，可以贷不毛。
阴色静陇亩，劝耕自官曹。四邻耒耜出，何必吾家操。

《大雨》一诗，前六句所写，是雨来之前的景况。云之郁陶，夏之炙热，天地大旱，致使这一场雨的到来充满了无穷的意味——既是对于干涸大地的一次拯救，也携带着最强烈的爽意呼啸而来。雨挟风雷，构建的是一份绵亘万余里的飒爽，同时也是甘霖普施的盛况。可以说，六句以后的笔墨，诗人转而极力渲染雨势之大。这样一份能够叫人“隐几望波涛”的滂沱景象，最终不但完成了对于“不毛”的施予，润物有功；更彻底清洗了世间的一切尘垢，使得流恶全无。一场近乎极致意义的大雨，自然叫人读之快意，喜悦无尽。

陆龟蒙、皮日休的《开元寺楼看雨联句》所写，也是这么一场濯神洗目的大雨：

海上风雨来，掀轰杂飞电。登楼一凭槛，满眼蛟龙战。龟蒙
须臾造化惨，倏忽堪舆变。万户响戈鋋，千家披组练。日休
群飞抛轮石，杂下攻城箭。点急似摧胸，行斜如中面。龟蒙
细洒魂空冷，横飘目能眩。垂檐珂珮喧，摞瓦珠玑溅。日休
无言九陔远，瞬息驰应遍。密处正垂緪，微时又悬线。龟蒙
写作玉界破，吹为羽林旋。翻伤列缺劳，却怕丰隆倦。日休
遥瞻山露色，渐觉云成片。远树欲鸣蝉，深檐尚藏燕。龟蒙
残雷隐辚尽，反照依微见。天光洁似磨，湖彩熟于练。日休
疏帆逗前渚，晚磬分凉殿。接思强挥毫，窥词几焚研。龟蒙
佶栗乌皮几，轻明白羽扇。毕景好疏吟，余凉可清宴。日休
君携下高磴，僧引还深院。驳藓净铺筵，低松湿垂鬋。龟蒙
斋明乍虚豁，林霁逾葱蒨。早晚重登临，欲去多离恋。日休

联句，是一种很常见也很特殊的诗歌创作方式，它把一个人的情感抒发，变成了两个人甚至几个人的一场用诗歌完成的对话，甚至是竞技角力。像是《红楼梦》中芦雪庵的联句，那就是一个竞技的单元；而到了凹晶馆黛玉湘云二人之间的联句，又成了一场深夜契谈。此处，陆龟蒙与皮日休的联句，叫我们看到的，就是开元寺楼上两个看雨的人，他们有关这雨的一场谈话。

同样是大雨，杜甫的诗句在夸炫中书写着疾苦，而皮陆二人的对谈则更见细节。写雨，一称海上来，就漫天磅礴起来。风驰，往往伴着电掣，这就是陆龟蒙咏到的“掀轰杂飞电”。如此风雨，凭栏远眺，有着蛟龙大战一般的奇诡和轰烈。这场战斗，就这么你一言我一语，在接下来的吟咏中不断地得到细化。之后皮日休就大雨的效果展开了刻画，其细洒横漂，简直令人目眩魂冷。就声响而言，是檐上不曾停歇的喧哗；就画面来看，大雨敲击之下，瓦片上珠玑四溅。

夏天的雨，还有一个突出的特点，那就是倏忽来，又倏忽去。所以再猛烈的战斗，瞬间也告结束。远山依稀可见，云也

［明］周臣《夏畦时泽图》

不复成团，蝉声隐约可闻，燕子还栖身檐下，这是陆龟蒙笔下的大雨过后。皮日休所写，扣紧的却是雷声已成残雷的事实——从振聋发聩，到隐隐远去；还有云层中依微可见的夕阳光色；天空经过大雨的冲刷光洁似镜，湖上的光色经雨过后也有格外的灿烂。

一个人的视角总是有限的，感受亦然。联句这样一种方式，所提供的就是更多的所见，更多的可能。这一场雨事，发生在皮日休、陆龟蒙的眼中，有许多共同唤起的应和共鸣，也有不同程度的补充渲染，下得通透，下得尽致淋漓。

四、一雨洗诸尘

同是夏天的雨，在不同的诗人、不同的心境写来，便并非只有暴烈这么一项特征。唐诗的好处，就在于它从来不是那么单一、那么有限的。它所呈现给我们的世界，一向有着灵动而丰富的特质。春夏秋冬，莫不如此。就连一场夏天的雨事，也同样如此。

比如樊珣的《仲夏》，写到夏天的雨时，就呈现了稍显异样的另一种书写方式：

江南仲夏天，时雨下如川。卢橘垂金弹，甘蕉吐白莲。

江南的仲夏时节，雨水之充裕毋庸赘言。不过这首诗中，诗人显然无意敷演雨水的横肆，而是借“时雨下如川”一句，构筑了一份特属于夏日的明快景象。的确，夏天的雨，河流般飞泻在空中，与“卢橘垂金弹，甘蕉吐白莲”相对，既痛快，也明朗，更氤氲——织就了一份仲夏的热烈与盛大，也实现了夏日气韵与明媚江南的叠加及融合。

薛能还有一首《夏雨》，同样是在雨势横肆之外宕开一笔，写出了夏日动人的幽恬。诗曰：

何处发天涯，风雷一道赊。去声随地急，残势傍楼斜。
透树垂红叶，霑尘带落花。潇湘无限思，闲看下蒹葭。

雨，不知从何而起，但却总是和风雷偕行。洒落大地之上，有促急的节奏；雨快停的时刻，也有倚着小楼的斜打暗抛——来时疾且猛，去时尚有缱绻，雨中亦见情思。所以雨过之后，有红叶之垂，也有落花委地，却不是春雨之后令人心疼的狼藉，而是夏天特有的雨后清新。

白居易笔下的夏天的雨，也多见这样的幽恬。其中《春末夏初闲游江郭二首》（其一），其诗曰：

闲出乘轻屐，徐行蹋软沙。观鱼傍溢浦，看竹入杨家。

林迸穿篱笋，藤飘落水花。雨埋钓舟小，风飏酒旗斜。
嫩剥青菱角，浓煎白茗芽。淹留不知夕，城树欲栖鸦。

这首诗就把夏天写得轻灵可爱，闲适意味十足。从有关雨的一句来看，雨依旧是夏天常见的大雨，不过白乐天却从雨中钓舟着笔，攫取的，还是那一缕可爱的色泽。“雨埋钓舟小”，一句之中，烟江幛子宛然。着一“埋”字，雨丝之泼洒可知；着一“小”字，不但弱化了雨势的凌厉，更写出了在这漫天风雨中的一份安然。

乐天笔下的夏雨，还有“水榭风来远，松廊雨过初”（《仲夏宅居偶题八韵寄微之及崔湖州》），也是一味清远；又有“宿雨林笋嫩，晨露园葵鲜。烹葵炮嫩笋，可以备朝餐”（《夏日作》），则是满目清新；再看“岛树间林峦，云收雨气残。四山岚色重，五月水声寒”（《奉酬侍中夏中雨后游城南庄见示八韵》），始终闲适幽恬，神情淡远。

施肩吾有一首诗写到了雨中的荷花，也很动人：

僧舍清凉竹树新，初经一雨洗诸尘。
微风忽起吹莲叶，青玉盘中泻水银。

（《夏雨后题青荷兰若》）

僧舍，本身就是清幽的所在，就算夏日里，也没有红尘那般的闹热，更何况是一场雨后……一雨过后，浥尘新绿，触目皆是透亮的光色。雨后的莲叶，在微风中轻摇，于是叶上的水珠也随之流溢不停。这是雨后荷塘，我们惯见的情形。诗人扣住这个典型的场景写雨写荷，在动态中刻画了一派闲寂与静谧。

夏天，就是这样——漫长而短暂，喧哗而幽寂，当你正觉得其酷热暴虐叫人无可忍耐时，似乎突然就走到了尾声。于是

［明］戴进《风雨归舟轴》

会有很多低回，万千不舍。这个时候再读两组关于夏天的诗句，那些发现的辰光、流连的沉醉，还有仰望的震撼、荡涤的舒爽，似乎一时间都到眼前，一时间都从纸上腾起：

乘屐著来幽砌滑，石罂煎得远泉甘。
草堂只待新秋景，天色微凉酒半酣。

避暑最须从朴野，葛巾筠席更相当。
归来又好乘凉钓，藤蔓阴阴著雨香。

窗外晓帘还自卷，柏烟兰露思晴空。
青箱有意终须续，断简遗编一半通。

（陆龟蒙《药名离合夏日即事三首》）

三面僧邻一面墙，更无风路可吹凉。
他年舍此归何处，青壁红霞裹石房。

竹低莎浅雨濛濛，水槛幽窗暑月中。
有境牵怀人不会，东林门外翠横空。

（齐己《夏日城中作二首》）

跟随唐人的诗作闲览这夏天，既是“尽洗红埃去，并将清气回”（齐己《喜夏雨》），也是“清兴知无限，晴来示一言”（齐己《夏日雨中寄幕中知己》）。而有此夏日牵怀，诗意又何待远方。

秋日篇

经过了一春的萌发，一夏的恣肆，当日子抵达秋天，世界似乎一下就沉静了下来。不过这份沉静，并不意味着单一。它依然有斑斓的色彩，林林总总的活泼，以及形形色色的声响。只不过，秋天的一切似乎都在朝着思致的深处驶去。所以，秋天的物象背后，往往有着更深长的情感、更丰富的思绪。

在唐代以前，写秋天最动人的诗篇，大概要数曹丕的《燕歌行》了。开篇三句，就把秋天的征候写尽——“秋风萧瑟天气凉”，携着秋日的萧瑟与寒凉而来，身侧顿时秋风鼓荡；“草木摇落露为霜”，带出了风声中的凋零，凄寒中的清霜，一层层，将秋意铺上；“群燕辞归雁南翔”，空中盘旋的翼影错落，引出的自然是万千思绪的声响。诗歌中秋天的思绪，就好像应和着自然的节拍一般，布满了怅然与低回——自然中万

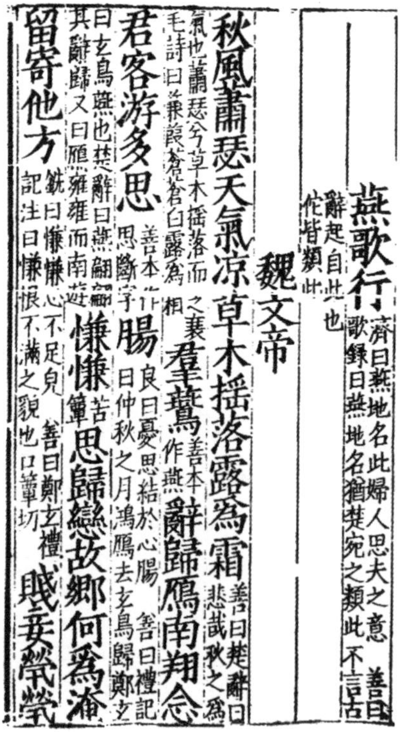
燕歌行
魏文帝
秋風蕭瑟天氣涼草木搖落露為霜羣燕辭歸鴈南翔念君客游多思腸慊慊思歸戀故鄉何為淹留寄他方賤妾煢煢

曹丕《燕歌行》（截图选自《文选》胡克家刊本）

物凋伤，诗人怀抱中也是色色摇落。这其中，不外乎游子对于漂泊的怅恨，对于故乡的思念；也包括了思妇对于在外之人的各种挂牵，以及空房独处的百结愁肠。这样的心绪，往往在夜间泛起，所以秋天充满了耿耿不眠的夜晚。四季当中，尤以秋夜，格外的难捱与漫长。

唐代以前，为秋天确立诗性的人物，则是陶渊明。陶渊明就好像专为秋天而生的一位诗人。他最爱的节令，是重阳；最爱的花，是菊花；最能代表其形象的诗句，是“采菊东篱下，悠然见南山”；与之相关，最出名的典故，是“白衣送酒”，这一典故定格了发生在秋日里的相知与潇洒。陶渊明为我们勾勒的秋天，始终泛着一泓澄澈与澹荡，明净与洒脱。后来的许多诗人，吟咏的，诠释的，仍然不出陶渊明对于秋的把握，对于秋的理解。

就唐代而言，最懂得秋天那份深沉的诗人，则非老杜莫属。杜甫《秋兴八首》一组，既标志着其诗歌技艺已达炉火纯青的境地，也写出了一个格外怆痛的秋天。

玉露凋伤枫树林，巫山巫峡气萧森。
江间波浪兼天涌，塞上风云接地阴。
丛菊两开他日泪，孤舟一系故园心。
寒衣处处催刀尺，白帝城高急暮砧。

夔府孤城落日斜，每依北斗望京华。
听猿实下三声泪，奉使虚随八月槎。
画省香炉违伏枕，山楼粉堞隐悲笳。
请看石上藤萝月，已映洲前芦荻花。

千家山郭静朝晖，日日江楼坐翠微。
信宿渔人还泛泛，清秋燕子故飞飞。
匡衡抗疏功名薄，刘向传经心事违。

同学少年多不贱，五陵衣马自轻肥。

闻道长安似弈棋，百年世事不胜悲。
王侯第宅皆新主，文武衣冠异昔时。
直北关山金鼓振，征西车马羽书驰。
鱼龙寂寞秋江冷，故国平居有所思。

蓬莱宫阙对南山，承露金茎霄汉间。
西望瑶池降王母，东来紫气满函关。
云移雉尾开宫扇，日绕龙鳞识圣颜。
一卧沧江惊岁晚，几回青琐点朝班。

瞿塘峡口曲江头，万里风烟接素秋。

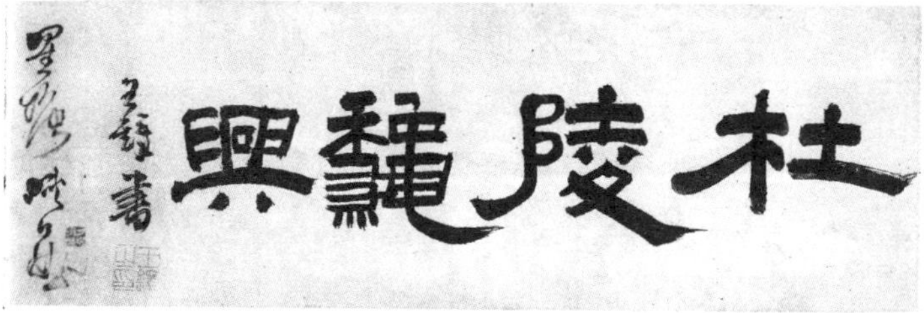

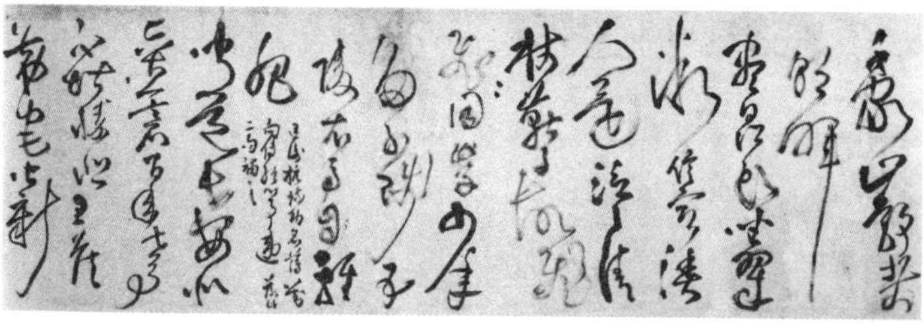

花萼夹城通御气，芙蓉小苑入边愁。
珠帘绣柱围黄鹄，锦缆牙樯起白鸥。
回首可怜歌舞地，秦中自古帝王州。

昆明池水汉时功，武帝旌旗在眼中。
织女机丝虚夜月，石鲸鳞甲动秋风。
波漂菰米沉云黑，露冷莲房坠粉红。
关塞极天惟鸟道，江湖满地一渔翁。

昆吾御宿自逶迤，紫阁峰阴入渼陂。
香稻啄余鹦鹉粒，碧梧栖老凤凰枝。
佳人拾翠春相问，仙侣同舟晚更移。
彩笔昔曾干气象，白头吟望苦低垂。

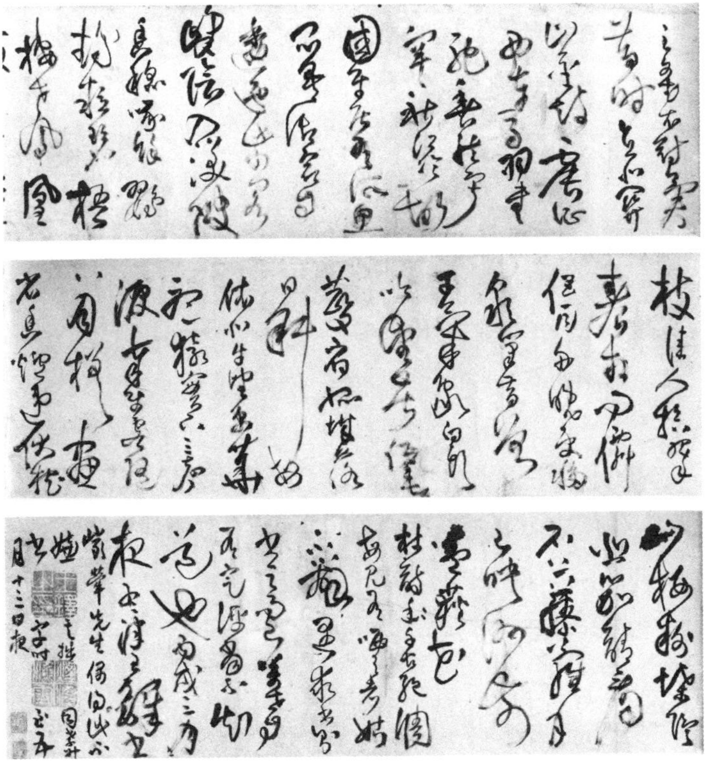

［明］王铎书杜甫《秋兴八首》

杜甫笔下的这组秋天，不仅仅指向自然的秋日，也是人生之秋，更是帝国之秋。所以，这其间的愁绪，不复恬淡清婉的格局，一方面，异常深沉，另一方面，也格外激越。这八首诗，是有关秋天思绪的一个完整乐章。第一首，是序曲，奠定了秋的基调——凋伤、萧森；“兼天涌”与“接地阴”，直接道出心绪的不能平静，翻涌不已；“他日泪”与“故园心”，点明了相隔与远离；最后两句，写出的则是人生的促迫、逝去的无情。

在这样一个序曲之下，接下来的诗作无非都是一个承接与延伸。既有地处秋日夔州，对于京华的牵恋，也有夔州此时的清秋景象——景色恬然，内心却有着与这景色并不相符的层层波澜。还有在寂寞秋江之上，诗人对于时局的忧心。就算已经远离了朝堂，放不下的，却仍然是曾列朝班的过往。“一卧沧江惊岁晚”，此时所惊的，就不止是季节突然行至晚景，同样也有帝国盛景的一去不返。通常，一去不返的，往往最值得追怀；而藉由对于盛时的不停回望，当下的萧瑟与衰落也就更显凄凉。

《秋兴八首》当中的秋天，就是这么驳杂与曲折的。它蕴含着诗人最为幽深隐微的内心，也奔涌着最激切的哀戚与忧伤。所以有人这么评价这八首诗：“诗家推尊工部《秋兴》八首，则杜子之《离骚》也。”这组诗中的一些字句，甚至堪称“工部集中最深最曲最妙最精者”（语出胡煦《周易函书》，上引亦同）。这么一个评价，其实也可以移来评价秋天。秋天，本身即为四季当中“最深最曲最妙最精”的一季，而老杜诗中所涵括的秋天，更是唐人诗歌斑斑秋色间“最深最曲最妙最精”的一种。

下面，我们就试着步入唐人诗中的这一痕痕秋色，去感受千余年前那秋的声响、秋的色泽，还有秋的怀抱、秋的气象。

第一章 倾听

二十五声秋点长

关于秋天的声响，我们最为熟知的文学作品，大概就是宋代欧阳修的《秋声赋》了。在这篇赋中，透过方夜读书的欧阳子那样一番侧耳倾听，我们所听到的，就是一个秋声的大致轮廓——

欧阳子方夜读书，闻有声自西南来者，悚然而听之，曰：异哉！初淅沥以萧飒，忽奔腾而砰湃，如波涛夜惊，风雨骤至。其触于物也，鏦鏦铮铮，金铁皆鸣。又如赴敌之兵，衔枚疾走，不闻号令，但闻人马之行声。余谓童子："此何声也？汝出视之。"童子曰："星月皎洁，明河在天，四无人声，声在树间。"

似乎每一个秋天的夜晚，只要静下来，都有这说不清道不明的各色声响在耳边回荡——提示着季节的步伐，也促动着所谓秋怀。这样的声音中，既有秋天天空的容色，那些清朗的日月、收敛的云霞；也有山川寂寥的模样，那些萧条的意绪、砭人肌骨的苦雨凄风。

其实在欧阳修之前，还有一个人也写过《秋声赋》，那就是唐代的刘禹锡。相比欧阳修的梗概简约，刘禹锡笔下的秋声

［清］华嵒《秋声赋图》

分明要具体得多，仿佛可闻。其文有：

碧天如水兮，窅窅悠悠。百虫迎暮兮，万叶吟秋。欲辞林而萧飒，潜命侣以啁啾。送将归兮临水，非吾土兮登楼。晚枝多露蝉之思，夕蔓趣寒蛩之愁。

至若松竹含韵，梧楸早脱。惊绮疏之晓吹，堕碧砌之凉月。念塞外之征行，顾闺中之骚屑。夜蛩鸣兮机杼促，朔雁叫兮音书绝。远杵续兮何泠泠，虚窗静兮空切切。如吟如啸，非竹非丝。合自然之宫徵，动终岁之别离。废井苔冷，荒园露滋。草苍苍兮人寂寂，树槭槭兮虫咿咿。

阅读这一段文字，秋天就以一个多声部大合唱的形式呈现于眼前。有虫声、叶声，有机杼声、砧杵声、雁叫声，所有能够代表秋天的声响似乎都到齐了。这虫声不止一种，有蝉，有蛩，有蛩，不过却多在入夜后发生。吟秋的叶声也形形色色，既有含韵者，也有早脱者，不过也都是在风中，奏着一曲凄冷萧飒的调子。

不难看到，秋天声响最鲜明突出的时刻，就是入夜时分。这也许是因为秋夜的寒凉促生了这许多的吟唱，又或者是因为秋夜的漫长与静寂，每每使得人无法入睡，无法不去侧耳倾听。

有着深沉意绪的秋天，最足荡人之处，恰恰也在这色色声响。齐邦媛《巨流河》一书，有一段和朱光潜先生有关的文字十分蕴藉，写出的，正是秋声与诗意之间的那份关联——

> 那时已秋深了，走进他的小院子，地上积着厚厚的落叶，走上去飒飒地响。有一位男同学拿起门旁小屋内一把扫帚说："我帮老师扫枯叶。"朱老师立刻阻止他说："我等了好久才存了这么多层落叶，晚上在书房看书，可以听见雨落下来，风卷起的声音。这个记忆，比读许多秋天境界的诗更为生动、深刻。"

是啊，有关声音的记忆，"比读许多秋天境界的诗更为生动、深刻"。那么，走进唐诗中的秋天，就让我们从倾听种种的声响开始。

秋声的构成是丰富的，所以唐诗中写到的秋声也并不单一——既有秋天最具代表性的声响，虫声、雁声、叶声，也有各色与人相关的声响，像是鼓角声、砧杵声、丝竹声，还有遥遥入枕的寺钟之声。前面种种，书写着秋天逼人的清；后面种种，突出的则是人境的鲜活与深沉。

一、虫鸣

在自然的万籁中，虫鸣差不多是无处不在的。而秋天最突出的虫鸣，大概，还要数"那一只蟋蟀"的鸣声。当代诗人流沙河的名篇《就是那一只蟋蟀》写过：

就是那一只蟋蟀
钢翅响拍着金风
一跳跳过了海峡
从台北上空悄悄降落
落在你的院子里
夜夜唱歌

就是那一只蟋蟀
在《豳风·七月》里唱过
在《唐风·蟋蟀》里唱过
在《古诗十九首》里唱过
在花木兰的织机旁唱过
在姜夔的词里唱过
劳人听过
思妇听过

就是那一只蟋蟀
在深山的驿道边唱过
在长城的烽台上唱过
在旅馆的天井中唱过
在战场的野草间唱过
孤客听过
伤兵听过

就是那一只蟋蟀
在你的记忆里唱歌
在我的记忆里唱歌
唱童年的惊喜
唱中年的寂寞

想起雕竹做笼

想起呼灯篱落
想起月饼
想起桂花
想起满腹珍珠的石榴果
想起故园飞黄叶
想起野塘剩残荷
想起雁南飞
想起田间一堆堆的草垛
想起妈妈唤我们回去加衣裳
想起岁月偷偷流去许多许多

就是那一只蟋蟀
在海峡这边唱歌
在海峡那边唱歌
在台北的一条巷子里唱歌
在四川的一个乡村里唱歌
在每个中国人脚迹所到之处
处处唱歌
比最单调的乐曲更单调
比最谐和的音响更谐和
凝成水
是露珠
燃成光
是萤火
变成鸟
是鹧鸪
啼叫在乡愁者的心窝

就是那一只蟋蟀
在你的窗外唱歌
在我的窗外唱歌
你在倾听
你在想念

我在倾听
我在吟哦
你该猜到我在吟些什么
我会猜到你在想些什么
中国人有中国人的心态
中国人有中国人的耳朵

这一只蟋蟀，在唐人的秋天里也没有停止过歌唱。它进入到唐人的笔下，多被称为“蛩”。这蛩凄急而不绝的鸣声，就建构了唐代诗人耳朵里最熟悉的那个秋天。

总是这一只蟋蟀，第一个宣告了秋天的到来，王维《早秋山中作》一诗就写过“草间蛩响临秋急”。也是这一只蟋蟀，让人在它的鸣声中感伤着时序。贯休写过一首《轻薄曲》，其词即曰：

木落萧萧，蛩鸣唧唧。
不觉朱蔫脸红，霜劫鬓漆。
世途多事，泣向秋日。
方吟少壮不努力，老大徒伤悲，如何。

在这样的鸣声中，秋夜的孤清可谓轮廓鲜明。释赞宁的《夜吟》也有：

独坐闲吟野思清，秋庭萧索暮烟轻。
孤灯欲灺月未上，万籁寂然蛩一声。

几乎每个诗中的秋夜，都显得凄清与漫长。夏夜易逝，秋夜难捱。秋天的庭院总是写满了萧索，这时节，骤然而起的一声蛩吟，即使划不破这夜的悄静，也能够倍增它的幽寂。所以，在秋夜里，漾秋心，动秋怀，伴随着秋思四溢的，总是这声声蛩吟。

这样一只蟋蟀的吟唱，往往在草丛里频繁地发生。耿沣《赋得寒蛩》一诗就写道：

尔谁造？鸣何早？趯趯连声遍阶草。
复与夜雨和，游人听堪老。

戴叔伦《客夜与故人偶集》也有：

天秋月又满，城阙夜千重。还作江南会，翻疑梦里逢。
风枝惊暗鹊，露草覆寒蛩。羁旅长堪醉，相留畏晓钟。

刘商《赋得月下闻蛩送别》一诗亦道：

物候改秋节，炎凉此夕分。暗虫声遍草，明月夜无云。
清迥檐外见，凄其篱下闻。感时兼惜别，羁思自纷纷。

蛩的声响，遍布于夜的草丛。在有雨的秋夜里听来，聒碎的是旅居在外之人的乡心。露重更深，蛩吟不停，叫人如何能够睡稳枕席，更无法抑制思绪。所以，在这样的啼鸣中倾耳辗转的，从来都是身处羁旅的心魂。不难揣想，漂泊时刻，最难耐的就是秋夜，以及这秋夜不停歇的蛩吟。

这样一只蟋蟀，还在窗下阶前啼遍。刘禹锡《秋夕不寐寄乐天》一诗即有：

洞户夜帘卷，华堂秋簟清。萤飞过池影，蛩思绕阶声。
老枕知将雨，高窗报欲明。何人谙此景，远问白先生。

蛩声绕阶，点明了这一声响发生的具体位置，也写出了心间耳际拂他不去的万千缠绕。

罗邺《秋夕旅怀》亦云：

阶前月色与蛩声，阶上愁人坐复行。

秦谷入霜空有梦，越山无计可归耕。
穷途若遣长堪恸，华发无因肯晚生。
不似扁舟钓鱼者，免将心事算浮荣。

秋天的夜晚，阶前通常所有的，便是月色与蛩声。坐在这样的阶前，焉能没有愁思入怀。有意思的是，无论蛩声还是月色，所唤醒的，总是乡心与归思。大抵，是因为月色与蛩声那份处处皆然的相似吧。飘荡在故乡之外陌生的地方，倘若满目皆有熟悉的皎洁，满耳又都是同样熟悉的凄清，这样的时刻，当然就会回望，自然，也会生发出无数的想念。

李中的两首诗，也写到了蛩声与阶前的关联。一首，是《秋夕书事寄友人》，诗云：

信断关河远，相思秋夜深。砌蛩声咽咽，檐月影沈沈。
未遂青云志，那堪素发侵。吟余成不寐，彻曙四邻砧。

直接以“砌蛩”相称，可知这只蟋蟀与台阶之间的密切。砌蛩的活动，在夜深人静之际抵达其盛，然后，满世界都是沉沉月影之下的幽咽虫声。这虫声，点染着秋夜的寒凉与凄绝。听入的，总是愁人的耳朵。所以不寐，就成了秋夜具有普遍性的特征。

另一首，是《蛩》：

月冷莎庭夜已深，百虫声外有清音。
诗情正苦无眠处，愧尔阶前相伴吟。

相比草丛，阶前显然与人更为亲近。更为亲近，也就意味着其所能引发的摇撼，将更为直接。所以阶前的蛩唱，总是和无眠一并登场。而和着这蛩唱清音的，则是那为各色情愁所苦的诗人，同样不绝于吻的轻吟。蛩的清音，人的轻吟，也许，

［南宋］牟益《茸坡促织图》

就是这秋夜里最深沉的诗情。

当然，这样一只蟋蟀，无论是在草丛还是在阶前，它的啼鸣，总是和着明月，趁着秋雨。像雍裕之《秋蛩》一诗所咏，就道出了蛩声映月兼雨的惯常背景。诗曰：

雨绝苍苔地，月斜青草阶。蛩鸣谁不怨，况是正离怀。

秋雨涔涔，苍苔深处的蛩声也变得湿漉漉的。斜月一痕，清光笼着四野，笼着石阶，也笼着这虫鸣——凉月瞬间有声，虫鸣也有了冷冷的韵致。这样的声音听在耳内，何人能够不起愁怨，何况正当秋夜，正值别情。

浸在月色里的声声蛩唱，自带一泓澄澈的清辉。司空曙《晚思》一首，便是蛩声在秋月中凄清——

蛩余窗下月，草湿阶前露，晚景凄我衣，秋风入庭树。

窗下的月色，蛩鸣的余响，伴着散入庭树的秋风，在诗人心上，洒落的是斑斑点点的秋天意绪。季节到了所谓晚景，总是难免凄凉。“悲哉，秋之为气也”，这是历代古人之共识。不过唐人怀抱的特殊性，就在于即便咏到了这等伤悲的情景，也依旧能够坦然平和，未曾陷落到过度的哀毁与颓唐之中。所以蛩声尽管凄清，可与月色这么一映，似乎就有了更多明晃晃的清意，不致叫人悲不能已。

贯休《早秋夜坐》对于蛩声与月色的刻画，也叫人印象颇深。其诗曰：

微凉砧满城，林下石床平。发岂无端白，诗须出世清。
邻僧同树影，砌月浸蛩声。独自更深坐，无人知此情。

砌月，道出了月光在石阶上的徜徉。而且，浸在这如水月光中的除了石阶，还有那不绝于耳的蛩声。一时间，微凉就写满了这秋夜的墙壁。独自枯坐，聆听这蛩声、砧声，以及月色，心间意绪的纷杂与宁静，是不难想见的。

再看林藻这首《夜》，又通过月色，赋予了蛩声这细微之物以阔大恢宏的格局——

久绝白云信，愁心如水长。蛩鸣万户月，鸦步一夕霜。
不识红尘险，安知皓首狂。捣衣中夜望，今古事寻常。

月临万户，这是何等清朗又充满温柔的照拂。映着这无所不在的明月万里，蛩声似乎同样具有了遍布的特性，同样无所不在起来。而这遍布的声响，它所唤起的，又岂是一人一户独有的情肠、愁思。于是蛩声，霎时间也就具有了同情的效应。在这一般无二的月色、虫声当中，人们中夜仰首的角度或有不同，心间涌起的色色情绪，却是万户与古今皆然。谈论夏天的时候，我们讲到了风雨是天地间的所谓大荡涤。其实，秋夜里这清辉无尽的一天明月，又何尝不是一种荡涤，叫人彻悟，叫人名利心、计较心顿消。诗须出世，方能清明；诗须映世，方有格局。读着唐人笔下的月色与蛩声，其实就可以知道何以唐朝的诗能够抵达诗歌的所谓顶峰。正如闻一多先生所言，这确实不仅仅是唐朝的诗，而是诗的唐朝。

至于缀在雨夜中的蛩吟，则是强化了秋窗风雨夕的那份凄然。秋天夜里下起的雨，宣告的通常都是寒凉的到来。一场秋雨一场寒，逝去的无情，岁暮的难耐，尽在这淅淅沥沥的声响中滴落不已。如若这淅淅沥沥中还有隐约的蛩鸣唧唧，那声响所能产生的摇撼，就像薛能《雕堂》一诗中所咏：

丈室久多病，小园晴独游。鸣蛩孤烛雨，啅雀一篱秋。
圣主恩难谢，生灵志亦忧。他年谁识我，心迹在徐州。

雨夜本就满是孤清、寒意，何况还是孤烛相对！更有那鸣蛩声声，分明就是在哀泣着这季节的促迫、尘世的飘零。

另外一位诗人李郢笔下的《雨夜》，开篇就是雨夜与蛩声的组合：

蛩声雨思夜迢迢，空馆何人问寂寥。
寒烛细烟摇寝幌，湿萤微影缀芭蕉。
正当孤枕鸿初过，况复穷居叶尽凋。
闲忆秋江钓船里，洒篷沾浪听萧萧。

雨夜又值空馆，这样一个处境当然是寂寥的。而雨丝中的声声蛩吟，又把这夜色拉得老长，使得秋夜的寂寥更不知该如何排遣。环顾四周，只有烛烟与帐幔，芭蕉和被雨打湿的萤火虫，偶尔掠过的鸿影，以及掉落一地的树叶。这种时候，总不免回忆起往昔岁月。不过诗人忆起的，仍然是某个秋天的片段——卧于秋江钓船之内，满耳的萧萧雨声。以蛩声起，以雨声终，中间两联写满萧飒的雨意，联缀起来，就是数不尽的潇潇与唧唧，这大概算得上是秋夜里最凄清断肠的一场倾听了。

当然，唐诗之中，这一只蟋蟀的秋天歌吟，偶尔也会在阴暗的壁间响起。而壁间的蛩声，从来标记着残破与哀戚。像孟郊这首《西斋养病夜怀多感因呈上从叔子云》，就写有：

远客夜衣薄，厌眠待鸡鸣。一床空月色，四壁秋蛩声。
守淡遗众俗，养疴念余生。方全君子拙，耻学小人明。
蚊蚋亦有时，羽毛各有成。如何骐骥迹，踡跼未能行。
西北有平路，运来无相轻。

贾岛有一首写秋天物象的《感秋》，也提到了这壁间的蛩鸣。其诗云：

商气飒已来，岁华又虚掷。朝云藏奇峰，暮雨洒疏滴。
几蜩嘿凉叶，数蛩思阴壁。落日空馆中，归心远山碧。
昔人多秋感，今人何异昔。四序驰百年，玄发坐成白。
喧喧徇声利，扰扰同辙迹。傥无世上怀，去偃松下石。

孟郊与贾岛，这两位在唐代分别以“寒”“瘦”著称的诗人，其笔下的蛩声，果然就不同于他人。一床月色之空，四壁蛩声之满，在空与满的对峙中，处境之破败凋萧不待多言。而蛩声之起于“阴壁”，措辞之间渗出的冷意，渲染了一份迥异于热闹红尘的空寂与孤绝。这样的刻画，便是寒凉与瘦硬的，与身世相关，更与性情相关。

随着寒意的加深，蟋蟀的踪迹就如《豳风·七月》里总结的那样，由室外进入到室内，由壁间来到了床下。渐渐的，枕上也可闻见这幽幽的声响。而床前枕上的蛩吟，显然意味着秋意的深化与迫近。

白居易《夜坐》一首这样写道：

斜月入前楹，迢迢夜坐情。梧桐上阶影，蟋蟀近床声。
曙傍窗间至，秋从簟上生。感时因忆事，不寝到鸡鸣。

楹前的斜月梧桐，这似乎是最具符号意味的秋日图景了。浸在这月光中的夜，梧桐的影落在阶前，蟋蟀的鸣声响在床前，“秋从簟上生”，秋意，就是这样从枕席间蔓生开来，拂之不去，萦绕衾间。

皮日休的诗作，《秋晚留题鲁望郊居二首》（其一），则写有：

竹树冷濩落，入门神已清。寒蛩傍枕响，秋菜上墙生。
黄犬病仍吠，白驴饥不鸣。唯将一杯酒，尽日慰刘桢。

从草丛到阶前，从阶前到四壁，再从四壁到枕上，这蟋蟀的鸣声可谓在一步步逼近——逼得人不得不直面秋之渐老，逼得人不得不直面自己有关秋天的所有情绪。

再看司空图《歌者十二首》（其十二）一诗，诗中也道：

鹤氅花香搭槿篱，枕前蛩迸酒醒时。
夕阳似照陶家菊，黄蝶无穷压故枝。

整首诗，最精彩就是第二句。着一“迸”字，蛩声起之突然可知，其对于梦魂的摇撼也可知。酒意退却，置身于枕前迸起的蛩鸣当中，漫上心头的情绪就如同这秋晚岁时一般，有着太多的凋萧，也有着太多难以言明的凄苦。

与蛩声相关的倾听似乎引发的都是伤情。究其原因，除了季候的凋敝凄清而外，更在这蛩鸣的声响，总是如泣如诉，听之堪伤。杜牧有《寝夜》一诗，就写到了这鸣声的特点。其诗曰：

蛩唱如波咽，更深似水寒。露华惊弊褐，灯影挂尘冠。
故国初离梦，前溪更下滩。纷纷毫发事，多少宦游难。

“如波咽”一语，绘出了蛩唱的断续幽咽。这份断续幽咽，恰如耳中响起的滩声。这样的声音，显然没有喜悦的特质。于是乎，在这等声浪中应节而起的，就只有故国残梦、灯影尘冠。

温庭筠有一首《登卢氏台》，也写到了蛩声——

胜地当通邑，前山有故居。台高秋尽出，林断野无余。
白露鸣蛩急，晴天度雁疏。由来放怀地，非独在吾庐。

蛩声总是应和着季节。当秋天行至白露，秋意渐浓，寒蛩的鸣唱也明显地趋向急迫。这，就是唐代诗人耳朵里秋天匆匆的步履。

一般出现在唐代诗歌中形容蛩鸣的象声词，依旧是惯见的“唧唧”。这“唧唧”，就是秋天虫声的主流，响在每个无法安睡的夜里。李郢《宿杭州虚白堂》一首，这样勾勒着秋夜的图景：

秋月斜明虚白堂，寒蛩唧唧树苍苍。
江风彻晓不得睡，二十五声秋点长。

这一首诗中的秋夜，坐落在声响当中。夜里，有蛩声，也有更声。依记载，唐时夜里为五更计时，每更有五点，这就是明代杨慎《升庵诗话》当中所云“夜漏五五相递，为二十五”；也正是李郢这诗中所写，“二十五声秋点长”。计有功《唐诗纪事》提及李郢诗，即称这两句“最为警绝”。可见这首诗的突出好处，恰在有关秋声的摹画与经营。唧唧蛩吟，映衬着苍苍树色，秋夜愈发显得寒凉。二十五声听彻，不但拉长了秋夜的身影，也道出了“人不寐”的实况。所以秋天的容色，总是在秋声中更见鲜明。

二、砧声

秋天的代表声响，除了蛩吟，还有砧声。唐人笔下的若干秋天，都离不开砧声的伴随点缀。随着这砧声不断，绵延的除了秋怀，更有相思。

李白《子夜吴歌·秋歌》开篇就有：“长安一片月，万户捣衣声。”这两句诗，真是无愧千古名句之称誉——不但有异常清越阔大的格局，更有格外深长的万缕情思。试想，偌大一座都城长安，整个笼在如水的月华当中，那是怎样的清辉无垠；而趁着这满天的清辉，四下顿起捣衣之声，那又是怎样的一种远近应和。这月下四起的清音当中，承载着世间儿女多少的情愁与牵念。征人思妇之怨，寄送寒衣之念，尽在这砧声与月光中滋生并蔓延。月色亘永，同样亘永不易的，尚有这满城的砧声与相思。

如果说，秋夜蛩吟逸出的基本是凄越的调子，那砧声所传递的，便是相思的百转千回。像王勃《秋夜长》、刘希夷《捣衣篇》、杜甫《捣衣》、刘禹锡《捣衣曲》，都可谓是围绕制送寒衣、传递牵念这一相同主题展开的赋咏。这一类诗歌抒发的重点往往不在声响本身，而是围绕捣衣的原委，刻画征夫与思妇的处境，赋咏秋夜捣衣的情肠。在这类诗中，砧之“声”虽然不分明，但砧之“情”却格外地夺目与绵长。比如王勃《秋夜长》一首，所写即为：

秋夜长，殊未央，月明白露澄清光，层城绮阁遥相望。
遥相望，川无梁，北风受节雁南翔，崇兰委质时菊芳。
鸣环曳履出长廊，为君秋夜捣衣裳。
纤罗对凤凰，丹绮双鸳鸯，调砧乱杵思自伤。
思自伤，征夫万里戍他乡。
鹤关音信断，龙门道路长。
所在天一方，寒衣徒自香。

就像之前一再强调的，秋夜的特性就是漫长，如果和亲人之间不是团聚而是暌违的状态，这漫长就更加难耐，不知该如何捱过了。“遥相望，川无梁”，道出暌违的实质。是以，在这样的夜里，只能——“鸣环曳履出长廊，为君秋夜捣衣裳”，这便是砧声四起的大背景。而在这样的背景之下，自然也只能“调砧乱杵思自伤”。此诗虽然没有怎么刻画砧声，但却道出了此种声响听入耳内，那份伤情的核心特质。四起的砧声，诉说的无非都是天一涯，思自伤，音书断，道路长。

这类诗中，也有偶及砧声状貌的。像刘禹锡所写《捣衣曲》，一开篇，落笔就是砧声的特性。其诗曰：

爽砧应秋律，繁杵含凄风。
一一远相续，家家音不同。
……

和蛩鸣一样，秋天的砧声也是应节而发，只不过这应节而发当中少了些自然，多了些人情。着一“爽”字，可见砧声与秋日相近的那份疏爽。而“繁杵”一语，道出的又是声响的密集，节奏的促迫。季节的印痕，同样浮现其中。秋风一起，捣衣的人家比比皆是，捣衣的声响也就远近可闻。在这错落的相续应和当中，其音虽异，其情却同。

写到秋夜砧声的，唐诗中还有一类吟篇，直接以“闻砧”为题。这部分诗作，基本就是扣紧声响来展开歌吟。在砧声已不可闻见的今天，这类诗作的珍贵与重要毋庸多言。起码，它可以让我们透过那些含情的字句，试着去揣想、感知唐人耳中的那份嘈切与动人。刘长卿《月下听砧》一首即有：

夜静掩寒城，清砧发何处？
声声捣秋月，肠断卢龙戍。
未得寄征人，愁霜复愁露。

此诗中的砧声，突出的就是一个“清”字。其声清寒，因为它总是在寒夜里迸发；其声清冽，因为它总是发生在秋月朗照之下；其声清远，因为它总是遥遥传来，不知发于何处；其声清苦，又因为它总是系满了愁绪，愁天气不可遏止的寒凉，愁征人无法避免的远戍。

孟郊《闻砧》一首，则有：

杜鹃声不哀，断猿啼不切。月下谁家砧，一声肠一绝。
杵声不为客，客闻发自白。杵声不为衣，欲令游子归。

这一首诗所着重刻画的，又是砧声突出的哀切。这一哀切，首先是在对比中得到了充分的渲染——和这月下四起的砧声相比，杜鹃的哀鸣都不觉得哀，断续的猿啼也不复凄切，由此，则砧声哀切之过人可想而知。接下来，诗人又从效果进一

［北宋］赵佶《摹张萱捣练图》局部

步强化这哀切的特质。如此哀切的砧声，每一声入耳，都令人肝肠寸断，不忍卒听。这样一种声响，直可令游子思归，羁客白头。

白居易尚有《江楼闻砧》：

江人授衣晚，十月始闻砧。一夕高楼月，万里故园心。

这砧声，出现得比寻常地方要晚。不过相同的是依旧映着明月，唤着乡心。同样是白居易，还写有一首《闻夜砧》，诗曰：

谁家思妇秋捣帛，月苦风凄砧杵悲。

八月九月正长夜，千声万声无了时。
应到天明头尽白，一声添得一茎丝。

这一首诗，就点明了通常闻砧的时间节点，那是八月九月间，正是夜长之时。其声的特质，诗人强调一个“悲”字。听着这样的声响，月色叫人觉苦，风色更显凄紧。而且这声音的迸发，不是一声两声，而是千声万声，应和不绝。这样的阵仗，显然远比蛩声来得磅礴。所以这样的声响，旅人不可听，愁人听不得。在这样的声响之中，乡心碎彻，须发尽白。

杜荀鹤《秋夜闻砧》也把这砧声写得甚妙，其诗有：

荒凉客舍眠秋色，砧杵家家弄月明。
不及巴山听猿夜，三声中有不愁声。

这砧声，在寄居客舍的诗人听来，同样是家家户户大合奏的规模，在此起彼伏中，清寒四溢。而且这砧声听在耳中，远比猿声凄苦百倍——巴山猿啼，三声当中尚有未含哀戚者，可这砧杵之声，却是一声比一声更急，一声比一声更愁，一声比一声更苦。藉由这样一种写法，秋夜砧声那满耳皆愁的特质，真可谓刻画入骨。

而且，这砧声听多了之后也不难发现——在何处听来，其实并不重要。无论是听之于江楼，还是听之于客舍，又或者听之于荒戍寒城，砧声基本都是在一泓明月中动地而来，应和不绝，也摇撼不绝。砧声的合奏，就是唐人耳中最听他不得的一曲秋天——捣碎了秋色，捣碎了明月，也捣碎了愁心。

当然，唐人诗中的砧声，更多的时候，还充当了秋天的背景元素。秋的气质，往往就在这一片错落中，更见分明。比如赵嘏《齐安早秋》，即以“流年堪惜又堪惊，砧杵风来满郡城”标记着季节的变化。同是赵嘏，另外一首《答友人》，又是在篇末点睛——“满城砧杵一灯前”一句，便将秋的凄清绘出了神情。作为背景音乐的砧声，它显然称得上是秋夜凄寒的有力助攻。皇甫曾《秋兴》就这样写道：

流萤与落叶，秋晚共纷纷。返照城中尽，寒砧雨外闻。
离人见衰鬓，独鹤暮何群。楚客在千里，相思看碧云。

唐诗中的砧声，通常四起于清月朗照之下。而此诗所写，却是雨中遥闻。既然是在雨中听闻，则声响就难以单纯，也不分明——两耳当中，应该是砧声杂着雨声。如此听来，一声声更觉凄紧，更觉清寒。想深一层，落雨天气，竟然都不废捣衣，不止天气寒凉的速度可想而知，同样可想而知的，还有捣衣之人心中牵念的猛烈与深长。

牟融《秋夜醉归有感而赋》一诗，写到的又是一个醉后的秋夜，诗中的砧声，同样奏响于雨中。其诗云：

衔杯谁道易更阑，沉醉归来不自欢。
惆怅后时孤剑冷，寂寞无寐一灯残。
竹窗凉雨鸣秋籁，江郭清砧捣夜寒。
多少客怀消不得，临风搔首浩漫漫。

这首诗中的声响更为复杂。除了砧声雨声，还有一窗竹叶的潇潇。这样的声音，就是所谓“秋籁”。它凝结着秋天的性情，也摇撼着秋天的枕席——有太多思绪纷起，于是有同样不绝于耳的吟哦与叹息。

的确，砧声在唐人诗中就是这样一笔——它的出现，加深着夜色中的秋意，也加深着诗人满怀的秋绪。韩翃《酬程延秋夜即事见赠》一诗写道：

长簟迎风早，空城澹月华。星河秋一雁，砧杵夜千家。
节候看应晚，心期卧亦赊。向来吟秀句，不觉已鸣鸦。

皇甫冉《同李三月夜作》一首也有：

霜风惊度雁，月露皓疏林。处处砧声发，星河秋夜深。

翻读唐人关于秋天的吟篇，秋思之浓郁是显然的。一方面，当然是因为这本身就是一个诗情勃发的时段，人们对于生活的观照，有着深入与细腻的格局。另一方面，大概就在这到处皆可闻见的砧声了——万户千家，以此唱着相思。秋夜星河耿耿，砧声处处，相思千古不灭；星河耿耿，砧声处处，秋情便在这声响中渐浓渐深。

李商隐写过一首《摇落》，他的笔触让我们可以清晰地看到，心绪的摇落，显然在秋日更甚，也在砧声中更见分明——

摇落伤年日，羁留念远心。水亭吟断续，月幌梦飞沉。
古木含风久，疏萤怯露深。人闲始遥夜，地迥更清砧。
结爱曾伤晚，端忧复至今。未谙沧海路，何处玉山岑。
滩激黄牛暮，云屯白帝阴。遥知沾洒意，不减欲分襟。

秋夜里的砧声响起，和寒凉有关，和远离有关。这声响自带寒凉的音质，它的出现，本身就是一种提醒——提醒着不能相聚的事实，提醒着孤寂与远隔。故此，忧伤自然浮现，摇落自然到来。砧声，就是如此这般催动秋怀，拂动秋襟。所以唐人那些笔及砧声的诗句，秋的况味，真是写到了十足。薛能《秋溪独坐》一首，便让砧声随着黄叶翻飞——

黄叶分飞砧上下，白云零落马东西。
人生万意此端坐，日暮水深流出溪。

秋溪独坐

秋风上下，黄叶纷飞。而砧声，就随着这黄叶一道，在风中眼中纷纷响起。这样，眼前、耳内、心中，秋天分明是零落的，映着人生漂泊的踪迹。于是，会有万端思绪纷起，在日暮秋溪的深坐里。故而秋天，常常会叫人想到经历了一番世事的中年，那份平静的外表下面，掩映的从来都是动荡与不安、沧桑与斑驳。

还有一首写到砧声的六言诗很值得注意，这就是鱼玄机的《隔汉江寄子安》。诗曰：

江南江北愁望，相思相忆空吟。
鸳鸯暖卧沙浦，㶉鶒闲飞橘林。
烟里歌声隐隐，渡头月色沉沉。
含情咫尺千里，况听家家远砧。

相比七言，六言的句子过分整饬了，少了些跌宕与起伏。所以六言诗要写得好，对含蓄就有着更多的要求。鱼玄机这首诗，好就好在开篇与结尾。开篇点“愁”与“空”字，笔墨含情之余，也道出了相隔睽违的处境。篇末则写出咫尺之所以堪为千里，正在含情却不能相见。家家远砧传来耳际，正是全诗点睛之笔——随着这砧声渲染于秋季的，更有这咫尺千里因情而起的万种凄清。

三、雁声

蛩声、砧声而外，最秋天的声音，大概就是雁声了。

楼头过雁，这几乎可以说是最为经典的秋天意象。元代，马致远的杂剧《汉宫秋》，就是借声声雁叫，成功刻画了心下的那份惨淡与凄惶。同样的雁叫，出现在唐代人的诗句里，也携带着许多的情绪。有人听到雁叫，想到的是宦途；有人则因此而起无尽乡心，思归的意绪，正在这雁叫声声。

张九龄《同綦毋学士月夜闻雁》一诗，围绕雁声展开刻画，就写出了这声音当中的彷徨与忧惧——

栖宿岂无意，飞飞更远寻。长途未及半，中夜有遗音。
月思关山笛，风号流水琴。空声两相应，幽感一何深。
避缴归南浦，离群叫北林。联翩俱不定，怜尔越乡心。

诗人秋夜听闻的雁声，其实都是来自长途飞行的雁群。所以当这声响划破夜的静谧，人们自然会联想至程途的劳累，漂泊无依的种种苦楚。张九龄听这雁声，听到的就是途程的遥远与艰厄——在雁声中，有经过的关山明月、流水清风，也有避缴的危急、离群的惊惧。在这样的鸣叫声中，没有安定，只有不定。所以这样的鸣声最易叫人联想到同样变幻莫测，充满不定的宦途。

李颀《送刘昱》一诗，所写又是雁声与乡心——

八月寒苇花，秋江浪头白。
北风吹五两，谁是浔阳客。
鸬鹚山头微雨晴，扬州郭里暮潮生。

试听沙边
有雁声

行人夜宿金陵渚，试听沙边有雁声。

诗歌首先刻画了为客他乡，眼前的场景——苇花一片，苍茫顿起，何况更兼秋江白浪。立于这样的所在，寒风飕飕，暮潮与微雨席卷，心间的摇落可想而知。这个时候沙边如若传来雁声，那随之泛起的乡心与愁绪，确实就无计可消除了。

唐人可谓花了不少笔墨来写雁叫与乡心，除了江上所闻，还有雨夜所闻，韦应物《闻雁》一首，即云：

故园眇何处，归思方悠哉。淮南秋雨夜，高斋闻雁来。

正当故园杳渺、归思悠然之际，雨夜沉沉，雁叫声声，这乡心，骤然就成了一份不可遏抑的存在。秋天的夜雨，有着鲜明的凄寒色泽；夜雨中的雁声，那份摧折怀抱的哀戚同样线条明晰。

这雁声总是裹挟着万千思绪，去到哪里，都是一阵摇撼。于山水之间听闻，又有——

白首思归归不得，空山闻雁雁声哀。
高城落日望西北，又见秋风逐水来。

（郎士元《郢城秋望》）

洪崖岭上秋月明，野客枕底章江清。
蓬壶宫阙不可梦，一一入楼归雁声。

（陈陶《钟陵秋夜》）

山中殷勤弟别兄，兄还送弟下山行。
芦花飞处秋风起，日暮不堪闻雁声。

（易思《山中送弟方质》）

空山听到雁声，这空山就更见荒寂，雁声也更见哀凄，四处回荡的，皆是思归之意。岭上月明，枕底江清，雁声入耳，梦都难成。如若是山中送别时听到这动静，心里的恻然，更是怦然而起。这三首诗歌，写到雁声的字句，基本上就是诗中最蕴藉的笔墨所在。所以雁声，其实就是这秋夜中最蕴藉的一笔——不需更多渲染强调，就已提示着人生的种种客况，摇撼着他乡的秋襟。

贺兰朋吉有一首《客舍喜友人相访》，写到瑟瑟秋风中的雁声，也令人印象深刻——

荒居无四邻，谁肯访来频。古树秋中叶，他乡病里身。
雁声风送急，萤影月流新。独为成名晚，多惭见友人。

孤独的处境，做客的他乡，再加上逢病逢秋，心底的万千哀愁似乎更易被外部的响动唤醒。何况是风中的雁声！天气凄寒，雁声本就凄厉，加上不断呼啸的风，这凄厉的声响明显更见急迫，更叫人不忍听闻。

唐代人笔下的雁声，也多和“客舍”相关。再如刘沧这首《汶阳客舍》，就写到了海边的雁声：

年光自感益蹉跎，岐路东西竟若何。
窗外雨来山色近，海边秋至雁声多。
思乡每读登楼赋，对月空吟叩角歌。
迢递旧山伊水畔，破斋荒径闭烟萝。

旅居的生涯，最易生发客况。所谓客况，大概就是在漂泊寂寞的处境当中，容易感慨岁月之流逝，功名之未就，故乡之远隔。这种时候，各种所见所闻都可以是触发情绪的那个点——比如这首诗中提到的雨，提到的月，还有那雁叫声声。“海边秋至雁声多”，这一句诗就写得情味十足。“海边”，勾勒了一幅荒漠的景象；“秋至”，道出的是季节的寒凉；“雁声多”，一方面点出寒凉触发所致，另一方面却也加重着这寒凉的况味。雁声一多，满耳凄哀自不待言，心里，也势必笼罩在这样一种凄哀的氛围当中。对雨中山色，对海边雁声，这都是叫人倍感凄清的见与闻。这也是唐诗中叫人倍感伤怀的那些个秋绪秋怀。

关于这雁声的效果，于邺《秋夕闻雁》一诗，实在堪称一番清越的总结。其诗写作：

星汉欲沈尽，谁家砧未休。忽闻凉雁至，如报杜陵秋。
千树又黄叶，几人新白头。洞庭今夜客，一半却登舟。

秋空皎洁，河汉仰首可见。这大概是最常看到的秋夜天空了——仰首，总有星汉灿烂，月色澄澈。至于侧耳，又总有无休无止的砧声响彻，宣告着这世间儿女的相思。突如其来的，往往还有雁的清唳。诗人此处把它叫作“凉雁”，除了声音的特质，更在于它是季节凉意的宣告者——总是在这样的叫声里，凉秋到来；总是在凉秋到来的时候，雁声入耳。而这样的声响，不仅含着凉意，更带着愁思，所以雁声一起，催黄了树叶，更催白了人头。天下之大，更不知道有多少人在这秋夜雁声中起了归思，登舟引颈，望向故乡。

四、钟声及其他

和秋天有关的声响，在唐人的笔下，还有钟声、漏声、笛声、琴声，当然也有人声。这些声响虽然没有特属于哪个季节，不过在秋天响起，它就有了秋的色泽。

和钟声有关的，最著名的还是张继这首《枫桥夜泊》——

月落乌啼霜满天，江枫渔火对愁眠。

姑苏城外寒山寺，夜半钟声到客船。

一样是羁旅生涯，不同的人写来，各有许多的情致摇漾。张继所勾勒的这一种，不仅泛着各色的“光”，也透着各色的“声”，光与声的交织，成就了一舟不寐的客思与寒凉。

这光首先是月光。月落，点明了午夜的时间。月落而乌啼，这是从效果的角度，夸许着月光的皎洁——皎洁到耀目，才会在落的时节惊到禽鸟。月落，除了意味着时间的迁延，也意味着这月光的逼近——逼近人家，逼近江水。月色入水，清辉一望，像是铺洒了漫天的清霜。用清霜作比，月光所具有的那份清冷，顿时焕然纸上。江船上的灯火，此刻衬出的，却是夜的暗与静。黑暗中，江枫与渔火默然相对，这就是暗夜特有的轮廓。

诗中的声包含了乌啼，更有后来的钟声。乌啼主要是为了衬托月光效果而出现的。不过，清夜里突发的几声啼鸣，一样打破了原有的静谧，也一样显露出哀婉凄越的特质，增设着夜色的寒凉。当然这首诗写得最精彩的还是钟声。“姑苏城外”一句，虽是实写，却也令到这寒夜里的一场停泊更显孤清。城外萧寺，城外客船，画面中没有任何市廛声色。这时节山寺里突然响起的钟声，清冷旷远，强化了深夜的冷寂，也令得不寐之人的枕席生寒，思绪绵延。“夜半钟声到客船”，看似不动声色的陈述，其间情味深长。“到”的使用，赋予了钟声拟人的色泽。登临上船的动作里，有意外，也有亲切，更有叹息——旅途孤清，长夜眠愁，幸有这钟声夜半前来，相对相慰。当然，着一“到”字，还写出了钟声入耳的情状。夜半钟声，敲醒的何止是客梦，更有乡心无尽。这钟声，回荡在山野江畔，枕上敲遍，乡心可闻。

写到漏声的，有王昌龄《长信秋词五首》（其一）：

金井梧桐秋叶黄，珠帘不卷夜来霜。
熏笼玉枕无颜色，卧听南宫清漏长。

更漏之声，是古人计时的声响。它不止发生在秋夜当中，不过却尤以秋夜听来最为凄清幽长。春夜容易沉酣，更漏似乎都响在甜梦当中。夏夜纳凉为主，荷风朗月已使人顾不得其他动静。冬夜风雪酷寒，温暖差不多成了唯一的凭依与诉求，更漏声也难得喧嚣。唯有秋夜，炎夏已过，寒凉渐兴，总有太多的物象催动愁肠，于是也总有太多不寐的夜晚纷至沓来。一切或细微或喑哑的声音，都在无法入睡中得到了放大，也在萧飒衰颓中沾染了太多的情愁。所以，秋夜最容易被更漏声搅动，秋夜的更漏也最为凄清。王昌龄这首诗，前半都是浓郁的色彩，后半只有无色的更漏，愈发写出生涯的苍白无依，那份被辜负的哀戚，跃出笔端。

刘孝孙《咏笛》一诗，让我们听到了秋夜里响起的笛声：

凉秋夜笛鸣，流风韵九成。调高时慷慨，曲变或凄清。
征客怀离绪，邻人思旧情。幸以知音顾，千载有奇声。

春夜笛声响起，暖意便随声而至。来到秋夜，就算是同样的乐器同样的调子，这声情，分明也骤然不同起来——高音时慷慨，变调时幽咽凄婉，唤起的，俱是人心中最隐秘与郁结的情感。

李白《听蜀僧濬弹琴》一首，写到的也是秋天的琴声：

蜀僧抱绿绮，西下峨眉峰。为我一挥手，如听万壑松。
客心洗流水，余响入霜钟。不觉碧山暮，秋云暗几重。

李白的诗，总是有出尘之气。这琴声可谓写得潇洒异常。“为我一挥手”，这既是演奏者的气度，也是琴声逸出的方式。这样的声响一出，就似乎响起了万壑松风，澎湃鼓荡，超拔旷远。琴声清越，如同漫过客心的流水，潺潺间洗尽万千尘意。一曲终了，却仿佛与霜钟仍在呼应，有肃杀，有庄严。这时节抬头看山，已是黄昏骤至，秋云重重。

王维《山居秋暝》所写秋声，则是人世间难得的活泼与热闹，诗曰：

空山新雨后，天气晚来秋。明月松间照，清泉石上流。
竹喧归浣女，莲动下渔舟。随意春芳歇，王孙自可留。

诗歌的颔联，写到了山林间的泉声，月色清冽，泉声更甚。颈联笔锋一转，山林瞬间喧闹起来——有浣纱女归来的声响，惊动了夜的竹林；又有渔舟出发的声响，在荷叶间喧哗。这喧闹的夜色，透出浓郁的生活情趣，叫人愈加懂得这山林的秋夜，也并非只有一味单一的清。清以外，更有灵动与鲜活，这便是人对于山林的赋予。

以上唐诗里的秋声，有自然万籁，也有和人相关的各色声响，上文所引诗句，多为针对某一种声音的点染展开。而在唐诗当中，也不乏有关秋声的笼统呈现。像苏颋这首《汾上惊秋》，就很典型。诗云：

北风吹白云，万里渡河汾。心绪逢摇落，秋声不可闻。

诗歌只是一笔带到了秋声，具体为哪一种或哪几种声响不得而知，但此秋声所具有的神情，却极富代表性。北风之吹，其声之凄厉可知；白云淡远，其声之清越可知；万里之渡，其声之摇荡无端可知。这样的声响，便是唐人有关秋日的诗句中，最为铭心刻骨的一笔。在秋天倾听，似乎满耳都住满了萧瑟与清远，正所谓摇落之际，最不堪闻。

第二章 斑斓

金井梧桐秋叶黄

从秋天所拥有的种种声响，我们便可以知道这个季节的表情并不单一。它虽然偏重于萧瑟澄澈，但同时它又不乏斑斓，色色物象的存在，渲染出的，就是一个丰富的秋天。

一、人情

唐诗中秋天的斑斓，首先反映在人情上。

秋夜本来是凄清的，因为偶然的友朋相遇，凄清也就一转而为明朗温暖了。初唐诗人王绩隐于东皋所写《秋夜喜遇王处士》一诗，就写及此种，动人已极。其诗曰：

北场芸藿罢，东皋刈黍归。相逢秋月满，更值夜萤飞。

整首诗都散逸着浓浓的人情味。诗歌题为“喜遇”，所写的就是一场朋友偶遇带来的由衷喜悦。虽然全诗并无一个“喜”字，但四句读完，你会感觉到这“喜”实际无处不在。“芸藿罢”“刈黍归”，结束一天劳作的喜悦散落在轻快的节奏中。这个时候，友人意外相逢在一轮秋月的朗照当中，此等喜出望外的心情，又何待言说。“相逢秋月满”，这样的诗，就是“不著一字，尽得风流”。景美，劳作完毕的夜里，充溢着皓月清光，诗人用一个满字，写出了月下世界的通体透亮；情美，在这满世界月光中发生的相逢，不难想见就和这月色一般的莹澈皎洁，同样是一个满字，此时读到的，却是圆满、完满，是因偶然相逢而生发出的无尽满足。“更值”一句，可谓宕开一笔，用满月中夜萤的出现，点出无边清辉中的一点逸动，使得诗中这欣悦有了更为丰富的呈现。

王维《与卢象集朱家》描绘的，则是一次发生在秋天的美好宴集。诗曰：

> 主人能爱客，终日有逢迎。贳得新丰酒，复闻秦女筝。
> 柳条疏客舍，槐叶下秋城。语笑且为乐，吾将达此生。

宴集之所以能够美好，好客的主人是很关键的因素。王维笔下的这次宴集，主人的好客就很突出。终日逢迎或许夸张，但“新丰酒”与“秦女筝”，却可以充分看到宴席之丰盛热闹，主人的用心可知。“柳条”与“槐叶”两句，不但写出了宴集的时间，也勾勒出宴集场所的疏朗可观。人情之煦暖，便在上述诗句中得以凸显。而在这样富于人情的环境中，何妨语笑为乐，此生达观。无论是宴集，还是诗人最后的申发，都有着不可多得的通脱与放达。

李白《南陵别儿童入京》，又把一次发生在秋天的别离写得有点纵横捭阖的气象。其诗有：

> 白酒新熟山中归，黄鸡啄黍秋正肥。
> 呼童烹鸡酌白酒，儿女嬉笑牵人衣。
> 高歌取醉欲自慰，起舞落日争光辉。
> 游说万乘苦不早，著鞭跨马涉远道。

会稽愚妇轻买臣，余亦辞家西入秦。
仰天大笑出门去，我辈岂是蓬蒿人。

秋天是萧索的，离别是伤怀的，在萧索的季节面临伤怀的离别，这心绪，应当是喑哑和低回的。而李白，却能够把一个萧索的季节敷演得热闹可喜，把一场伤怀的离别写得气贯山河。白酒与黄鸡，标记着秋天的醇厚与丰饶。“呼童”两句，画面感十足，家庭生活之活泼温馨尽在目前。辞别这样的生涯，谁人心里能没有不舍呢？可李白的超拔，就在于他始终能够洒脱相对。高歌取醉的挣扎，起舞落日的潇洒，著鞭跨马的坚定，以及最终仰天大笑的狂放，如此离别，实属不常见，如此秋日，也同样充满了并不寻常的自信光华。这样的秋天，有着格外浓烈的气息；这样的人情，则有着叫人俯仰的放达。

孟浩然《秋登万山寄张五》一诗，则是令人深感田园生涯适逢秋季，有何等样的闲适与自在。诗歌这样写道：

孟浩然

北山白云里，隐者自怡悦。相望始登高，心随雁飞灭。
愁因薄暮起，兴是清秋发。时见归村人，平沙渡头歇。
天边树若荠，江畔洲如月。何当载酒来，共醉重阳节。

作为无心世务的隐者，孟浩然笔下的秋天与人情都有着极为疏朗的韵致。“北山白云里”一句，波澜不惊地写出了秋日的恬淡。前人许之为“天然入古”，确实也称得上极其允当。后面的句子，则基本是围绕“怡悦”在写。登高临眺，心事之生灭随雁，这是何等样澹荡的怀抱。所以，愁是因黄昏触发的闲愁，兴也是这秋天特有的清兴。看到的秋日光景，无论归村的路人还是渡头歇息的人群，包括天边若荠菜一般的树影、江畔如月牙一般的沙洲，呈现出的都是一派闲适祥和。在这样的情形下，想到的无非也是载酒东篱，共醉重阳。

甚至秋日里的一场醉事，也可以褪去“清”的外衣，写得光色纷杂。张为《秋醉歌》就有：

金风飒已起，还是招渔翁。携酒天姥岑，自弹峄阳桐。
脱却登山履，赤脚翘青筇。泉声扫残暑，猿臂攀长松。
翠微泛樽绿，苔藓分烟红。造化处术内，相对数壶空。
醉眠岭上草，不觉夜露浓。一梦到天晓，始觉一醉中。
皎然梦中路，直到瀛洲东。初平把我臂，相与骑白龙。
三留对上帝，玉楼十二重。上帝赐我酒，送我敲金钟。
宝阁香敛苒，琪树寒玲珑。动叶如笙篁，音律相怡融。
珍重此一醉，百骸出天地。长如此梦魂，永谢名与利。

金风飒已起，萧况理当随之而起，可是张为这场酒，却喝得热闹非常，醉得也热闹非常。喝时节对山抚琴，脱鞋赤脚，各种洒落；醉时节梦游天域，神仙上帝，白龙玉楼，宝阁琪树，又是各种琳琅。这样一醉，既落拓不羁，又超拔物表；既有相对的煦暖，也有相忘的逍遥。人情的丰富，在此一场秋醉中，实在是面目分明，不待言说。

赵嘏《秋日吴中观贡藕》一诗，又写到了秋日江南莲塘的热闹。此间夏日采莲，情思与水色漫溢；秋日又有贡藕之事，在诗人笔下写来，似乎也清欢不减，诗意不输。诗曰：

野艇几西东，清泠映碧空。褰衣来水上，捧玉出泥中。
叶乱田田绿，莲余片片红。激波才入选，就日已生风。
御洁玲珑膳，人怀拔擢功。梯山谩多品，不与世流同。

与采莲的旖旎不同，挖藕显然是个苦差事、力气活，不过，来到诗人眼中笔下，苦辛减了不少，蕴藉也添了不少。开篇的“野艇几西东，清泠映碧空”，就透着闲适与自在，在这样的背景之下，所有的辛苦似乎都有了写意的调子；“褰衣”两句写得极美，把个和淤泥有关的劳作写得飘逸出尘，令人味到的，尽是诗情与洁净；结束劳作的水面，依旧是莲叶田田的绿，莲花片片的红，没有太多的衰败颓唐，水波之间，余韵悠长。

而由上引诸诗，可见与秋相关的人情显然不止萧索凄清一端。它可以是写及友朋的煦暖，也可以是一方欢畅的宴席，一场豁朗的离别，一次热闹的劳作。它一样可以是怡悦平淡的田园山居，也可以是大笑狂歌的把盏挥杯、烂醉颓然。唐人的鸿朗高华，从他们怀抱中的秋情秋绪便可以看得分明。

二、物态

人情而外，秋天的物态同样也斑斓不减。杜甫《秋野五首》，就集中呈现了秋天的繁华与闹热。

秋野日疏芜，寒江动碧虚。系舟蛮井络，卜宅楚村墟。

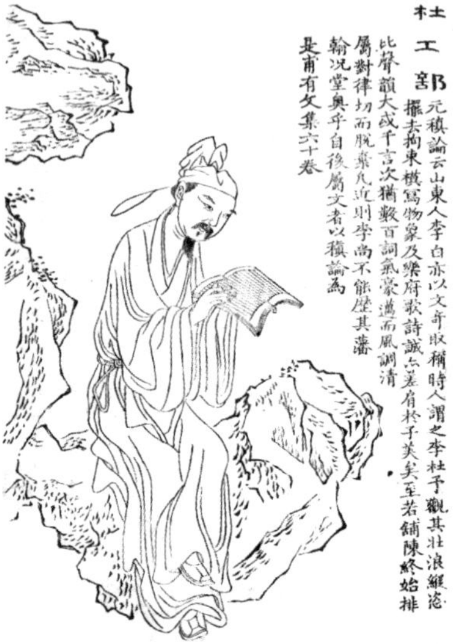

杜 甫

枣熟从人打，葵荒欲自锄。盘飧老夫食，分减及溪鱼。

易识浮生理，难教一物违。水深鱼极乐，林茂鸟知归。
吾老甘贫病，荣华有是非。秋风吹几杖，不厌此山薇。

礼乐攻吾短，山林引兴长。掉头纱帽仄，曝背竹书光。
风落收松子，天寒割蜜房。稀疏小红翠，驻屐近微香。

远岸秋沙白，连山晚照红。潜鳞输骇浪，归翼会高风。
砧响家家发，樵声个个同。飞霜任青女，赐被隔南宫。

身许麒麟画，年衰鸳鹭群。大江秋易盛，空峡夜多闻。
径隐千重石，帆留一片云。儿童解蛮语，不必作参军。

通常我们所以为的秋天，似乎都是红衰翠减。而在杜甫诗中，仍旧可见“稀疏小红翠”，鞋履靠近，仍有微香。这五首诗中的秋天，丰富是其突出的特征。物产是多样的——枣熟了，鱼肥了，蜜房可以割了，松子也在风中洒落，可以收了；

颜色也是多样的，远岸有秋沙的白，连山是晚照的红，江水依然青碧，山林间的花木依然不失红翠，虽然不复夏日的盛大，却依旧有着疏朗的眉目；生机也跳跃在行间字里，鱼的腾跃，鸟的回旋，樵声砧响，一帆江上，山林秋野，清兴幽长。

白居易笔下的《秋思》，同样是物象集合，溢彩流辉。其诗云：

夕照红于烧，晴空碧胜蓝。兽形云不一，弓势月初三。
雁思来天北，砧愁满水南。萧条秋气味，未老已深谙。

虽然诗中提到“秋气味”，直接冠以“萧条”，可是就全诗来看，这气味却分明是萧条的反面。诗中秋日的色彩，真可谓鲜亮夺目——夕照，红得胜似火焰；天空，清碧透亮，远比蓝色跳脱。诗中秋日的物象，活泼中又见沉郁，也有着别样的丰富——变幻莫测的云，状如弯弓的月，天北掠过的雁影，水边响起的砧声，既有清愁散落，也有欣悦逸出。唐诗中秋天的神色，从来就不单一。

就连赋咏秋日愁情，唐代诗人都可以出之以斑斓笔墨。像李群玉《秋怨》一诗，就是此例。诗作：

瑟瑟凉海气，西来送愁容。金风死绿蕙，玉露生寒松。
所思在溟碧，无因一相逢。登楼睇去翼，目尽沧波重。
虚窗度流萤，斜月啼幽蛩。疏红落残艳，冷水凋芙蓉。
岁暮空太息，年华逐遗踪。凝情耿不寐，揽涕起疏慵。

金风、绿蕙、玉露、溟碧、疏红，这样的色彩堆叠出的“愁容”，怎么看都有些瑰丽的效果。而诗歌中纷至沓来的物象，更是叫人叹息于这份“愁容”的构成。如此丰富的呈现，秋的色调，自然就是焕炫的，叫人目不暇接。

晴空万里秋

像是秋日里的一场“晴”事，出现在唐代诗人笔下，也一样有着繁复丰饶的格局。常建《湖中晚霁》就这样写道：

湖广舟自轻，江天欲澄霁。是时清楚望，气色犹霾曀。
踟蹰金霞白，波上日初丽。烟虹落镜中，树木生天际。
杳杳涯欲辨，蒙蒙云复闭。言乘星汉明，又睹寰瀛势。
微兴从此惬，悠然不知岁。试歌沧浪清，遂觉乾坤细。
岂念客衣薄，将期永投袂。迟回渔父间，一雁声嘹唳。

突然来到的晚晴，令到湖上的行舟顿觉轻盈，眼前的江天一望澄霁。弥漫的金色云霞呈现出耀目的白，波光浪影间，都是日光的闪烁。一般来说，秋给人的印象总是恬淡的，但在这样一场晚晴中，我们触到的秋天，却分明是绚烂夺目的。像“踟蹰金霞白，波上日初丽。烟虹落镜中，树木生天际”这样的句子，所构筑的，就是无比绮丽的景象，叫人不能移开目光。

白居易的《秋霁》，所写又有：

金火不相待，炎凉雨中变。林晴有残蝉，巢冷无留燕。
沉吟卷长簟，怆恻收团扇。向夕稍无泥，闲步青苔院。
月出砧杵动，家家捣秋练。独对多病妻，不能理针线。
冬衣殊未制，夏服行将绽。何以迎早秋，一杯聊自劝。

一场秋雨，改变的是炎凉的格局。雨过后，天晴了。晴色透过山林，还有残留的蝉声可闻。太阳晒到傍晚，泥泞的地面才稍稍干些，这个时候才有可能到铺满青苔的小院去闲步一番。月亮出来的时候，家家户户都开始捣衣。如此闲适的心境，最是乐天的标志。所以，就算妻子多病，冬衣未制，烦闷也攀不上诗人早秋的心头。诗中晴朗的况味，跃动着无穷的意趣。

同样题为《秋霁》，崔道融所写却要奇幻许多：

雨霁长空荡涤清，远山初出未知名。
夜来江上如钩月，时有惊鱼掷浪声。

相比白乐天的日常，这首诗最突出的特点就在于它的不寻常，景象不寻常，笔墨也不寻常。雨后初晴，长空一洗，远山依稀可见。而这晴朗最动人的所在是夜里。江上一钩月影滉瀁，明澈得惊到游鱼，时闻“掷浪”声响。一钩月色可以明亮如斯，这是景象的奇崛；以惊鱼来写月光之莹洁，用掷浪来形容江鱼的跳跃，既令人耳目一新，又深感无比贴切，这便是笔墨之奇崛。

南唐徐铉于《全唐诗》编诗六卷，其《赋得秋江晚照》一诗所咏，核心正在这夕阳下的一带秋江——

落日照平流，晴空万里秋。轻明动枫叶，点的乱沙鸥。
罾网鱼梁静，簟篷稻穗收。不教行乐倦，冉冉下城楼。

秋江落日，疏阔而浩荡。由诗歌开篇两句，不难想象这一江落日，万里晴秋的景况。借助诗人的妙笔，物色在绚烂中写着轻明，在纷杂中透着宁静。“轻明动枫叶”一句最是传神，因为诗歌绘制的这一帧秋江晚照图，最让人过目难忘的特质，便是这份“轻明”。“轻明”点染，落照宁静，秋江宁静，此时之心境思致，亦都驻满宁静。

同样一番秋晴，却可以呈现得如此不拘，幻化得如此多姿，这就是秋的斑斓，存在于晴朗的流光中。

树树皆秋色

还有树色。树木在春夏只有单纯的绿意，在冬天也只是一味凋萧，在秋天，却有金黄有深红有青苍。于是，在唐人的吟咏中，我们就可见这秋天的树色，“老”得如此绚烂，毫不平淡。

王绩的代表作《野望》一诗，最精彩的句子就是关于树色的。全诗见下：

> 东皋薄暮望，徙倚欲何依？树树皆秋色，山山唯落晖。
> 牧人驱犊返，猎马带禽归。相顾无相识，长歌怀采薇。

秋色，这么一个不动声色的提法，却让人眼前一片绚烂。秋色一词，本身就足够斑斓——或金黄或深红，次第层叠，这大概是每个人心头漾起的所谓秋色。所以，范仲淹一句“秋色

牧人驱犊返

连波”，就让整个秋天在水面荡漾起来。同样，此处“树树皆秋色”，也是留够了想象的空间——或许是层峦尽染，漫山红遍；也可能，是一树树温暖的金黄；还有可能，是绯红金黄苍翠，各种颜色的叠加。总之是一树树落日中的披拂与站立，在静默中擎着，一山山最耀目的秋天。

把这“秋色”落实到具体某种颜色的，则有王勃的《山中》一诗——

长江悲已滞，万里念将归。况属高风晚，山山黄叶飞。

山山黄叶之纷飞，秋意瞬间溢出字表。其间归而不得的伤悲，近晚四起号呼的狂风，都在这一句中得到了尽致淋漓的抒发。画面之萧散，情绪之饱满，字句之凝练，这一诗句所定格的秋的瞬间，几乎囊括了曾经有过的每一个秋天，也可以在以后的任何一个秋天被轻易唤醒。

刘禹锡《秋词二首》（其二），也选取了树色来刻画秋天。

山明水净夜来霜，数树深红出浅黄。
试上高楼清入骨，岂知春色嗾人狂。

深红与浅黄的交杂，叫人看到了一支特属于秋天的画笔。这层叠的色彩，突出了山明水净的自然，也深化了秋的意蕴。而且就算时至深秋，这缤纷的色彩却丝毫不败，仍旧鲜亮闪耀，几可媲美春天的光景。不过，层叠驳杂却可以鲜洁明净，这却是秋天所独有的禀赋。

至于写到经霜红叶的诗句，则以杜牧《山行》一首最为著名——

远上寒山石径斜，白云深处有人家。
停车坐爱枫林晚，霜叶红于二月花。

杜牧《山行》

寒山石径，四字已是满目萧萧；白云深处，其幽寒如在目前。在这样的背景之下，枫林的出现，本身就是一道灼目的光华。更何况，还映着如血残阳！这样的红，充满了燃烧一切的力度，既有经霜的历练，又不乏迎风的明澈，寻常二月的嫣红，在这等色泽面前，只能归于喑哑。

吴融也写过《红叶》，诗曰：

露染霜干片片轻，斜阳照处转烘明。
和烟飘落九秋色，随浪泛将千里情。
几夜月中藏鸟影，谁家庭际伴蛩声。
一时衰飒无多恨，看着清风彩剪成。

相比杜牧的写意，吴融对于红叶的描绘显然要细致许多。叶之轻，叶之明，叶之生成，叶之飘落，诗中皆有涉及。“和烟飘落九秋色”一句实在漂亮，既道明落叶是秋天之大景观，又写出了叶色与秋天之间的映照关系。纷纷叶落中，氤氲的不止云烟，更有使得耳目缭乱的秋色斑斑。

斑斓，是秋天所特有的神情之一。无论人情还是物态，无论声响还是色彩，无论世相还是襟抱，秋天的呈现从来都不是单一的。特别在唐人笔下，秋日的这份斑斓更见突出。不过，这其实是不需要过多渲染的事实——每当我们为窗外的秋光所陶醉，每当我们享受着秋日所带来的种种丰饶时，这份斑斓，就在你我的眉睫之间。虽说“绚烂之极归于平淡”，不过秋天的丰富，却恰在平淡与绚烂的那份并峙——平淡处有绚烂的影迹，绚烂中也可见平淡的丰神。罗素说过：“须知参差多态，乃是幸福本源。”实际上，事物的美，也一样是参差多态的。唐代诗人笔下的秋天，其斑斓的特性，就在于这份参差多态。并且，由参差多态所成就的秋之斑斓，某种程度上，正是这个季节之所以如斯美好的根源，也是这个季节最摇荡心神的所在。

第三章 澄澈

澄澈

一片澄明见底空

斑斓是秋天最令人摇荡的部分，而秋之所以成为秋，那份最本质的特性，还是要数澄澈。唐诗中的秋天，一如自然属性的秋天，以斑斓为衣，以萧散作带，所包裹的，却是一颗澄澈的灵魂。因为有这个澄澈的灵魂，秋的色彩再艳丽，声响再喧嚣，都始终保有着那么一份透骨的清意。

在唐诗当中，诗人措笔最多的秋日气韵，的确非澄澈莫属。秋天的澄澈，是无所不在的。它呈现在秋空之上，流泻于秋水之间，也回旋在秋山之中。那些个秋夜秋月、秋怀秋绪，其实都有澄澈的踪迹可寻。所以，在唐诗中体味秋日的澄澈，我们就等于去往了唐代的山林水泽、城市庭院。开卷展读的那些个瞬间，也就不啻在大唐的天空下仰首阔步，在唐人的月光里沉醉低回。

一、秋空万里净

澄澈，是秋日天空的面容。秋天的绝大多数日子，无论是白昼还是清夜，每一仰首，我们都会痴醉于这天空的明澈疏朗，宁静淡远。这份澄澈，可以是没有一丝云霞，让人顿觉无垠的空碧；也可以是列了数行秋雁、几抹轻云的疏阔；同样，也包括了朗月疏星或者明河泛波成就的璀璨，以及水天一色、一碧万顷成就的澄澈通透。在唐人笔下，这样的秋空，就是秋天的常态。随意凝眺，就有：

烟氛扫晴空，草树映朝光

（岑参《陪狄员外早秋登府西楼因呈院中诸公》）

返照乱流明，寒空千嶂净

（钱起《杪秋南山西峰题准上人兰若》）

碧空河色浅

（钱起《秋夜寄张韦二主簿》）

秋空万里净

（钱起《送征雁》）

疏雨洗空旷

（杜牧《早秋》）

众岭秋空敛翠烟

（杜光庭《题鸿都观》）

信手拈来几个例子，都可以分明看到，和秋空相关的形容，不是“净”，就是“浅”，或是“旷”。这几个字，充分道出了秋空之明澈。而秋空的明澈，又往往和“扫”“洗”“敛”这几个动作密切相关。碧空之所以清旷，就在于烟氛一扫，疏雨一洗，尘埃俱敛。而将笔墨集中在这样清旷的特性之上，吟咏之人的怀抱同样是不难揣想的。

写夜晚秋空之澄澈的，要数诗人李白《夜泊牛渚怀古》一首最为高远。其诗曰：

牛渚西江夜，青天无片云。登舟望秋月，空忆谢将军。
余亦能高咏，斯人不可闻。明朝挂帆席，枫叶落纷纷。

诗人的船泊在牛渚，眼前所见是一月涵空、了无片云的天宇，天水之间，那份浩荡与杳冥是不难想见的。一舟之微，天水之阔，其间所能有的激荡与撼动同样不难想见。在这样的天幕之下，时空，似乎失掉了界线，古今，则皆在眼前。“青天无片云”，宇宙的浩瀚无穷，就这么毫无遮拦地悬于江上，令人唯当俯仰；湛蓝的天色，不仅晕染着夜的背景，也映照着水的疆域，统摄着这片天地，渗入了每一个可能的角落。这样的夜空，既清亮，又广袤，更深邃超逸。注目之间，尘意俱无，色相俱空。可以说，秋空之深美，它所能具有彻骨的澄澈，尽在这五字当中。诗写到这个境界，就是所谓“逸品”（王士禛语）。后来的诗人谈神韵妙理，谈“羚羊挂角，无迹可求”，无法越过的，正是李白此诗。

同样是夜空，欧阳詹则把笔墨放到了这夜空中的银河之上，描写了快要天亮时刻的秋空：

月没天欲明，秋河尚凝白。
皑皑积光素，耿耿横虚碧。
南斗接，北辰连，空濛鸿洞浮高天。
荡荡漫漫皆晶然，实类平芜流大川。
星为潭底珠，云是波中烟。
鸡唱漏尽东方作，曲渚苍苍晓霜落。
雁叫疑从清浅惊，凫声似在沿洄泊。
并州细侯直下孙，才应秋赋怀金门。
念排云汉将飞翻，仰之踊跃当华轩。
夜来陪饯欧阳子，偶坐通宵见深旨。
心知慷慨日昭然，前程心在青云里。

（《赋得秋河曙耿耿送郭秀才应举》）

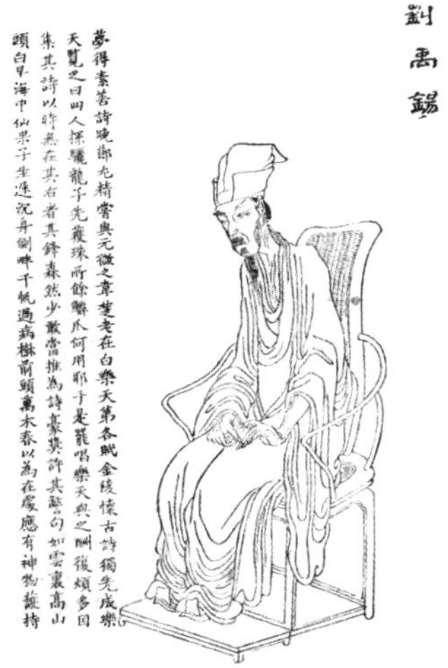

刘禹锡

这首诗所写，就是月落之后，天色将明未明的时段，横于秋空的一带星河。所谓“秋河”，就是秋季的银河。“凝白”一语精彩，此时银河之璀璨可见，天色之澄明也宛在眼前。后面两句，诗人继续渲染“凝白”的光色，把个秋空，写得无比明澈清冽。我们现在说的银河，在诗歌中出现，多作“明河”，从这样一个名称中，其特质可谓一目了然。四季皆有银河，不过秋空所悬，似乎最为符合明河之名。明河的星辉，有着素净的光，如白雪一般明亮在夜空。横于空际，明河就是碧空中不灭的一道波光，它清浅，似乎一望见底——“星为潭底珠，云是波中烟”，它更明澈晶莹，荡漾得这天宇更见空濛。

齐己《秋空》，所写也及明河——

已觉秋空极，更堪寥泬青。只应容好月，争合有妖星。
耿耿高河截，翛翛一雁经。曾于洞庭宿，上下彻心灵。

诗中的秋空，显然更为敻绝。一个“极”字，突出了秋空之高远，而青之“寥泬”，所写的同样是天无片云的那份清旷。“寥泬”，又作“泬寥”，宋玉《九辩》就有“泬寥兮天高而气清”，就是旷荡虚静、萧条无云的天空。诗歌篇末两句“曾于洞庭宿，上下彻心灵”很是精彩，把个水天一色的浩淼澄澈，以及这份澄澈所带来的胸臆冲豁，形容殆尽。

晴昼的秋空，虽然无月无星，却也一样不失明澈。刘禹锡《秋词二首》（其一）就写道：

自古逢秋悲寂寥，我言秋日胜春朝。
晴空一鹤排云上，便引诗情到碧霄。

秋空晴澈，一鹤排云，何其冲豁自在的景象！“便引诗情到碧霄”，唯有足够莹澈与无垠的天宇，才能孳生出如此豪宕洒落、丝毫不见悲戚哀愁的襟抱。

周贺《杪秋登江楼》也写到了白昼间的秋日长空：

平楚起寒色，长沙犹未还。世情何处淡，湘水向人闲。
空翠隐高鸟，夕阳归远山。孤云万余里，惆怅洞庭间。

相比刘禹锡的怒拔昂扬，这首诗的情绪，显然又回到了凄寒惆怅的老调子。然而就算惆怅，苍穹依然是以一片空翠示人。在这飞鸟隐没，夕阳远沉的空翠中，偶见孤云漂浮，这时节的澄澈，就有了萧索的心事，一派冷溶溶的意味。

陶拱《秋日悬清光》一章，更把这秋日清光做了一番详尽的敷演：

秋至云容敛，天中日景清。悬空寒色净，委照曙光盈。
泫泫看弥上，辉辉望最明。烟霞轮乍透，葵藿影初生。
鉴下应无极，升高自有程。何当回盛彩，一为表精诚。

诗歌笔触繁复，然而写出的，仍然还是一个云色收敛、日色清冷、寒色明净的秋空。在这样的空宇之下驻足，还有什么样的沉浮足以挂齿，又有什么样的荣辱不堪忘怀。在唐人笔下的秋空仰首，袭染一襟冲豁淡远的诗情，如此读诗，也许才没有堕入到理窟言筌当中。

二、加我林壑清

山林，总是这扰攘红尘间最无俗致的存在——唐代如此，今朝亦然。山林，从来都流泻着无穷的清意，能够使置身其间的人有所荡涤。不过，四季不同，山林所呈现的气韵也自不同。春山最突出的表征，乃是恬静；夏日的山林，前文所述已多，自然是一脉幽寂；冬天的山林，瘦与冷占据了画面的大部篇幅；而秋山，则主要以澄澈的面目示人。秋山的澄澈，除却山林本身的幽清，还体现在色调的明净，也在线条的疏朗，更在其间那份无所不在的从容与淡远。

山林本身的幽清，源自对于车马之境的远离，也来源于其间的树色、风色、光色的共同作用。林壑，或苍茫，或幽深，本身即有着褪去人间烟火的清意，如果加诸落日，加诸山风，这清意，显然就倍增了。唐人王勃《咏风》一诗，就写出了落日更兼山风，林壑间无尽的清旷之意。诗曰：

肃肃凉风生，加我林壑清。驱烟寻涧户，卷雾出山楹。
去来固无迹，动息如有情。日落山水静，为君起松声。

凉风肃肃而起，驱烟卷雾，使得山林中所有的一切都不复是蒙昧杳冥的状态，转而以明晰的姿态示人。山林中的景象，此时有着清朗的画质。随着太阳落下，山水皆静，这风却依旧不息，拂过林壑的刹那，黄昏的山谷中而骤起万顷松涛。松涛起伏，风色清旷，这样的山林，即如一个澄澈的梦境。

说起来，秋天的落日时分，唐诗中的山林间就好像约好了似的，总是松风四起。裴迪《华子岗》就这么写道：

落日松风起，还家草露晞。云光侵履迹，山翠拂人衣。

此诗所写，又是夕阳落到群山背后的时刻，万壑中松风又起，在这一落一起之间，暮色就抵达了山林。归家途中，秋山风色间的萧况仍旧依稀可辨，不过更分明的，却是黄昏落照中山林光影的变化，以及诗人所努力呈现的那份明澈——暮色中的山林，昏暗的降临是主旋律，然而这一刻诗人所撷取的，却偏偏是“云光”与“山翠”。“云光”一句，刻画的是夕阳落照，用一个“侵”字，写出了夕晖一层层漫过适才走过的深林，那份写满柔光的晕染，也描画出人在山林落照中的徐行身影。“山翠”一句，所写又是随着光照的变化，山林间苍翠欲滴的色泽就这么轻轻地拂上了衣裾。云光加之山翠，凭借这样的遣语，暮色中的山林，顿然就摆脱了晦暗，有了明澈的格局，一“侵”一“拂”，依靠这样的修辞，明澈的山林与人之间的便有多了许多的缠绕与牵恋。

山林的这份幽清，来到月夜，往往又呈露出疏朗的线条。唐代诗人笔下的秋夜，便多见漾在一湾月色当中的疏朗山林。丘丹《秋夕宿石门馆》便这么写道：

暝从石门宿，摇落四岩空。潭月漾山足，天河泻涧中。
杉松寒似雨，猿鸟夕惊风。独卧不成寝，苍然想谢公。

诗歌记述了一个宿在山间的夜晚，除了四面岩壑的包围，杉松猿鸟的环绕，这个秋夜最动人的画面，就是月色与山林之间的那份晕染。因为有月，夜幕下的山林，便不止拥有静谧幽寂，更有光影澄鲜。一句“潭月漾山足”，所描绘的，就是山下清潭当中，一泓月色波间轻漾的模样。至于“天河泻涧中”，写的又是山涧与天上星河的映照，一涧飞湍，便是一涧星光的璀璨。这样的澄澈，不需亲历，光是揽读诗篇，都叫人俯仰再三。所以，宿在秋夜的山中，大抵没有几个人舍得睡去，舍得辜负这漫山遍野的清辉。陈羽《山中秋夜喜周士闲见过》一首就有：“青山高处上不易，白云深处行亦难。留君不宿对秋月，莫厌山空泉石寒。”很显然，这份月色的加持，使得秋夜山林的澄澈，越发的清光四溢，超逸绝伦。

唐人卷中，秋日山林的澄澈，还见诸山水之间那份色泽的清冽。这色泽，常常是简淡清透的，往往是简单的一色，要么青，要么白，不见更多的驳杂。把大半岁月挥掷在山水之间的王维，写入诗卷的那些秋日山水，其颜色，往往便是如此，像《栾家濑》一首，就如是写道：

飒飒秋雨中，浅浅石溜泻。跳波自相溅，白鹭惊复下。

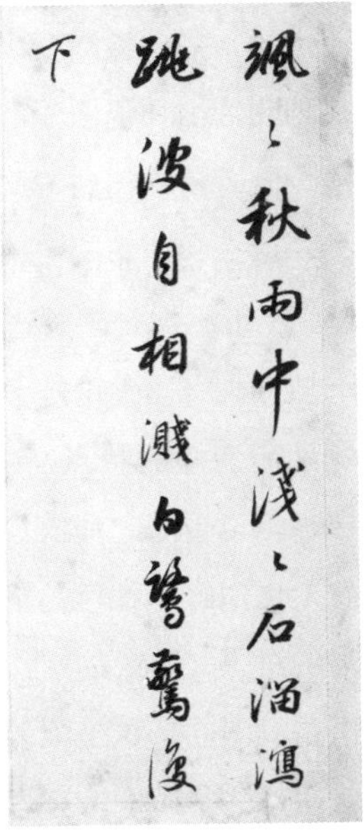

［明］董其昌书《辋川诗册》

山间下起的秋雨，带来的是一山的清寒。而在雨声飒飒间，雨丝是透亮的，雨色是迷蒙的，雨中的山景，自然是澄澈的。在这飒飒秋雨当中，石间溪涧的流淌更见迅急。浅浅，这里的读音作jiān jiān，就是水流迅急的样子。山涧激湍，水花散溅，水色之清亮，宛在目前。而在这样的背景之下，白鹭的突然出现，是一笔亮白的点睛，强调了灵动，也添加了幽趣。山间的色调，虽然单一，却并不呆板。清透的雨色水色，洁白的一抹鹭影，山林间澄澈的清致，又何用赘言。这样的美好，诚如前人所言，唯有“幽人识得”。

就算是多色并出，山林间的色彩却依然可以保持清冽，这就是秋山独有的气韵了。同样是王维，《山中》一首，就把这秋日山林的种种色彩，写得无比空灵。诗曰：

荆溪白石出，天寒红叶稀。山路元无雨，空翠湿人衣。

就诗中所写，显然已到深秋时分。红叶不复漫山的绚烂，溪水的水量也逐渐减少，山林间弥漫的寒意，格外分明。可就算如此，山林仍旧没有呈现出衰敝。它的色彩，仍旧丰富而鲜洁。既有清冷的白，又有炫目的红，还有氤氲的空翠。难得的是，这么些色彩凑在一块儿，令得这山林愈发清冽了。

王维不愧是善画之人，他所定格的每一个镜头，都形同于一帧好画——无论是设色，还是取景。水落石出，这个画面本身就有清癯的特点，加上诗人强调了山石的色泽——白石一出，幽意也随之涌出。红叶的稀疏，在说明天气极其寒冷的同时，也消解了红色的耀目与热闹。稀稀落落的红色，写满了凋萧的意蕴，此时的红，是清冷的。没有下雨的山林，却让人觉得是润湿的，这是因为山间岚气的苍翠欲滴。“空翠”一语，就在翠的基础上，平添了清冷与空灵。不妨说，诗中这些色彩都带着冷淡的意味。鲜明而冷冽，这就是暮秋的山林。

如果说澄澈是秋日山林的一种特有的气质，那么，这气质的根源其实恰在山林本身——山林，从来都有着出尘的特性。而山林之所以出尘，就在于其间所有，与尘寰迥异；加上山林总是地处僻境，这便决定了它和万丈红尘之间必然的距离。更何况，山林一向幽寂，红尘自古闹攘，二者本不相侔。温庭筠《早秋山居》一诗，就写到了山林的幽阒与出尘——

山近觉寒早，草堂霜气晴。树凋窗有日，池满水无声。
果落见猿过，叶干闻鹿行。素琴机虑静，空伴夜泉清。

猿与鹿的出现，是山林特有的景致。写入诗中，便勾勒出一个与俗世根本相异的所在。置身这样一个所在，自然被清意包裹，也自然会抛却那些机心与计较。心境于此，只见淡远与平静——树木凋萧，窗前依旧有日色；秋池水满，却可以是一泓无声的静谧；果实委地，猿猴经过的身影可见；满山枯叶，林间小鹿行走的声响可闻；夜间抚琴，琴声里机虑销尽；泉声汩汩，夜色中清气漫溢。此间山林的澄澈，就在这份出尘的气韵——世虑扫尽，空寂澄明。

黄滔《秋晚山居》一诗，也曾写道：

此时尘外事，幽默几人同。

山林，本就是尘外的存在；山林间的澄澈意蕴，本来就在幽然默然之中。将身上心上的尘色洗净，如此方能领受那份亘古的清明。

因为出尘，所以澄澈，这样的道理其实不待申说。因为出尘，所以澄澈，在此因果关系当中的又何止山林方隅。

三、澄波澹将夕

秋天有许多标签，秋水当属其中最为显著的一种。在还是孩童的年纪，我们应该就会背诵这样的句子——“落霞与孤鹜齐飞，秋水共长天一色”“碧云天，黄叶地，秋色连波，波上寒烟翠”。秋水，向来都是一色澄明，所以总是映着天色，连着山色，漾着月色。在唐人的诗卷中，如此澄明的秋水，同样在在可见。

且看王维所咏《泛前陂》：

秋空自明迥，况复远人间。畅以沙际鹤，兼之云外山。
澄波澹将夕，清月皓方闲。此夜任孤棹，夷犹殊未还。

此处王维写秋水，形容至简，只有一个“澄”字，一个“澹”字。不过秋水最为主要的神情，也正在此二字当中。泛舟其上，头顶是空明敻远的秋空，身侧有沙际鹤、云外山，一派安详与自在的画面。黄昏将至，水面愈发显得淡远宁静，待到一月初上，那时节月色的皎洁，水面的明澈，会给内心带来最极致的闲适与写意吧。如此泛舟，如此秋水，如此生涯，确实不类人间。

李白《秋登巴陵望洞庭》同样写秋水，笔墨却要铺炫得多。诗曰：

清晨登巴陵，周览无不极。明湖映天光，彻底见秋色。
秋色何苍然，际海俱澄鲜。山青灭远树，水绿无寒烟。
来帆出江中，去鸟向日边。风清长沙浦，山空云梦田。
瞻光惜颓发，阅水悲徂年。北渚既荡漾，东流自潺湲。
郢人唱白雪，越女歌采莲。听此更肠断，凭崖泪如泉。

同样是秋水，泛起在王维笔下，那就是一味澄净，泛起在李白笔下，一时间只觉气象万千。更何况，诗中的秋水可不是小溪小涧，而是“涵虚混太清”“洞庭波兮木叶下”的八百里洞庭。如此浩无涯岸的水域，往往容易叫人生发出“烟波浩淼”的喟叹。然而李白所写，恰恰了无烟色——能够不熟，是以不俗。望中洞庭之大，视野之开阔，一句“周览无不极”便可知晓。极目远眺处，所见唯有碧波万顷。这样的湖光，映着天色，在诗人笔下，就是“彻底见秋色”。“彻底”一词，用得真是精彩，一清到底的洞庭即刻陈于目前。而所谓“秋色”，原本有着空阔无边的苍茫，映入波心，却又泛出一湖澄鲜的光色。在这上下一碧的辉映之下，烟色散尽，通体清透，明澈见底。

唐人爱咏洞庭，最爱咏洞庭的秋色。究其原因，就在于这一湖秋水，实在美得形容不尽，叫人“醉杀”。这一湖无边的秋色，晴昼澄鲜已极，入夜则浩荡不已。李白另有一首诗，《陪族叔刑部侍郎晔及中书贾舍人至游洞庭五首》（其二），就把这月下的洞庭秋波写得无比摇荡，摄魂夺魄。其诗为：

> 南湖秋水夜无烟，耐可乘流直上天？
> 且就洞庭赊月色，将船买酒白云边。

我们常说天水一色，此处的秋水，就是这四个字的典型代表。在月色的朗照之下，天空与湖水，都是一般莹澈透亮，根本分不出彼此。“无烟”一语，写出的就是月光照彻湖水和天宇的情状。如此的通体透亮，甚至会叫人产生这样的遐想：似乎乘着这湖水，就可以径直划入天宇星辰之中。这等出奇的想象，就有着分明的李白标签，把一个笼在皓月当中的水与天写得如在目前。偌大一个洞庭湖，就这么浸在无边的月色当中。这月色，美好得有如世上奇珍，又充沛得好似取之不竭的宝藏，洞庭湖，就好似它的主人一般。向洞庭赊取这大好的月色，似乎就能抵达白云深处，沽酒沉醉，任情放旷。美得如此灵透超逸，不见半点人间烟火，就是李白笔下月色中的洞庭。

大泽中的秋水，其澄鲜明澈，总是给人浩无涯岸的观感。因其阔大，所以才能够和碧天相吞吐，映彻整个秋空。来到江上，这秋水和长空则又是另外一重景象了。刘眘虚《暮秋扬子江寄孟浩然》，就写到了这一带秋江——

木叶纷纷下，东南日烟霜。林山相晚暮，天海空青苍。
暝色况复久，秋声亦何长。孤舟兼微月，独夜仍越乡。
寒笛对京口，故人在襄阳。咏思劳今夕，江汉遥相望。

晚秋时节，暮色之下，置身奔流的江水之中，意绪不免苍茫。一句“天海空青苍”，勾出了这江水的色泽，以及涵空的情状——木叶纷纷，林山渐晚，孤舟微月，一带青苍，此情此景，顿叫人秋怀渐老，秋思转深。

相比刘眘虚的简淡，刘禹锡诗中的秋江则略显繁复。其《秋江晚泊》一诗就有：

长泊起秋色，空江涵霁晖。暮霞千万状，宾鸿次第飞。
古戍见旗迥，荒村闻犬稀。轲峨艑上客，劝酒夜相依。

一样是秋水，湖泊呈现出广阔，而江河所演绎的则是不休止的流动与变化。泊舟江上，所领略到的秋水就不复是无边无际，而是一带悠悠流逝，宛转而迢遥。所以即便是停泊，也依然富于变化。像是江上秋色之起，就是一个舒缓的过程。空旷的江面，晴日的光色倒映其中。暮色中，云霞变幻，鸿雁成行，江畔的古戍荒村依约有人迹可辨。可以看到，这一道秋江的澄朗，与天空水色相关，也与周遭图景有关。

一湖秋水、一江秋水之外，时常于唐诗中见到的，还有一池秋水。吴融的《秋池》一诗，所写正是那一池秋水的美好——

冷涵秋水碧溶溶，一片澄明见底空。
有日晴来云衬白，几时吹落叶浮红。
香啼蓼穗娟娟露，乾动莲茎淅淅风。
凌晓无端照衰发，便悲霜雪镜光中。

晚唐诗人吴融是温李诗风的追随者，他的特点，就是能够在旖旎中写出清冷的调子。这一池秋水，便是典型的例子。池水的颜色是碧绿的，诗人的落笔，却是从“冷”的观感入手，刻画这一池碧色。“冷涵”一句实在写得漂亮，那样一池冷溶溶的绿意，叫人完全移不开眼睛。说起来，同样一池碧色，春水叫人觉得活，夏日绿到恣意，冬季只得枯与残，而秋天，则是这种触目的清寒。之所以会产生冷的观感，除了天气的寒凉、物态的萧瑟之外，更在于这绿色的清远透亮。绿到澄澈空明，清可见底，就会有琉璃美玉一般的冷冽光色。而这份见底的空明澄澈，在晴日里有白云映衬，随着风起，又有红叶点染，就这么，定格在唐人笔下，定格在岁月的仓促中。

四、目皓沙上月

月色，大概是这世上最为皎洁澄澈的光亮了。某种程度上，月色，就是皎洁的代名词。而提到秋月，我们想到的图景往往总是中天一轮，映照穹苍。“长安一片月，万户捣衣声”，不仅砧杵之声为秋天所独有，就连这一月朗照的景象，似乎也从来都是秋天的招牌。秋空湛蓝无尘，秋水明净通透，秋天的月，则是清朗莹澈，在天水之间，洒落蔼蔼之澄辉，泛起穆穆之金波。

李峤《秋山望月酬李骑曹》一诗，细致描画了秋山上望到的秋月。时当秋高气爽，明月在山谷间徘徊。眺望的诗人，看到了秋月从远处的岩岫间升起，仪态优雅；也看到了月色映在高台之上的皎洁——

愁客坐山隈，怀抱自悠哉。况复高秋夕，明月正裴回。
亭亭出迥岫，皎皎映层台。色带银河满，光含玉露开。
淡云笼影度，虚晕抱轮回。谷邃凉阴静，山空夜响哀。
寒催数雁过，风送一萤来。独轸离居恨，遥想故人怀。

这山谷中的月色，蕴满了无尽的清光，像是带着银河的所有星辉，又仿如含着玉露绽放。偶有淡云虚晕的环抱缭绕，也丝毫没有影响这清光的照彻。月下的山谷，深邃而清凉，幽旷而宁静。坐在这样的山谷当中，仰望着皓月一轮，怀抱中的愁绪似乎都被这月光洗净，只剩自在与悠然。

而在唐人当中，笔下月色最多最精彩的，还是要数诗仙李白。其他季节的月色姑且不论，单表秋月，见诸李白笔下的就有：

月华若夜雪，见此令人思。

目皓沙上月，心清松下风。

月色望不尽，空天交相宜。

浦沙净如洗，海月明可掇。

明月出高岑，清溪澄素光。

秋山绿萝月

秋山绿萝月，今夕为谁明？

沙带秋月明，水摇寒山碧。佳境宜缓棹，清辉能留客。

沧江溯流归，白壁见秋月。秋月照白壁，皓如山阴雪。
幽人停宵征，贾客忘早发。

这月色，在李白诗中，果然就是明明无辍的存在。并且，就算只是清辉一色，它也有着各异的姿态，映带着各异的心情。如上所引，在谪仙人笔下，秋山所见之月，时而映着绿萝，牵人心绪，时而如夜雪般皑皑，起人相思；至于水边所见之月，要么，能使人双目皓清，要么，将沙色照得莹白如洗，又或者，让一溪都泛起澄素的光影。这样的秋月，是人境中最不可思议的美好，无论怎么仰首，怎么把玩，似乎都无法令人觉得餍足。它既有悬于高岑之上的清冷，又有仿佛可以掬在手中的亲近，足以留客，也足以清心，能够照彻纤尘，焕映古今。

刘禹锡有一首《洞庭秋月行》，写的又是洞庭湖上的月色。前面和洞庭湖相关的诗篇，基本都是偏重于秋水，刘禹锡所写，却是集中在月光。且看，其诗有：

洞庭秋月生湖心，层波万顷如熔金。
孤轮徐转光不定，游气濛濛隔寒镜。
是时白露三秋中，湖平月上天地空。
岳阳楼头暮角绝，荡漾已过君山东。
山城苍苍夜寂寂，水月逶迤绕城白。
荡桨巴童歌竹枝，连樯估客吹羌笛。
势高夜久阴力全，金气肃肃开星躔。
浮云野马归四裔，遥望星斗当中天。
天鸡相呼曙霞出，敛影含光让朝日。
日出喧喧人不闲，夜来清景非人间。

诗人笔下，这秋月是自湖心涌出，在月光的照映下，万顷层波皆如销熔的黄金，四下里波光粼粼，闪烁不定。随着一轮朗月缓缓升起，万顷洞庭也成了一面泛着冷冽光色的明镜。月上中天之时，水天之间唯见一色空明。跟着诗人的笔触，我们可以看到月色在鼓角中不断轻漾，把这山城的苍然夜色照得莹白一片，也把这漫天星斗照得格外分明，这样的夜空，就如诗人所咏叹的，的确是“夜来清景非人间”。这样的洞庭，就像刘禹锡在《望洞庭》中所写，是所谓“湖光秋月两相和，潭面无风镜未磨。遥望洞庭山水翠，白银盘里一青螺”，澄澈至极，美好至极。

五、幽人应未眠

由前面《倾听》一章来看，在唐人的诗卷中，秋夜总是与无眠相伴，响在耳朵里的秋夜也总是闪现着凄清的气韵。实际上，凄清而外，唐人眼中的秋夜也是澄澈的。有关秋夜之澄澈，写得最动人的一首绝句，要数韦应物《秋夜寄丘二十二员外》一诗，其诗见下：

怀君属秋夜，散步咏凉天。山空松子落，幽人应未眠。

诗人对这秋夜，还有秋夜里的情绪都不曾有过多的形容渲染，也正是因为没有过多的渲染，诗句中勾画的秋夜，就有了疏朗的容色。“散步咏凉天”，“凉”之一字，写出了季节的轻寒，散步之咏，又刻画了神情的闲逸与简淡。“山空松子落”，

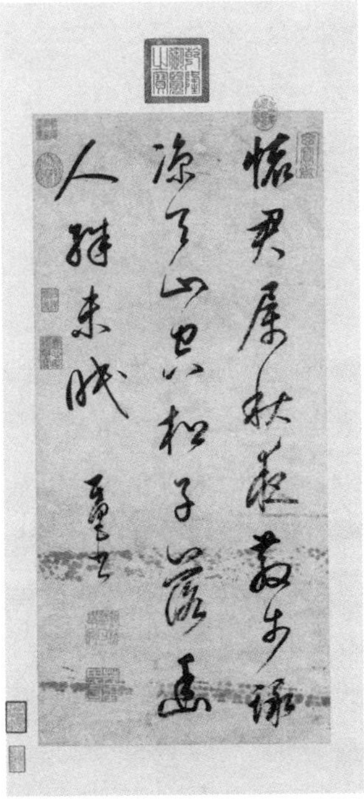

［明］董其昌书《五言绝句轴》

是散步时闻见的内容，这一句诗，写出了诗人处境之幽——山林空旷，连松子落地都能听到，可知其间的寂静，同时也写出了心境之幽——置身一座空旷寂静的山林，其内心的幽阒被衬托得十分清晰，而在这样的处境中懂得去感受山林之空寂，侧耳倾听这空寂中的细微声响，其人心境之幽恬，便不需多言了。

杜甫《江边星月二首》（其一），同样写到了秋夜的澄澈，不过这澄澈，更多的是和光色有关。诗曰：

骤雨清秋夜，金波耿玉绳。天河元自白，江浦向来澄。
映物连珠断，缘空一镜升。余光隐更漏，况乃露华凝。

骤雨过后的清秋之夜，月亮又出现在天空之上，与银河一并，构筑着夜色中的璀璨。“金波”，指的就是月亮，“玉绳”，指的则是银河，“耿”，写出的是二者在长空持续璀璨的状态。在此二者的照映下，这秋夜既白且澄，有着明澈的光华。诗歌题为“江边星月”，通篇都是从星月着笔，所以此诗描绘的秋夜，就是星月辉映之下的一份澄澈。诗歌的首联，是星月之出，颔联，是星月之色，颈联，是星月的正面亮相——星，如断续的明珠散布在夜空；月，则是中天一镜，至于尾联，则是更深露重，星光月色之渐微。一个完整的秋夜格局，就这么呈现在星月的题咏之中。老杜这首诗，还向来以起承之自然、严谨为人所称道。前人以为：“雨后气清，故河白浦澄，承‘秋夜’。星月皎洁，故珠连镜升，承‘玉绳’。”

韩翃《酬程延秋夜即事见赠》一诗所敷演的秋夜澄澈，又基本集中在声响之上。其诗写道：

长簟迎风早，空城澹月华。星河秋一雁，砧杵夜千家。
节候看应晚，心期卧亦赊。向来吟秀句，不觉已鸣鸦。

竹簟之风，月华之澹，城楼之空，韩翃笔下的这个秋夜，透着些许的凉意，更有着无边的静谧。这个时候出现的雁声、砧声，愈发衬托了夜的寂静之外，也使得这夜色有了旷远的面容。“星河秋一雁，砧杵夜千家”，这一联写得真是漂亮。一雁掠过星河，它的鸣声，奠定的就是秋的意绪；千家响彻砧杵，这样的合奏，定格的正是夜的面容。这么两句诗，所涵括的，就是唐人世界里，最为典型的秋夜。

再有刘方平《秋夜泛舟》一诗，这首诗的妙处，就是对澄澈秋夜的构成给出了诗人自己的概括。

林塘夜发舟，虫响荻飕飕。万影皆因月，千声各为秋。
岁华空复晚，乡思不堪愁。西北浮云外，伊川何处流。

秋夜里，总有着不断的出发与别离，以及不绝于耳的虫声、风声，还有不曾缺席的头顶一轮。“万影皆因月，千声各为秋”，这两句诗的总结真是到位。秋夜的模样，就在这两句诗中呼之欲出。月色是塑造这秋夜的不二之选，一切的光影，所有的澄澈，无论秋空秋山，还是各色秋水，都全凭月色锻造。而这夜里的万千声响，所承载的，又是秋的主题。秋夜里涌起的各种思绪，常见的，总是岁晚的叹息，乡思的清愁。当然，还有太多不寐的理由，在秋夜里游荡。因之，我们才能够在唐人的诗句中不断辗转，陶然在秋夜的澄波当中。

六、我觉秋兴逸

既然，澄澈是秋天最本质的特性，那有关秋天的怀抱，最动人处恰恰也不在愁思与感伤，而是在那份澄澈。这样的秋怀，唐之前不多见，唐之后就更为罕有了。怀抱要做到澄澈，最为首要的，大概就是要足够的洒落，不容拘泥。

李白《秋日鲁郡尧祠亭上宴别杜补阙范侍御》一诗，就写出了这份秋怀的澹荡超逸。其诗曰：

我觉秋兴逸，谁云秋兴悲。山将落日去，水与晴空宜。
鲁酒白玉壶，送行驻金羁。歇鞍憩古木，解带挂横枝。
歌鼓川上亭，曲度神飙吹。云归碧海夕，雁没青天时。
相失各万里，茫然空尔思。

在了解尚不充分的时候，就会有狭隘的偏见产生，人之相与的规律，一向如此。与今人交如此，与古人交其实也不外如此。比如说，了解并不充分的时候，提到秋天的怀抱，我们大概会片面地认为：伤春悲秋嘛，还有什么例外！似乎古人于秋天的情绪，就只有忧伤一味。事实当然并非如此。特别就唐代诗人来看，他们的秋怀，就不止伤怀一种。李白此诗，便是明证。

诗歌一开篇，就点明了这种怀抱的特质——“我觉秋兴逸，谁云秋兴悲”。显然有关秋的情绪，在李白这首诗里，乃是轻盈高举的。甚至是面对发生在秋日里的一场别离，他也能够以超逸的胸怀来面对。于是，所见即有“山将落日去，水与晴空宜”“云归碧海夕，雁没青天时”，诗中每一个时刻，每一个画面，都呈现出开阔的视野，线条疏朗，色泽空明，其襟抱之澄澈不难感知。所以，面对离别，也只见“鲁酒白玉壶，送行驻金羁。歇鞍憩古木，解带挂横枝。歌鼓川上亭，曲度神飙吹”，歌吹之间，没有更多的怅恨。开篇“白玉壶”与“金羁”的对举，更令到一场把酒言别显露出少年一般的豪宕与洒落。似乎人生在在，无非都是行与止的交替——歇鞍解带，言欢言别，其实无非也只是片时。就算最终难免茫然若失，但诗中充溢的那份坦然从容，还真是有着秋天一般的澄明，令人为之神远。

可以看到，在唐人的诗歌当中，秋天的澄澈没有局限在天空山谷，波光月色之中，有关秋天的怀抱，也一样有着澄澈的特性。像长空一样清朗，山川一样明澈，星辉月色一般璨然，这样的怀抱，总是疏阔旷远的，能够不拘泥于沉浮得失，在尘俗中保持着超拔，在凋萧衰颓中也依然能够健举昂扬。

第四章 节序

几许欢情与离恨

节序，是岁月的刻度，是生活仪式感的隆重上演。秋天的节序，相比其他季节，似乎要来得更为清冽一些。不过令人倍感兴味的是，秋季这些清冽的节序，相比其他季节，却也沾带着更为浓郁的人间气息——其间，涌动着更多的漂泊与团圆，相思与乡愁。这样的特点，符合秋这个特殊的季节，也在唐人的笔下得到了最富诗意的映证。

一、今夕渡河归

七夕，是农历七月初七，这是一个我们并不陌生的古老节日。不过，在今天的商业文明冲击之下，七夕早已被包装成了所谓“中国情人节”。然而在唐代，“情人节”云云，却并不是七夕这样一个日子所特有的符号标签。

作为著名节序，七夕可谓由来已久。它有着丰富的文化内涵，以及相关的节日民俗。七夕之所以在今天会被演绎成“中国情人节”，就因为这个日子和牵牛织女的故事相关。《古诗十九首》里，有着关于牵牛织女的古老歌吟——“迢迢牵牛星，皎皎河汉女。纤纤擢素手，札札弄机杼。终日不成章，泣涕零如雨。河汉清且浅，相去复几许。盈盈一水间，脉脉不得语”。梁代宗懔《荆楚岁时记》中也记有：

七月七日为牵牛织女聚会之夜……是夕，人家妇女结彩缕，穿七孔针，或以金银石为针，陈瓜果于庭中以乞巧，有喜子网于瓜上，则以为符应。

可以看到，古时这个日子和牵牛织女相关，不过它最主要的标签却无关于爱情。

七夕，又名乞巧节——世间女子向天上织女（天孙）祈祝心灵手巧，是这个节日的核心内容。按照民俗学者刘宗迪的说法，“七夕之后，妇女开始纺绩裁衣，因此在这一天陈设针线，祈求心灵手巧，既是一种郑重其事的仪式，也是一种劳作季节开始前的心理准备。正是凭借着这种年复一年的乞巧仪式，牛郎织女的故事才代代相传，流传人间”（刘宗迪《七夕故事考》）。唐人集中，有关七夕的题咏可谓数量众多。从众多的七夕节序诗来看，这个节日在当时的重要是可想而知的。

唐人笔下的七夕诗，有相当一部分是环绕着节俗写来，读后，即可知晓当日的七夕风俗。譬如宋之问的《七夕》一首，就有：

传道仙星媛，年年会水隅。停梭借蟋蟀，留巧付蜘蛛。
去昼从云请，归轮伫日输。莫言相见阔，天上日应殊。

由此诗看，唐代的七夕，已经充分和牵牛织女的相会故事结合起来。诗人所咏，便有着对这一年一会的感叹。不过这个节日，当时仍然是以乞巧为主。蜘蛛，也就是《荆楚岁时记》里提到的“喜子”，是乞巧仪式中的重要道具。

除了乞巧，七夕这个节日，还有所谓“曝衣”之俗。沈佺期《七夕曝衣篇》一诗，就写到了七夕曝衣的前朝故事：

君不见昔日宜春太液边，
披香画阁与天连。
灯火灼烁九微映，香气氛氲百和然。
此夜星繁河正白，人传织女牵牛客。
宫中扰扰曝衣楼，天上娥娥红粉席。
曝衣何许曛半黄，宫中彩女提玉箱。
珠履奔腾上兰砌，金梯宛转出梅梁。
绛河里，碧烟上，双花伏兔画屏风，
四子盘龙擎斗帐。
舒罗散縠云雾开，缀玉垂珠星汉回。
朝霞散彩羞衣架，晚月分光劣镜台。
上有仙人长命绺，中看玉女迎欢绣。
玳瑁帘中别作春，珊瑚窗里翻成昼。
椒房金屋宠新流，意气骄奢不自由。
汉文宜惜露台费，晋武须焚前殿裘。

除此首外，沈佺期另外一首《七夕》也提到了曝衣之俗，诗曰：

秋近雁行稀，天高鹊夜飞。妆成应懒织，今夕渡河归。
月皎宜穿线，风轻得曝衣。来时不可觉，神验有光辉。

可见七夕曝衣之事，也并未限于宫廷。

杜甫集中，有一首《牵牛织女》，所咏也涉及了七夕的节俗：

牵牛出河西，织女处其东。万古永相望，七夕谁见同。
神光意难候，此事终蒙胧。飒然精灵合，何必秋遂通。
亭亭新妆立，龙驾具曾空。世人亦为尔，祈请走儿童。
称家随丰俭，白屋达公宫。膳夫翊堂殿，鸣玉凄房栊。
曝衣遍天下，曳月扬微风。蛛丝小人态，曲缀瓜果中。

初筵裛重露，日出甘所终。嗟汝未嫁女，秉心郁忡忡。
防身动如律，竭力机杼中。虽无姑舅事，敢昧织作功。
明明君臣契，咫尺或未容。义无弃礼法，恩始夫妇恭。
小大有佳期，戒之在至公。方圆苟龃龉，丈夫多英雄。

老杜此诗，虽然弄错了双星的位置——牵牛当属河东，织女方在河西，不过，却基本交代了七夕所特有的各色风俗。一个当然是七夕夜里的祷祝行为，“祈请走儿童”是也；另一个，则是七夕的曝衣之俗——“曝衣遍天下”，也就是《四民月令》提到的“七夕曝经书及衣裳”；再一个，就是瓜果设筵，蜘蛛卜巧。通宵达旦，七夕的相关仪式才方告终了。这样的隆重与热闹，比起今天的刻意锻造，实在是要来得有情味些。

还有一类七夕诗，其旨趣，在于言情。并且大多数七夕言情的诗作，都跟牵牛织女的故事相关，诗人总在字句间感叹着别离的亘永，相聚的艰难。比如杜审言《七夕》最末两句就有：“年年今夜尽，机杼别情多。”孟浩然《他乡七夕》也道：“谁忍窥河汉，迢迢问斗牛。”

[明] 仇英《乞巧图》局部

以咏黄鹤楼知名的崔颢，其《七夕》题诗也十分不俗：

长安城中月如练，家家此夜持针线。
仙裙玉佩空自知，天上人间不相见。
长信深阴夜转幽，瑶阶金阁数萤流。
班姬此夕愁无限，河汉三更看斗牛。

七夕之情大抵如此。既有身为仙家，也要受此暌违别离之苦的无奈，也有身处情感的孤寂冷落之中，此夕仰首，暗羡相会的众生。手持针线的祝祷，总是太过表面的文章，其下涌动的各色情愫，才是七夕这天真正的灵魂。这也正是卢纶《七夕诗》最后两句所写到的——“回想敛余眦，人天俱是愁”。

这人天俱是的千古情愁，在王建笔下，呈现出一味缠绵——

河边独自看星宿，夜织天丝难接续。
抛梭振镊动明珰，为有秋期眠不足。
遥愁今夜河水隔，龙驾车辕鹊填石。
流苏翠帐星渚间，环珮无声灯寂寂。
两情缠绵忽如故，复畏秋风生晓路。
幸回郎意且斯须，一年中别今始初。
明星未出少停车。

（《七夕曲》）

七夕仰首，看到的就是横于空宇之间，一场旷日持久的离别，以及有情之人在此离别当中遭遇的苦楚。是夕终于相会，其间情绪就是各种奔涌，雀跃如狂，缠绵如故。写一夕缠绵最精彩的句子，是“流苏翠帐星渚间，环珮无声灯寂寂”。这么一场被万千世人围观的久别重逢，自然有着超乎寻常的旖旎，同时也有着不容他人窥伺的深挚与绵长。不过，缠绵之后，紧跟着的却是惊怖与不舍。因为相会，总是短暂；相会的终了，便是新一轮离别的到来。“一年中别今始初”，这其间的思绪何其深宛，通透中，总有层叠的无奈与忧伤。

在李贺笔下，七夕的情肠却只得一味冷冽——

别浦今朝暗，罗帷午夜愁。鹊辞穿线月，花入曝衣楼。
天上分金镜，人间望玉钩。钱塘苏小小，更值一年秋。

（《七夕》）

天上，年复一年上演着分离与团圆，其怅恨之深长不难想见。然而，就算再怅恨，束缚在离合命运中的牵牛织女，却依然可以无视时光而亘永存在。地上的人间世界，一样有着无休止的聚合与离散，不过世间的儿女，不单单逃不脱聚散的命运摆布，也同样无法在时间的流逝中保持静止。每一番七夕仰首，内心都免不了被天上的聚散离合所掀动，而每一次仰首的发生，意味着时光又过去了一年。这种逝去的无可遮挽，是轮回中最深的恻然。“钱塘苏小小，更值一年秋”，再美好的存在，再姣好的容颜，面对时光不可逆转的奔逝，也只能付之以无奈喟叹。李贺的好，就在于他对常俗那份自觉的远离，而他远离的轨迹，往往就浸在晦暗的色调当中。

在白居易笔下，七夕之情，呈现出的是澹荡和悠然——

烟霄微月澹长空，银汉秋期万古同。
几许欢情与离恨，年年并在此宵中。

（《七夕》）

白居易的视角，充满了局外人的意味。有些感慨，毕竟这是古今之一大离合，不过，却也没有更多的起伏与奔涌。只是一声清叹，为这周而复始的银汉秋期，为此宵所背负的那些离恨与欢情。

在温庭筠笔下，七夕之情又写入一派琳琅的光色声响——

温庭筠

鸣机札札停金梭，芙蓉澹荡生池波。
神轩红粉陈香罗，凤低蝉薄愁双蛾。
微光奕奕凌天河，鸾咽鹤唳飘飖歌。
弯桥销尽愁奈何，天气骀荡云陂阤。
平明花木有秋意，露湿彩盘蛛网多。

（《七夕》）

月出西南露气秋，绮罗河汉在斜沟。
杨家绣作鸳鸯幔，张氏金为翡翠钩。
香烛有花妨宿燕，画屏无睡待牵牛。
万家砧杵三篙水，一夕横塘似旧游。

（《池塘七夕》）

鹊归燕去两悠悠，青琐西南月似钩。
天上岁时星右转，世间离别水东流。

金风入树千门夜，银汉横空万象秋。
苏小横塘通桂楫，未应清浅隔牵牛。

（《七夕》）

纷呈的是色彩，琳琅的是物象，错杂的是声响，有关七夕的心绪，就这么或明或暗地闪烁其中。说不得浅，也说不得深，却有许多的恻然，许多的叹惋。

而在李商隐笔下，七夕这个日子，更是频繁地出现，其间蕴含着无穷无尽的心事，无穷无尽的幽微低回——

恐是仙家好别离，故教迢递作佳期。
由来碧落银河畔，可要金风玉露时。
清漏渐移相望久，微云未接过来迟。
岂能无意酬乌鹊，惟与蜘蛛乞巧丝。

（《辛未七夕》）

已驾七香车，心心待晓霞。
风轻惟响珮，日薄不嫣花。
桂嫩传香远，榆高送影斜。
成都过卜肆，曾妒识灵槎。

（《壬申七夕》）

鸾扇斜分凤幄开，星桥横过鹊飞回。
争将世上无期别，换得年年一度来。

（《七夕》）

一样有纷繁物象，但物象之间的情感分明有着百转千回的走势，深恻也宛转，低回在每一句和七夕有关的喟叹中。仙家也无法避免的离别，叫人在无能为力中深味这份不甘。“由来”是旷世持久的寂寥，“可要”是终于得见的喜悦——就算年年一度，也好过世上无期。诸如“心心待晓霞”“曾妒识灵槎”这样的字句，“桂嫩”“榆高”一类的表达，显然便有许多诗人自身情事的代入。那些缠绕不止、又无法言说的深微，在七夕这样的时间节点，自然会被唤起，自然会有共鸣。所以七夕在当日虽然是以乞巧为主，却也未止于乞巧。世间儿女的诸多遭遇，诸多心事，其实也都在仰首那一刻，望进了碧落银河。

而“年年一度”的相逢，对有的人来说是宽慰，对有的人来说却完全是磨折。杜牧《七夕》一诗便有：

云阶月地一相过，未抵经年别恨多。
最恨明朝洗车雨，不教回脚渡天河。

相过，对照经年的相离而言，真的只是一刹那的事情。再美好，都抵偿不了那经年别离所带来的苦楚。所以，相聚的短暂往往叫人心生怅恨，不知当如何排遣。这样的情绪，对于七夕来说，应该是最为常见的。杜牧此诗的佳处，在于他把这种情绪写得既清逸，又深宛。七夕的这一场天上相会，诗人用“云阶月地”来加以呈现，这就是清逸的所在。怅恨的心绪，又藉助洗车雨来加以表达，这又是深宛的地方。所谓洗车雨，指的是七夕或者前后一天所下的雨，在世俗人等的想象中，这就是天帝在为织女洗车。下在头一天的雨，充满了相见的期盼与热切，因为第二天就是相会的日子。下在后一天的雨，却意味着又将经年相别，隔着一带天河。这其间的深恨，又岂是雨所能洗刷，天河所能阻隔的。对于相守的热望，对于团圆的渴盼，这即是回荡在唐人七夕诗中最为主要的声响。

当然，七夕这个时间节点所唤起的心绪，也不限于儿女间的缠绵旖旎。唐人也有一些杰出的诗作，所写到的，就是不太一样的七夕。像韦应物这首《七夕》，情致就有所不同：

人世拘形迹，别去间山川。岂意灵仙偶，相望亦弥年。
夕衣清露湿，晨驾秋风前。临欢定不住，当为何所牵。

开头两句实在清远。人世间很多时候都是如此，拘于形迹，无法自在，骤然一别，便是山川间隔，暌违经年。这就是人世之间的常态。七夕，之所以能够对人产生激荡，就在于它让古今人等都看到了这么一个事实：哪怕贵为仙家，也有诸多的不自在，不得已。所以，人生在世，确实应当思考，什么样的事情才值得为之牵系，为之驻足停留。而面对偶见的欢愉，究竟应当如何自处，才不至于深觉辜负，抱憾经年。

二、清光此处多

提到中秋，人们最容易脱口而出的，大概就是下面这两句诗了：

海上生明月，天涯共此时。

几乎每一次中秋的欢聚，每一场中秋的筵席，甚至每一条和中秋有关的祝福信息，都可以看到这两句诗的登场亮相。这两句诗，出自唐代张九龄的笔下，它是《望月怀远》开篇的句子——

海上生明月，天涯共此时。情人怨遥夜，竟夕起相思。
灭烛怜光满，披衣觉露滋。不堪盈手赠，还寝梦佳期。

看似寻常的这么两句诗，为我们定格并呈现了一种异常阔大与明亮的美。“海上生明月”，这是可以照彻整个宇宙的莹洁光亮，它有着无法言说的神秘，更有着难以形容的生命力。“海上”，是无垠的广阔；“生”，有着不息的力量，这样的月色，磅礴得令人沉醉，永恒得似乎可以慰藉这世间所有的灵魂。在这样的月色笼罩下，连思念都有了阔大的格局。“天涯共此时”，告诉你即便处在暌违之中，情感依旧有互通的可能——哪怕相隔天涯，也可以共此一轮皓月，在同一时刻共掬清辉，共起相思。而能够有情感上的互通，距离上的遥远似乎也就没有那么不可忍受，心上因孤独而遭受的煎熬似乎也纾解了许多。这两句诗，也许本来刻画的只是一个普通月夜，但它却在无意中契合了中秋月色那特有的美好，以及身处中秋的人们，对于团圆的热切渴盼——即使无法在现实中相聚，也要在月光中“共情”。于是乎，久而久之，这两句诗，也就成了中秋佳节最为传神的签名。

唐人笔下，赋咏中秋月色的篇章不在少数。大多数，也如这首《望月怀远》一般，总是在中秋见月的刻下，泛起了无尽的相思。像戎昱《中秋夜登楼望月寄人》：

西楼见月似江城，脉脉悠悠倚槛情。
万里此情同皎洁，一年今日最分明。
初惊桂子从天落，稍误芦花带雪平。
知称玉人临水见，可怜光彩有余清。

中秋月色之所以格外动人，大概就在这么两句——“万里此情同皎洁，一年今日最分明”。俗话说得好，“月到中秋分外明”。每个月都有十五，逢到十五也都有一轮满月，可是令到所有人仰首驻足，被那份照彻天宇的皎洁贮满眼眸与胸臆，似乎还是只有中秋的皓月方能办到。所以在中秋的夜里，因月而起的各类牵引也就格外的突出。

就唐人的中秋吟唱来看，中秋的夜里，几乎人人都在仰首，人人都在这清辉无尽中思绪奔流。毕竟，“秋来一度满，重见色难齐”（陆龟蒙《中秋夜寄友生》）。这样的难得，在栖白《八月十五夜玩月》一诗就见得很是分明：

寻常三五夜，不是不婵娟。及至中秋满，还胜别夜圆。
清光凝有露，皓魄爽无烟。自古人皆望，年来又一年。

通常的三五时节，也一样有圆月。可像这样有着充满苍穹之清辉的，也就唯有中秋这一轮。总是清光流泻，皓魄无烟，总是比他时来得明澈皓亮，古往今来，唯有它当得起这年复一年的期盼与仰望。所以，有关“中秋月”的赋咏，就是这一时刻最为主流的篇章。《全唐诗》中，以“中秋月”为题的诗歌数量可谓颇为惊人。比如李峤，他便写过《中秋月二首》，其诗曰：

盈缺青冥外，东风万古吹。何人种丹桂，不长出轮枝。

圆魄上寒空，皆言四海同。安知千里外，不有雨兼风？

第二首诗写得蛮有意思。似乎从张九龄的“天涯共此时”起，人们仰首于中秋的月下，所感受到的大多都是这清辉之同。不过李峤此诗，着眼的偏偏却是不同。在诗人看来，不见得所有人的中秋此夜，都能够与一轮圆魄相对，有的所在，也许就是中秋却兼风雨。事实上，同，的确能够慰藉人情；而异，也可以传递关怀与挂牵。

同样以“中秋月”名篇的诗作，还有：

碧落桂含姿，清秋是素期。一年逢好夜，万里见明时。
绝域行应久，高城下更迟。人间系情事，何处不相思。

（张祜《中秋月》）

自古分功定，唯应缺又盈。一宵当皎洁，四海尽澄清。
静觉风微起，寒过雪乍倾。孤高稀此遇，吟赏倍牵情。

（朱庆馀《中秋月》）

三十六旬盈复缺，百年堪喜又堪伤。
劝君莫惜登楼望，云放婵娟不久长。

（薛莹《中秋月》）

凉霄烟霭外，三五玉蟾秋。列野星辰正，当空鬼魅愁。
泉澄寒魄莹，露滴冷光浮。未折青青桂，吟看不忍休。

（方干《中秋月》）

空碧无云露湿衣，群星光外涌清规。
东楼莫碍渐高势，四海待看当午时。
还许分明吟皓魄，肯教幽暗取丹枝。
可怜半夜婵娟影，正对五侯残酒池。

（齐己《中秋月》）

时代不同、身份各异的诗人，遇到这当空的一轮秋月，眼里看到的，几乎都是一般的皎洁与澄明，所以提笔绘下的，也就是这份叫人倍感清洌的皎洁与澄明。不过在这清辉笼罩之下的心事，却有着各自的面容。有的人，看到的是这世间不息的情感，漫溢的相思；有的人，看到的又是圆缺之间的定数，以及遇到好月的不易；还有的人，在盈缺之间看到自身年华的逝去，忧喜交迸；也有的人，只管仰首，只管沉醉在这亘古不易的皓魄当中。

的确，同一个中秋夜，不同的人，不同的境遇，所思所感总是不同的。有人笔触根本不及月色，只是在凄清的夜色里尽情吐露着汩汩的清愁。戎昱《长安秋夕》就写道：

八月更漏长，愁人起常早。闭门寂无事，满院生秋草。
昨宵西窗梦，梦入荆南道。远客归去来，在家贫亦好。

此诗题目一作《中秋感怀》，可知这便是游子愁人眼中的中秋——夜，漫长得无可忍耐，荒寂的院落里漫生着秋草，和这秋草一并漫生的，还有愁绪与乡思。远客他乡的人，总是在这样的时刻，归心骤起——懊悔自己多年的漂泊无定，忽然就懂得了家的珍贵。这样的心事，倒是古今无二，只不过唐人，把它写进了诗行。

有的诗人，甚至写到了病中的中秋。这又提供了另一种视角，增设了另一种情致。熊孺登《八月十五夜卧疾》即云：

一年只有今宵月，尽上江楼独病眠。
寂寞竹窗闲不闭，夜深斜影到床前。

因为生病，不得不错过一年仅有此宵的月色。孤眠于江楼之上，窗外的竹影，却在夜深人静之时投射到诗人床前。有影，因为有光。故此，当斜影抵达床前的时候，更有一地清朗的月光。这首病中的中秋诗，把月光的照拂，月色与人之间的那份相亲，写得尤其动人。

唐代还有一些诗人，对着这亘古一轮明洁的秋月，胸臆间除了沉醉无端，更多的还是不舍。因为不舍，所以有一夜不眠的仰首。像徐凝《八月十五夜》一诗，所写便是如此。诗曰：

皎皎秋空八月圆，常娥端正桂枝鲜。
一年无似如今夜，十二峰前看不眠。

中秋的月，无疑是一年中最好的月色，叫人如何看得餍足，又如何能够舍下它沉沉睡去。姚合《八月十五夜看月》所吟咏的，正是这月色唯得一宵，难得相逢又逡巡作别而生发的满心怅然——

亭亭千万里，三五复秋中。此夕光应绝，常时思不同。
九霄微有露，四海静无风。惆怅逡巡别，谁能看碧空。

刘得仁《中秋》一首，所写也是大抵相同——

尘里兼尘外，咸期此夕明。一年惟一度，长恐有云生。
露洗微埃尽，光濡是物清。朗吟看正好，惆怅又西倾。

正因为这是一年才一度的皓月，所以才会有那么多人仰首期盼，在月下徘徊不止，也朗吟不止。既担心有云遮住了这月，更惆怅于夜的易逝，月又西倾。这碧空中的无尽清辉，叫人不忍心直视它的美好，更叫人舍不得将目光移开。

这中秋的月色在唐代诗人心目中究竟美好到什么样的程度呢？读项斯《中秋夜怀》一诗，就能够有一个深刻的印象了。其诗写道：

趋驰早晚休，一岁又残秋。若只如今日，何难至白头。
沧波归处远，旅食尚边愁。赖见前贤说，穷通不自由。

在诗人看来，若果夜夜的月都如中秋此时一般，捱到白头，便再也不是难事一桩。无休止的趋驰，难以掌控的穷通，包括始终不定的漂泊生涯，似乎都变得可以忍受。从这个角度

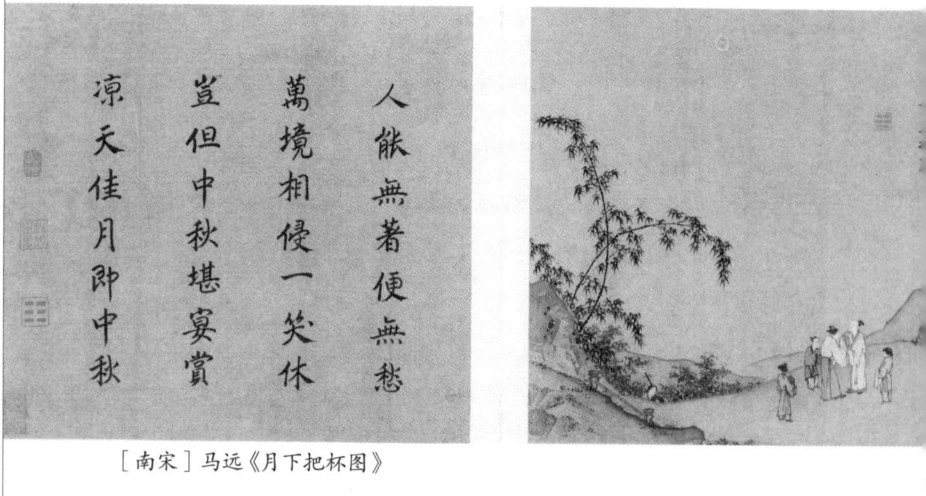

［南宋］马远《月下把杯图》

写来，中秋的月色似乎也就具有了疗救的作用。一切不堪，满目疮痍，似乎都隐遁在这样的光色当中。

而望着这一年一度、年年如是的皓月一轮，心里，也难免会起物是人非的喟叹。裴夷直《八月十五日夜》所咏就有：

去年今夜在商州，还为清光上驿楼。
宛是依依旧颜色，自怜人换几般愁。

去年今夜，同样是驿楼上的无尽清光，今年相对，只见清光依旧，尘世的经历却有了许多不同。心上涌起的情愁，较之过往，也不知更换了几番内容。

这月色，可以生愁，却也能够销忧。殷文圭《八月十五夜》写有：

万里无云镜九州，最团圆夜是中秋。
满衣冰彩拂不落，遍地水光凝欲流。
华岳影寒清露掌，海门风急白潮头。
因君照我丹心事，减得愁人一夕愁。

“最团圆夜是中秋”，这一句诗，写出了古今中秋共同的特质。节序，总是系诸人情。节序之重要，也就在于可以焕映古今人情。最团圆，是中秋时分的月色。唯有中秋的月，才是这如洗青天挹之不绝的清辉，是碧空之上最光可鉴人的一枚圆镜。最团圆，也是中秋时分的人情。人们似乎受到了这满月的召唤一般，总是要团聚赏月，共度此宵。就算旅居在外，也都不约而同地引领遥望乡关，诉说着思念与归心。中秋的月色，如霜雪一般明洁，如流水一般倾泻，照彻了世间纤毫，也照得人心上愁思尽销。中秋夜里的月光，就是那一双温柔的手，足以抚平，足以照拂。

唐人的诗歌，还记录了不同地方所看到的中秋之月。虽是一种清辉，在不同的所在看来，况味也有不同。例如李群玉，他笔下的中秋月色，就因所处之境有别，而呈现出各异的光华。比如，有《中秋广江驿示韦益》一首，所写就是住在广州驿站所看到的中秋月。诗曰：

莫惜三更坐，难消万里情。同看一片月，俱在广州城。
泪逐金波满，魂随夜鹊惊。支颐乡思断，无语到鸡鸣。

驿站，意味着离乡与飘零。这样的所在，对于中秋这样一个节序来说，本身就是不和谐的，周身散发着凄凉。栖身其间的诗人对着中天一轮秋月，自然满眼都是乡思与离愁。三更的枯坐，万里的情牵，都在这月光下喧哗。

还有《中秋越台看月》，此番看月在越台，月色也就一时间光怪陆离起来：

海雨洗尘埃，月从空碧来。水光笼草树，练影挂楼台。
皓曜迷鲸目，晶荧失蚌胎。宵分凭槛望，应合见蓬莱。

仿佛在海雨中洗却了尘埃，清明的月色，自空碧浩荡而来。这样的一幕，叫人眼眸都为之一洗。月光之下，草树如在水中，楼台上悬着如练的月华。鲸目蚌胎的措辞，使得月色中充满了神秘的色彩。这样的所在，就离人间远，离蓬莱近。

李群玉还有一首《中秋夜南楼寄友人》，登楼一望，这月色又自不同——

海月出银浪，湖光射高楼。朗吟无渌酒，贱价买清秋。
气冷鱼龙寂，轮高星汉幽。他乡此夜客，对景饯多愁。

海月银浪一出，光色便一时间滉瀁起来。此处的月光，在水波的助攻之下更觉清亮逼人，不尽摇荡。“气冷鱼龙寂，轮高星汉幽”，湖面上洒满冷寂的光，星空上同样是一泓月色深幽冷冽，置身其间，清秋的意味扑面即是，他乡的客愁也奔涌而来。

唐人笔下的中秋月色，还有不少是悬在寺庙当中的。这倒是今天不大多见的光景。在唐人的诗歌中读来，清幽漫溢。冷朝阳《中秋与空上人同宿华严寺》就写道：

扫榻相逢宿，论诗旧梵宫。磬声迎鼓尽，月色过山穷。
庭簇安禅草，窗飞带火虫。一宵何惜别，回首隔秋风。

诗人的重点并不在月。这座寺中所见的月色，已经遥遥地隐到山那边去了。我们所能想见的，却是萧寺与群山相对涵吐的景象。于是，不甚分明的月色之下，寺中的气象也足够阔大与雄浑。

许浑《鹤林寺中秋夜玩月》则写有：

待月东林月正圆，广庭无树草无烟。
中秋云尽出沧海，半夜露寒当碧天。
轮彩渐移金殿外，镜光犹挂玉楼前。
莫辞达曙殷勤望，一堕西岩又隔年。

鹤林寺的这枚中秋夜月，倒是朗照于中庭。广庭无树，月光清透，不难想象寺中这一地霜雪般的明亮皎洁。铺满地面的莹白，正来自中天的一轮。仰首之时，但见碧天无云，月色波涌。对着这样的月色，只是看不足，唯有不眠不休，方才不负这一年一度。

刘得仁也写过寺里的中秋，《中秋宿邓逸人居》就有：

偶与山僧宿，吟诗坐到明。夜凉耽月色，秋渴漱泉声。
涧木如竿耸，窗云作片生。白衣闲自贵，不揖汉公卿。

这是一座清幽已极的山寺。中秋的月色，不过是这清幽中的一笔。月色如水，夜凉如水，这其间还有泉声，有涧木，有窗云。置身这样一个所在，也唯有“吟诗坐到明”，方才能够不负。

李洞《秋宿经上人房》一诗，所写也是山寺里面的中秋月色。诗曰：

江房无叶落，松影带山高。满寺中秋月，孤窗入夜涛。
旧真悬石壁，衰发落铜刀。卧听晓耕者，与师知苦劳。

置身远离尘境的山寺，在这中秋的夜里，听不到叶落，只看得到满山的松影。在松影的辉映下，远山高而莽苍。如此阒寂的环境，月光的到来便显得格外盛大。“满寺中秋月”，这一句真是漂亮至极。整一座山寺，浸在一泓秋月当中，这是怎样宁静而美好的图景。我们现在的夜晚，似乎都交付给了电视电脑还有手机，已经基本没有人会尝试着步入夜色当中，只为了去拥抱那月光。而倘若我们能够试着步入这无垠的月色，任一襟清辉漫溢如水，那么诗意，就根本不必待驱驰远方才能获得。唐人笔尖所凝聚的美好，也可以不复隔膜，瞬间鲜活。阅读这唐人中秋时写就的月色，更多的，其实还是为了更好地懂得我们今天的生活，汲取那些日常之中无处不在的蕴藉与清雅。

总之这枚中秋月，是令人爱不释手，把玩不尽的。欧阳詹《玩月》一诗，小序就有：

月可玩。玩月，古也。谢赋、鲍诗、朓之庭前、亮之楼中，皆玩月也。……月之为玩，冬则繁霜大寒，夏则蒸云大热。云蔽月，霜侵人，蔽与侵，俱害乎玩。秋之于时，后夏先冬。八月于秋，季始孟终，十五于夜，又月之中。稽于天道，则寒暑均；取于月数，则蟾兔圆。况埃壒不流，大空悠悠，婵娟裴回，桂华上浮。升东林，入西楼，肌骨与之疏凉，神气与之清冷。

是的，月可玩。不过冬天玩月实在太冷，寒霜侵人，夏天玩月一则太热，二则云多蔽月，不足把玩。所以最佳的玩月季节，莫过于秋季，最值得玩赏的月色，莫过于中秋。于是，在唐人笔下，出现了一大批“中秋玩月”的诗作。以刘禹锡为例，其集中“中秋玩月”之诗，数量就不少。比如《八月十五夜桃源玩月》，就有：

尘中见月心亦闲，况是清秋仙府间。
凝光悠悠寒露坠，此时立在最高山。
碧虚无云风不起，山上长松山下水。
群动翛然一顾中，天高地平千万里。
少君引我升玉坛，礼空遥请真仙官。
云軿欲下星斗动，天乐一声肌骨寒。
金霞昕昕渐东上，轮欹影促犹频望。
绝景良时难再并，他年此日应惆怅。

既云“玩月”，诗人目光与笔墨的焦点，当然都落在这月色之上。月色是尘寰中难得的一抹透亮，与这样的月相对，心上的尘色能够洗去，真正地恬淡起来。皓月悬在高山之巅，其流光弄影，就像是漫天坠下寒露一般，冷冽清透。没有风的时刻，一切都静置在这月色中。朗月一顾，群动翛然，天高地平，清光漫泻。如此画面，确实堪称绝景良时。想到他年此日的不复得见，自然也易心生惆怅。

还有《八月十五日夜玩月》一首，其诗所写又有：

天将今夜月，一遍洗寰瀛。暑退九霄净，秋澄万景清。
星辰让光彩，风露发晶英。能变人间世，翛然是玉京。

中秋皓月一出，寰宇就如同洗净了一般。宇内澄清，秋空澄明，一切，都呈现出清朗的意绪。中秋月色的不同凡响，就在于它能够令得人间尘境，瞬间有如天阙玉京。这样的流光溢彩，又岂是一夕把玩所能够尽兴的。

再有《八月十五日夜半云开然后玩月因书一时之景寄呈乐天》一首，写到了中秋月下的置酒赏月：

半夜碧云收，中天素月流。开城邀好客，置酒赏清秋。
影透衣香润，光凝歌黛愁。斜辉犹可玩，移宴上西楼。

夜半无云，碧空如洗，中天但见素月一轮，漫天都是清辉。玩月，可以是一个人的仰首流连，也可以是一群人的把盏言欢。在这样的夜里久坐，月色仿佛能将衣裳浸透，光影上也凝结着歌者的闲愁。就算斜月沉沉落去，余晖仍可把玩，追逐着月光的脚踪，更换筵席的位置，这样的玩月方式，既别出心裁，更深情款款。

同样写了不少“中秋玩月”诗作的，还有白居易。比如《华阳观中八月十五日夜招友玩月》一诗，就是一张招友玩月的独特请柬：

人道秋中明月好，欲邀同赏意如何？
华阳洞里秋坛上，今夜清光此处多。

时间、地点、事由，请柬的要素基本齐备。而这样一张请柬，比我们今日的固定格式固定用途，那可是风雅太多了。诗中虽然没有更多的关于月色的字句，不过一句“今夜清光此处多”，却已令得纸上，顿时泛起一片清光。

白居易写在八月十五的玩月诗句，精彩的还有：“三五夜中新月色，二千里外故人心”（《八月十五日夜禁中独直对月忆元九》）；“西北望乡何处是，东南见月几回圆。临风一叹无人会，今夜清光似往年”（《八月十五日夜湓亭望月》）；“远思两乡断，清光千里同”（《答梦得八月十五日夜玩月见寄》）。这些诗句，大多都在一天月色当中投射着对于知交故人的思念与挂牵。因为有了这份思念与挂牵，月光的涌动中，更见情味深长。

刘沧的《八月十五日夜玩月》，在“中秋玩月”一类当中，也称得上精彩之作。这首诗歌，刻画了中秋月光的种种细部——

中秋朗月静天河，乌鹊南飞客恨多。
寒色满窗明枕簟，清光凝露拂烟萝。
桂枝斜汉流灵魄，蘋叶微风动细波。
此夜空亭闻木落，蒹葭霜碛雁初过。

这样的月色，是仰首一望，明河中的一泓澄朗。世间的一切，都可以在这样的澄朗中静寂下来。隔窗相望，月色清寒，照亮枕席。月光清冽，像是凝结了露水一般，拂过架上的藤萝。这月色，是星汉倾泻在桂枝上的灵魄，也是微风蘋叶之间泛起的无数细波。沉醉于月色的时刻，是在空亭木落、霜碛雁过的声响当中，秋意的深浓，溢乎纸上。

当然，也不是所有的中秋夜都有皓皎的一轮悬于碧空。最令人怅然的中秋夜晚，当然是无月可望的那一种。司空图《中秋》一诗就写道：

闲吟秋景外，万事觉悠悠。此夜若无月，一年虚过秋。

在诗人眼中，中秋之夜就是闲静而澹荡的，心上无扰，万事悠悠。不过，这样的夜晚若是少了月色，那这一年的中秋与虚度何异！所以每年中秋，除了对于一轮皓月的殷切期许，也有对风雨的无尽担忧。李频《八月十五夜对月》一诗，便是就中秋月色的难得而发：

阴盛此宵中，多为雨与风。坐无云雨至，看与雪霜同。
抱湿离遥海，倾寒向迥空。年年不可值，还似命难通。

中秋之夜，每多风雨，月色并不见得是种常态。也正是因为这风雨的繁多，所以得逢一月的夜晚，那就再美好不过了。看着那雪霜一般的清光洒向四野，诗人想到的，是人生与这月色之间的相似。人生命运之通达，就像这中秋的皓月，同样不见得如人预期，一般的可遇不可求。

郑谷《荆渚八月十五夜值雨寄同年李屿》一诗，更写到了逢雨的中秋夜晚。诗曰：

共待辉光夜，翻成黯澹秋。正宜清路望，潜起滴阶愁。
棹倚袁宏渚，帘垂庾亮楼。桂无香实落，兰有露花休。
玉漏添萧索，金尊阻献酬。明年佳景在，相约向神州。

本来期待的是一个洒满清辉的月夜，谁料想等来的却是一夜的雨，一时间，诗人的神色黯淡了，这夜的气息也萧索了。雨滴洒落的，自然是满阶愁绪，何况更值泊舟荆渚之时。当日袁宏讽咏于舫中，正是秋夜乘月之时；庾亮登楼的屐声，也是在气佳景清的秋夜响起，而今日雨中，只得桂花悄落，兰花浥露。听着这雨声，和着这更漏，夜色的凄清，樽俎间的怅然，一时间泛起，都到心头。

罗隐更有一首《中秋夜不见月》，专门写了不见月的中秋夜。诗曰：

阴云薄暮上空虚，此夕清光已破除。

只恐异时开霁后，玉轮依旧养蟾蜍。

云遮雾笼，月华无踪。诗人用“破除”二字，此夜无月的失落骤见。诗歌的最末两句，向来被认为是化用了卢仝的《月蚀诗》。所以就此来看，此诗所写不见月的中秋，也应该是发生了一场月蚀。古人认为，日中有三足乌，月中则有兔与蟾蜍。而月蚀，就是蟾蜍食月造成的。还有一种有趣的说法，《太平御览》卷四就引张衡《灵宪》称，后羿从西王母处请了不死药，后羿妻子姮娥窃药奔月。姮娥托身于月，就是月中蟾蜍。这蟾蜍不仅是美人的化身，还是月中之精，也是月蚀的制造者。所以罗隐才说：“只恐异时开霁后，玉轮依旧养蟾蜍。”古人的仰首，古人的所见所感，确实也有着许多我们这个时代生人所无法共鸣的脉动。然而月的清光，却无关时世，始终令人向往。

三、茱萸正可佩

农历九月九日，就是我们所说的重阳节，又叫重九。在今天，是敬老节；在古代，则是秋天行至尾声最为隆重的一个节日。

《续齐谐记》里有一则小故事，说的是有一个叫作桓景的人，他一直跟着费长房游学。有一天费长房突然对他说，九月九日这天，你们家会有灾厄临头，应该赶快离开。让家人做些绛色的布囊，里头装满茱萸，然后系在手臂上，在九月九日这天登高，喝菊花酒，这个灾厄才能消除。桓景就按照费长房吩咐的，在九月九日这天，全家人一起佩着茱萸囊登高饮酒。等到晚上回到家，看到家里的鸡狗牛羊通通暴毙。费长房听了就

［清］佚名《十二月月令图·九月》

说，那些都是代桓景一家遭受灾厄的。如是，桓景一家的灾厄也就过去了。后世，人们也总在重九这天登高，喝菊花酒，佩茱萸囊，如是，似乎就能辟除不详。

不同的时代或者地方，重阳节的习俗兴许会有差异，比如《西京杂记》所记就是“九月九日，佩茱萸，食莲饵，饮菊花酒，令人长寿”，《风土记》又说“折茱萸房以插头，言辟除恶气而御初寒”，《荆楚岁时记》则称“九月九日，士人并藉野饮宴”。不过，古时人对于这个节日的重视却是一目了然的。

和重阳节最为密切的古代文人，非陶渊明莫属。就像端午这个节日隶属于屈原一样，某种程度而言，重阳节则是陶渊明的。这个节日后来充满了洒落与出尘的意味，与陶渊明及其血亲是直接相关的。重阳节有两个著名的典故，一个是龙山落帽，这是陶渊明外祖父孟嘉的故事。根据《晋书》的记载，孟嘉曾为桓温参军。某次九月九日，桓温和众僚佐在龙山宴集。中途大风把孟嘉的帽子吹掉了，桓温也不让众人提醒他，以此来观察他的举止是否有异。而孟嘉在筵席上遇此窘况，无论觉察与否，都始终淡定从容，处变不惊，这就是叫人叹服的闲雅风度。

另外一个典故，是白衣送酒。这个典故，则是和陶渊明相关。按照《续晋阳秋》的说法，陶渊明曾经在某年九月九日这天没有酒喝，于是去到宅边的东篱之下，摘了满把的菊花，于其侧久坐。之后，远远看到有白衣人朝他走来，原来是依照王弘吩咐前来送酒。陶渊明也不换地方，坐在篱边就喝开了，一直喝至醉倒，这才还家。这个典故蕴含的，既有得遂所愿的欣悦，也可见陶渊明澹荡脱俗的气度，那样一种不拘泥、不染尘的做派，实在叫人向往。

可见，登高与茱萸，锁定的是重阳节的仪式感；龙山落帽与白衣送酒，又给这个节日注入了许多的风雅。从唐人的吟咏来看，重阳节无疑也是秋天的重头戏。而唐代人笔下的重阳节，其间的风俗习惯、情感因子，都有着极其丰富的层次肌理。

有关重阳节，我们最为熟悉的唐人诗作，无疑就是王维的这首《九月九日忆山东兄弟》——

独在异乡为异客，每逢佳节倍思亲。
遥知兄弟登高处，遍插茱萸少一人。

这首诗，写到了重九这天插茱萸与登高的习俗，也写到了这个节日与家庭与团聚的那份密切，还有唐人对于这一天的格外重视。所以，这样的节日在异乡游子的心中，唤起的是浓郁的思乡之情，刻下的又是绵绵无尽的愁绪与感伤。“独在异乡为异客，每逢佳节倍思亲”，王维这两句诗，可以说写尽了古往今来漂泊之人的忧伤。无论过去了多少光阴岁月，它所引发的刺痛与激荡，却从来不曾有半点减退。只要有所谓家乡，有所谓远离，任何世代的人，都会因它而牵动情肠。所以王维这首诗中的重阳，是一个感伤中充满深挚的刻度。

与乡情相关的重阳诗，在唐人诗歌创作中确实占有了一定的数量。漂泊在外的人，立在这样一个本属团聚的时间刻度之上，心情总是难于平静。像韦应物所写：

今朝把酒复惆怅，忆在杜陵田舍时。
明年九日知何处，世难还家未有期。

（《九日》）

这样一首诗，便倾吐了处在浪迹天涯的状态里，伴随着重阳把盏，诗人心里纷拥而至的惆怅之情。相忆的，是不知道何时才能回去的家园；怅然的，是不知道何时才能摆脱的漂泊无定。

岑参《行军九日思长安故园》一诗又道：

强欲登高去，无人送酒来。遥怜故园菊，应傍战场开。

此处诗人的境况更加特殊，不是一般意义上的羁旅客怀，而是在行军途中，遭遇了重阳佳节的到来。既然是在行军途中，那就不可能像往日一般，有那么多的逸致闲情。就算意欲登高，也不可能遇到白衣送酒，那样心愿得遂的沉酣与陶然。此诗题下原有小注："时未收长安。"所以"遥怜"两句，在思乡之余，也写出了安史之乱过后，长安故园满目疮痍的景象，诗人满心的忧患，对于收复与平定的热望，一时间跃然纸上。诗人所记录的，就是一份有着浑苍之气，却又不失蕴藉深长的重阳心绪。

再看权德舆《九日北楼宴集》，诗中的乡情叫人恻然——

萧飒秋声楼上闻，霜风漠漠起阴云。
不见携觞王太守，空思落帽孟参军。
风吟蟋蟀寒偏急，酒泛茱萸晚易醺。
心忆旧山何日见，并将愁泪共纷纷。

重阳一至，秋天就到了所谓杪秋。岁晚时节，总是难免萧然。所以虽是应节的宴集，诗人笔下，却几无欢愉可言。开篇出之以萧飒，颔联强化处境之孤绝，颈联再续之以促迫，这个时候，内心再泛起故乡旧山，那这泪意愁思，定然是会纷纷如雨的。

令狐楚《九日言怀》，所咏也是凄恻的乡心。诗为：

二九即重阳，天清野菊黄。近来逢此日，多是在他乡。
晚色霞千片，秋声雁一行。不能高处望，恐断老人肠。

“近来逢此日，多是在他乡”，这样的处境，本身就足够令人情伤。何况适逢晚景——不但是季节的晚景，同时也是人生的晚景！此时的登高远眺，便足以断肠。

除却对于家庭的重视，唐人笔下的重阳节，每每也闪现着友情的光华。例如孟浩然，他有许多关于重阳的吟唱，便都和友朋相关。像这首《秋登万山寄张五》，就有：

北山白云里，隐者自怡悦。相望始登高，心随雁飞灭。
愁因薄暮起，兴是清秋发。时见归村人，平沙渡头歇。
天边树若荠，江畔舟如月。何当载酒来，共醉重阳节。

作为隐者的孟浩然，看到白云里的北山，就有怡悦的心情；登高之后，又有“心随雁飞灭”那种无所挂碍的自在。临近黄昏，身处秋天，也许会有些应景的怅然，可是且看诗人眼中所见，“天边树若荠，江畔舟如月”，这又是何等疏朗清越的画面，其怀抱中的冲淡平和跃然纸上。在这样的心境当中，想起朋友，发出共醉重阳的邀约，此时的情谊，就有着淡远深长的格局。

孟浩然另一首写在重阳的诗作，《九日龙沙作寄刘大昚虚》，又曰：

龙沙豫章北，九日挂帆过。风俗因时见，湖山发兴多。
客中谁送酒，棹里自成歌。歌竟乘流去，滔滔任夕波。

时值重阳，诗人行舟于江山。满眼浩荡的湖山，不单激发起清兴，也牵引出对于朋友的思念。孟浩然的出语总是平淡的，但这淡语背后，也足见情思深醇。比如“客中谁送酒”一句，便用了白衣送酒的典故，传递出对友人的牵念。而像“棹里自成歌”“滔滔任夕波”这一类的诗句，看似不含情，却能够在一味旷远中绘就一份思绪的绵长，像是欲说还休，又似乎不需多言。寄给友人的诗篇如此落笔，此二人之间的相知也就可想而知了。

至于诗人《九日得新字》一首，所写又有：

初九未成旬，重阳即此晨。登高闻古事，载酒访幽人。
落帽恣欢饮，授衣同试新。茱萸正可佩，折取寄情亲。

孟浩然的诗风，其实亦能印证何为“浅语皆有致，淡语皆有味”。重阳这么一个幽淡的日子，诗人相过的对象也是一位幽人，其中的相知相契，便可谓不待言说，自然而然。有登高，有载酒，这是重阳节的热闹；授衣试新，道出了亲近，落帽欢饮，又写出了放旷畅快，任性纵情。不需要更多的形容铺叠，也不需要太剧烈的抒情，这样一个透着浓浓情味的重阳节，就这么不动声色地横于眼前。孟浩然这样的诗风，与九日这个日子本身，实在是有着太多天然的契合。

杜甫笔下的重阳，也可见友情之深长。如《九日寄岑参》一诗，即有：

出门复入门，两脚但如旧。所向泥活活，思君令人瘦。
沉吟坐西轩，饮食错昏昼。寸步曲江头，难为一相就。
吁嗟呼苍生，稼穑不可救。安得诛云师，畴能补天漏。
大明韬日月，旷野号禽兽。君子强逶迤，小人困驰骤。
维南有崇山，恐与川浸溜。是节东篱菊，纷披为谁秀。
岑生多新诗，性亦嗜醇酎。采采黄金花，何由满衣袖。

诗句平白如话，似与友人直言契阔，相叙平生。其间情感之真挚，令人动容。“思君令人瘦”的深宛，“难为一相就”的怅然，“何由满衣袖”的萧散，就令到这重阳的斑驳光色间，散溢着友情的真醇。

唐人的重阳佳节，也时常和一场送别系在一起。唐人九日所咏叹的离别，一样辉映着友情。王之涣《九日送别》一诗这么写道：

蓟庭萧瑟故人稀，何处登高且送归。
今日暂同芳菊酒，明朝应作断蓬飞。

所处的环境，已经是寒风萧瑟，故人稀少，更那堪，在这重阳季候，再遭遇一场离别。今日相聚送别，尚有菊酒之芳，他日山岳之隔，又是迹如断蓬，这其间的伤感，真是不待形容。

刘昚虚《九日送人》，敷演的同样是这重阳节里的一场离别。诗曰：

海上正摇落，客中还别离。同舟去未已，远送新相知。
流水意何极，满尊徒尔为。从来菊花节，早已醉东篱。

世上最不解风情的大概就是离别了，总是在摇落之时倍增摇落，在佳节之时书写伤情。而客中送客的凄楚，更是叫人难忍。“流水”两句所叹，正是绵绵不绝的离情。从来重阳就少不了一醉，往昔醉得欢畅，直面离别的这一刻，却只能醉得伤怀，醉得颓然。

当然，唐人有关重九这天的歌咏，最具代表性的内容，首推还是“登高”。只不过，同样的节日，同样的行为，心间涌起的思绪，却是林林总总，各色皆有。

有些人登高，爱在古今之间俯仰吟哦。有时候，虽有对于古的揣想，却并无关于今的伤心。朱湾《九日登青山》一首即有：

昔人惆怅处，系马又登临。旧地烟霞在，多时草木深。
水将空合色，云与我无心。想见龙山会，良辰亦似今。

登临，有惆怅就有欣悦。所见，既有旧日的烟霞草木，更有当下的天水一色，云我无心。联想到古人曾经的欢会，却可以辉映出今夕之美景良辰。如此襟怀，冲豁得与云山同色，与季候同清。

而有些人登临，感怀的则是世路不平。刘禹锡《九日登高》一首就是满目伤心：

世路山河险，君门烟雾深。年年上高处，未省不伤心。

世路，堪比山河之险；君门，又如烟雾之深。置身如此境地，怀抱中的郁结的确不是登高就能够纾解的。

萧瑟，确实是很多人在重阳登高时的心绪。鲍溶《九日与友人登高》即云：

云木疏黄秋满川，茱萸风里一尊前。
几回为客逢佳节，曾见何人再少年。
霜报征衣冷针指，雁惊幽梦泪婵娟。
古来醉乐皆难得，留取穷通付上天。

“几回为客逢佳节，曾见何人再少年”，人世间的不如意，确实有着太多的无能为力，无可奈何。

而在这样多少有些晦暗的背景下，杜牧《九日齐安登高》一诗所写登高心绪就很是难得。诗曰：

江涵秋影雁初飞，与客携壶上翠微。

尘世难逢开口笑，菊花须插满头归。
但将酩酊酬佳节，不用登临叹落晖。
古往今来只如此，牛山何必泪沾衣。

人世之间，遭逢困厄，难得如意，这应当是某种常态吧。不过面对遭逢困厄、难得如意的人生实景，却也不一定只能付之喟叹低回，实在也可以，选择一种豁朗旷达的态度。“尘世难逢开口笑，菊花须插满头归”，杜牧这两句诗，就十分漂亮地，写出了这份豁朗旷达。的确，人生已然如此，哀叹自怜、涕泪满襟又能如何？倒还不如，把这些沉浮得失置诸度外，始终保持一份潇洒与放达。这样的姿态，同样是千百载之下，也令人仰首，也令人追怀。

同一桩重九登临，发生在谪仙人李白身上，又自与他人不同。李白《宣城九日闻崔四侍御与宇文太守游敬亭余时登响山不同此赏醉后寄崔侍御二首》（其一）就写道：

九日茱萸熟，插鬓伤早白。登高望山海，满目悲古昔。
远访投沙人，因为逃名客。故交竟谁在，独有崔亭伯。
重阳不相知，载酒任所适。手持一枝菊，调笑二千石。
日暮岸帻归，传呼隘阡陌。彤襜双白鹿，宾从何辉赫。
夫子在其间，遂成云霄隔。良辰与美景，两地方虚掷。
晚从南峰归，萝月下水壁。却登郡楼望，松色寒转碧。
咫尺不可亲，弃我如遗舄。

九月九日，把成熟的茱萸插在鬓间，登高远眺，是重阳的固定节目。插鬓时伤年华，登高时悲古昔，这也是重阳的常见心情。李白叫人神远的，是他那份可以从伤怀中抽离出来的放达，以及“载酒任所适”“日暮岸帻归”的洒脱自在，还有“手持一枝菊，调笑二千石”的超逸不羁。就连错过了和朋友同游，从山上下来的夜色里，他还可以捕捉到潜到水下的一枚悬在藤萝上的秋月。之后趁兴登楼，又见松树在月色照映下，由一径的寒翠泛起了些许青碧。这完全就是无处不在的诗情，不需要任何夸饰与刻意，自然而然，随意落笔，就是丽句佳篇。戏谑间亦见深沉真切。这样的重阳笔墨，不单单线条疏阔清朗，更有超迈的神情。

另外一首《九日登山》，又有：

渊明归去来，不与世相逐。为无杯中物，遂偶本州牧。
因招白衣人，笑酌黄花菊。我来不得意，虚过重阳时。
题舆何俊发，遂结城南期。筑土按响山，俯临宛水湄。
胡人叫玉笛，越女弹霜丝。自作英王胄，斯乐不可窥。
赤鲤涌琴高，白龟道冰夷。灵仙如仿佛，奠酹遥相知。
古来登高人，今复几人在？沧洲违宿诺，明日犹可待。
连山似惊波，合沓出溟海。扬袂挥四座，酩酊安所知。
齐歌送清觞，起舞乱参差。宾随落叶散，帽逐秋风吹。
别后登此台，愿言长相思。

重阳登高，总是不免想起陶渊明。想起陶渊明什么呢？李白一语中的——“不与世相逐”。正是因为“不与世相逐”，才会有采菊东篱的闲雅，有白衣送酒的从容。这样的闲雅与从容，总是叫人无休止地想要靠近。李白的靠近中，自有一份特出的潇洒——既有“明日犹可待”的旷达，更有“扬袂挥四座”的倜傥洒脱，还有“起舞乱参差”的狂放。陶渊明特有的“我醉欲眠，卿且去”，也只有在李白的身上，才出现得没有一丝模仿效颦的意味，同样写彻了清狂与放达。

李白还有一首《九日》，也是关于重阳登高的，诗曰：

今日云景好，水绿秋山明。携壶酌流霞，搴菊泛寒荣。
地远松石古，风扬弦管清。窥觞照欢颜，独笑还自倾。
落帽醉山月，空歌怀友生。

这一首诗歌里存储的重阳，就是一个清朗明快的佳节。水绿山明，天淡云闲，宴饮欢畅，都是这清朗明快的突出写照。李白的难得，是在这清朗明快之外，尚有蕴藉深长。“落帽醉山月”的诗歌形象是如此突出，以至于诗人的去世被后人敷演为“醉入水中捉月而死”（五代王定保《唐摭言》），也显得是那么的合情合理，自然而然。如果要选一句最能代表李白的诗，我想这一句应当是在必选之列吧。那份沉醉，那份超逸，既有忘我，又有挂怀，诗人的衣袂，映着这一痕山月，永远在诗句里轻盈飘飞。

相比李白的轻盈，有些人的重阳登高，就只有一味沉重可言——不但感伤着岁暮凉秋，也感伤着自身的年华渐老，同时还伤怀于盛代之不复。伤岁，伤己，伤时，把这“伤”演绎到极致的，当然非杜甫莫属。比如，杜甫这首《九日曲江》就如是写道：

缀席茱萸好，浮舟菡萏衰。季秋时欲半，九日意兼悲。
江水清源曲，荆门此路疑。晚来高兴尽，摇荡菊花期。

这一首，所伤集中在时间的流逝上——因为物华的衰减，心间所涌起的无尽喟叹。茱萸再好，菡萏已衰。在这样足称“摇荡”的菊花季候，似乎只能“高兴尽”“意兼悲”。

另一首《九日蓝田崔氏庄》，除了伤怀于季节，更有对于年岁的感伤——

老去悲秋强自宽，兴来今日尽君欢。
羞将短发还吹帽，笑倩旁人为正冠。
蓝水远从千涧落，玉山高并两峰寒。
明年此会知谁健，醉把茱萸仔细看。

年岁正值晚景的诗人，逢到了同样正值岁晚的秋天，这中间心绪的萧然可想而知。置身萧然，还是得勉力自我宽慰，而这份勉力自宽，却让我们看到了一个老境中的重阳——依旧有放达，但更多的却不再是清逸，而是深沉。唐人的重阳，从来就不是单一的，这也是今天我们的幸运。

杜甫还有一首《九日登梓州城》，其间的意绪更是深邃：

伊昔黄花酒，如今白发翁。追欢筋力异，望远岁时同。
弟妹悲歌里，乾坤醉眼中。兵戈与关塞，此日意无穷。

这一首诗中的重阳情绪，就已经越出了岁月与个体的局限。诗人蓄满哀戚的目光，不但看到了今昔之间的自己——昔日的重阳，到处是黄花酒的沉醉，今天的九日，只见白发翁的哀伤，在追欢与望远中无尽低回惆怅，而且，还看到了今昔迥异的时世，昔时无处不在的盛世景象，今日所见却只有乱离，盛衰之异，诗人之情殇，全都在这首重阳诗中得到了尽情的表达。杜甫怀抱之深恻，在这重阳时分，也有了充分的体现。

在重阳这天各种伤怀的，当然也不止杜甫一位。像李嘉祐《九日》就有：

惆怅重阳日，空山野菊新。蒹葭百战地，江海十年人。
叹老堪衰柳，伤秋对白蘋。孤楼闻夕磬，塘路向城闉。

这一首诗，首先就点明了重阳节情绪的基调是惆怅的。在这个节序当中，人，总免不了叹老与伤秋，更何况是面对着“蒹葭百战地”，思及自己的漂泊不定——“江海十年人”。这时节，在空山看到新发的野菊都不免了一阵恻然，再在孤楼的黄昏听到远处的磬声，就更加摇荡无主了。

殷尧藩《九日》一诗，也写道：

万里飘零十二秋，不堪今倚夕阳楼。
壮怀空掷班超笔，久客谁怜季子裘。
瘴雨蛮烟朝暮景，平芜野草古今愁。
酣歌欲尽登高兴，强把黄花插满头。

这一次的重阳登临，同样发生在黄昏时分，同样也是登上了夕阳笼罩之下的楼台，诗人满腔满腹的幽绪，写满了对于身世飘零、岁月蹉跎的不甘。所谓壮怀，所谓才华，所谓生涯，似乎都落得个虚掷的命运，一时间又在这夕阳楼景中被悉数唤醒。画面中奔涌的愁绪，就算是强插黄花，也一样呼之欲出。重阳虽同，风色总是各异；登临虽一，心境也总是各自不同。

当然，唐人还有一些重阳节的吟唱，着重突出的是这一节序所特有的那些习俗及物候。像李颀这首《九月九日刘十八东堂集》，就写作：

风俗尚九日，此情安可忘。菊花辟恶酒，汤饼茱萸香。
云入授衣假，风吹闲宇凉。主人尽欢意，林景昼微茫。
清切晚砧动，东西归鸟行。淹留怅为别，日醉秋云光。

唐人之重重阳，从唐诗中重阳诗篇目之夥便可知之，从其节俗之隆重多样也可知之。李颀此诗，就让我们看到了唐代重阳节除了登高之外，还有哪些其他的讲究。首先是菊花酒。菊花酒的由来，一说是前面引过的费长房与桓景故事，所以菊花酒有了辟恶的功效。另一说，则是跟渊明采菊、白衣送酒直接相关，所以此物满满都是风雅。《齐东野语》曾经记过菊花酒的做法，称当“以菊花舒时，并采茎叶杂秫米酿之，至来年九月九日始熟”。再来，是茱萸汤饼，应该是把茱萸当成佐料放到汤饼当中，这倒是不多见的做法。茱萸在重阳节的使用，一般是佩茱萸囊，插茱萸于头，或者，是饮茱萸酒。万楚写过一首《茱萸女》，就有：

山阴柳家女，九日采茱萸。复得东邻伴，双为陌上姝。
插枝著高髻，结子置长裾。作性常迟缓，非关诧丈夫。
平明折林樾，日入返城隅。侠客要罗袖，行人挑短书。
蛾眉自有主，年少莫踟蹰。

从这首诗可以看到，唐人九日，妇女有结伴上山采摘茱萸的风俗。所采茱萸，可以连枝插在发髻之上。不过所采一般都是茱萸子，《齐民要术》就记有："悬茱萸子于屋内，鬼畏不入也。"显然，茱萸和菊花酒一样，功用都在辟恶一项。可知古人重阳节的登高，佩着茱萸，喝着菊酒，无非都是为了祝祷。

至于授衣，则是九月的特定习俗。《诗经》有所谓"九月授衣"，相关的解释就有："九月霜始降，妇功成，可以授冬衣矣。"高适的《九月九日酬颜少府》就有：

檐前白日应可惜，篱下黄花为谁有？
行子迎霜未授衣，主人得钱始沽酒。
苏秦憔悴人多厌，蔡泽栖迟世看丑。
纵使登高只断肠，不如独坐空搔首。

《唐诗解》谈到此诗，但称："此客中纪事伤落魄也。景虽可怜，菊不能赏者，正以无衣之客而值乏酒之主也。"其实，诗人的伤怀还不仅仅是无衣之客遇到了乏酒之主，更在于时值重阳，已是迎霜天气，却依然流浪憔悴，空怀着苏秦、蔡泽那样的才学，却依然无衣御寒，无酒遣兴。这样的佳节，即使登高纵目，也无法一慰愁肠。由此可见，授衣一事，无论对于九月，还是对于重阳，都不寻常。

重阳节，在今天我们只知道它是敬老节，相关习俗，也无非登高而已。然而在古代，重阳节却是这一年中分量极重的一

陶渊明

个节日。它得到了历代文人墨客毫不吝啬的由衷青睐。陶渊明是其中最著名的一位，《九日闲居一首》便很能代表他对于重阳节的态度。题下小序就有："余家居，爱重九之名。"其诗则云：

世短意恒多，斯人乐久生。日月依辰至，举俗爱其名。
露凄暄风息，气澈天象明。往燕无遗影，来雁有余声。
酒能祛百虑，菊为制颓龄。如何蓬庐士，空视时运倾！
尘爵耻虚罍，寒华徒自荣。敛襟独闲谣，缅焉起深情。
栖迟固多娱，淹留岂无成。

至于最可爱的苏东坡，更是毫不遮掩地将他对于重阳的爱和盘托出——

秋色佳哉，想有以为乐。人生惟寒食、重九，慎不可虚掷。四时之变，无如此节者。（《与李公择书》）

的确，重阳就是这么一个不可虚掷与轻慢的节日。就算不知道其间那些传统的节俗，就算内心并没有多少因节序、生涯、时世而起的翻涌，也一样可以被物候之新异所震撼。王勃《九日》写过：

九日重阳节，开门有菊花。不知来送酒，若个是陶家。

贾岛《对菊》又有：

九日不出门，十日见黄菊。灼灼尚繁英，美人无消息。

开门就有菊花的这样一个秋天日子，周身都散落着清雅和诗情。不论有没有白衣送酒，这灼灼的繁英，遍野细碎的金黄，都令人无比沉醉，倍觉超逸。正所谓“摇荡菊花期”，不曾因菊花而摇荡，又怎能真正懂得重阳。

冬日篇

冬天，无疑是一年当中最为冷寂的时段。大地冰封，万物凋萧，触目皆是肃杀与荒枯。闹热郁勃什么的，已然成了记忆中残存的旧梦零星。面对这样的季节，伤怀、寂寥这一类情绪自然是免不了的。不过令人意外的是，冬天里保持纷飞不息姿态的，除了风雪，其实还有诗情——它并没有在严寒、孤绝中萎茶屈服。而且比起其他季节，冬日里的诗情别有一份清癯与深长、冷冽与傲然。

唐代以前，最为轮廓鲜明的冬日诗意，大概要数浙江山阴的那个雪夜了。《世说新语·任诞篇》记有：

王子猷居山阴，夜大雪，眠觉，开室，命酌酒，四望皎然。因起彷徨，咏左思《招隐诗》。忽忆戴安道。时戴在剡，即便夜乘小船就之。经宿方至，造门不前而返。人问其故，王曰：“吾本乘兴而行，兴尽而返，何必见戴？”

这个雪夜的动人，千百年来被人们津津乐道的，主要即在

［南宋］朱锐《山阴访戴图》

王子猷“乘兴而行，兴尽而返，何必见戴”的那份通脱佻达、出尘高逸。人世间的很多事情，忘怀了目的之存在，超脱于现实功利，便有了美的瞬间、诗的体质。实际上除了这个，王子猷出发访戴之前的这个雪夜，同样有着诗情的散溢。你看，王子猷在一个大雪纷飞的静夜里突然醒来，醒来之后的第一反应，并不是继续入睡，而是“开室”“命酌酒”。这么两个异乎常情的举动，所展露出的就是静寂冬夜里暗自滋生、兀自奔涌的诗情。冬夜里突然落起的大雪，能够给人多少的欣悦，尽在“开室”这一动作上。如此不动声色的笔墨，道出了人物与大雪相对的静穆与陶然。所以，才会有紧接着的“命酌酒”举动，这实在是沉醉的必然。

大雪纷然，开室酌酒。一时间，夜的深黑阒寂即被四望皎然所置换。厕身其中，富含诗意的敏感心灵自然会受到猛烈的摇撼，激起思绪无数。那些彷徨吟咏、突然而起的兴致，以及兴尽而返的洒脱，无非都是这暗夜里随着雪花一并纷然的诗情——清冽如雪，又隽永如夜。

这样一种暗夜间纷然的诗情，不知激起了后世多少人引领仰首，钦慕向往。李白就曾在寒夜里咏叹：

昨夜吴中雪，子猷佳兴发。
万里浮云卷碧山，青天中道流孤月。
孤月沧浪河汉清，北斗错落长庚明。
怀余对酒夜霜白，玉床金井水峥嵘。
人生飘忽百年内，且须酣畅万古情。
……

（《答王十二寒夜独酌有怀》）

王维也写过这样的句子——“开门雪满山”。不难看到，在相似的场景里，总有王子猷那个雪夜的身影，遥遥地召唤着诗心。

我们这个世代，木心说过一句很精彩的话：

我是一个在黑暗中大雪纷飞的人哪！

这句话，完全可以作为“雪夜访戴”的注脚存在。能够在黑暗中大雪纷飞，所拥有的，就是以诗情为周身血液的灵魂。如此，冬夜再漫长浓黑、严寒残酷，也依然能够四望皎然，摇漾无端。

唐代以后，有关冬日诗情，人们印象最为深刻的，应该是发生在西湖的一次相遇。这就是晚明张岱的《湖心亭看雪》：

崇祯五年十二月，余住西湖。大雪三日，湖中人鸟声俱绝。是日更定矣，余拏一小舟，拥毳衣炉火，独往湖心亭看雪。雾凇沆砀，天与云与山与水上下一白。湖上影子，惟长堤一痕、湖心亭一点与余舟一芥，舟中人两三粒而已。

到亭上，有两人铺毡对坐，一童子烧酒，炉正沸。见余大惊喜，曰：“湖中焉得更有此人！”拉余同饮。余强饮三大白而别。问其姓氏，是金陵人，客此。及下船，舟子喃喃曰：“莫说相公痴，更有痴似相公者。”

如果说，“雪夜访戴”凝结的诗情有着一种度越流俗的清逸冷隽，那张岱的湖心亭，则是在与尘世迥异的孤绝诗境中，建构了一层得遇同类的温暖。面对大雪三日、人鸟俱绝的西湖，一舸往游的兴致大约是一般人无从理解的吧。张岱的幸运，就在“湖中焉得更有此人”的这份际遇。上下一白的西湖，拏一小舟独往，其中的诗意是冷然冷峻的。而从独往到遇见，这一天地的冷意似乎顿时得以消融。把盏言欢，痴心不孤，此刻的诗情，成了冰天雪地中最叫人辗转的温煦。

至于唐人笔下的冬日诗情，最为人们熟悉的当数柳宗元

《江雪》中那个峭拔的身影：

千山鸟飞绝，万径人踪灭。孤舟蓑笠翁，独钓寒江雪。

这首诗中的冬天世界，除了照例的冰雪无边，酷寒满目，似乎更具有了大格局。诗歌开篇，“绝”与“灭”极写一“无”，“千山”“万径”又渲染着“有”，但同时，此“有”又是作为“无”的背景存在着。显然，“无”发生在异常阔大的“有”上，构筑了超乎寻常的空旷与清寒。继而出场的孤舟蓑笠翁，则是这空旷清寒中的一抹倔强。这样的衬托之下，独钓的忘我与超然、飘逸与自在，自然也就愈发夺目鲜明了。明代胡应麟曾评这首诗是“骨力豪上，句格天成”，可谓知言。尽管肃杀，却更显阔大与劲拔，这是唐代特有的冬日气象。

此外，刘长卿《逢雪宿芙蓉山主人》一诗也广为人知：

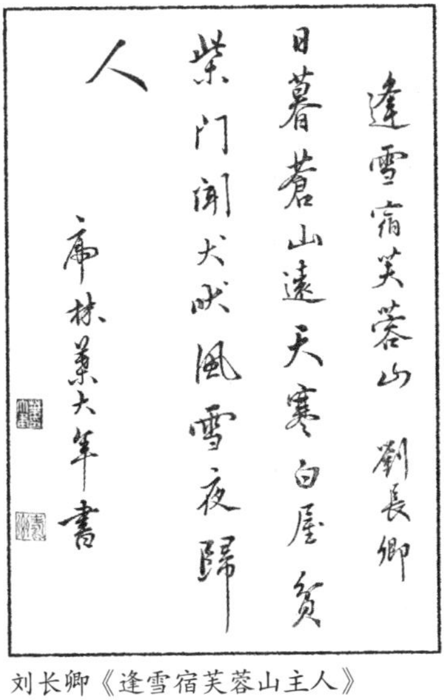

刘长卿《逢雪宿芙蓉山主人》

日暮苍山远，天寒白屋贫。柴门闻犬吠，风雪夜归人。

这首诗就好像一幅集中描绘冬日图景的画作。画面中，既可见旷远苍茫的日暮寒山，也有萧瑟凛冽的屋舍气候，加上静夜里突然而起的狗吠，风雪夜归的身影便满载着经历和情感而来。途程的迢遥，处境的窘迫，归来的热切，在此重叠着付之吟咏。落于纸上，便成就了冬日诗情中焕映着人间烟火的鲜明一笔。

当然，作为诗的唐朝，那冬日里诗情的腾起与鼓荡，还有着许多的姿态和神情——或系于朝暮，或源于风物，或跟友朋宴饮、边塞亭阁、羁旅漂泊、岁月更迭相关，林林总总，不一而足。可以说，冬日虽然枯索肃杀，满目凋萧，但唐诗中的冬日却始终有着不绝的诗情，就那么澎湃而清深、广袤并盛大着，一如纷然飞扬的雪，一如凌寒绽放的梅。

第一章 澄寂

花发梅溪雪未消

“寂寥抱冬心”，这是唐人崔国辅《子夜冬歌》的第一句。唐诗中最为主要的冬日神情，大抵可以试着用这“冬心”来加以把握——既凛冽，又清泠；既严酷，也澄静；既凋敝，也丰富；既寂寥，也从容。

一、寂寥抱冬心

越过岁月的烟尘，展读那些唐人笔下的冬天，首先触到的，就是这样一张张清寂、澄净的面容。这样的面容，既是冬天所特有的，也倒映着唐代人心湖中所别具的宁静与从容。

这样的宁静从容，与冬日所独有的冷冽寒意，是极其一致的。

陈讽《赋得冬日可爱》一首，开篇即云：“寒日临清昼，寥天一望时。未消埋径雪，先暖读书帷。”淡淡几笔，勾出的即是一个清寒又透着可爱的冬天。日色、天宇、积雪，都有着眉目分明的寒意；然而正是因为这寒意的分明，才使得蛰居一室、手握一卷的生涯，充满了闲适可人的意趣，叫人读之不由生出许多的向往。

白居易有《早寒》一诗，也写道：

黄叶聚墙角，青苔围柱根。被经霜后薄，镜遇雨来昏。
半卷寒檐幕，斜开暖阁门。迎冬兼送老，只仰酒盈尊。

诗人细碎地铺排着景象，堆叠着早寒的况味。不过，在这不断滋生的寒意中，却丝毫没有畏缩与忧惧。“半卷”“斜开”这样的字句，仍然可以读出一份直面的从容与淡然。就算身处薄被、昏镜的包围之中，依然能够怡怡然持杯把盏，完成着循例的迎冬送老，心上不见任何波澜。

有意思的是，白香山还只是处寒自在，他的挚友元稹已是见寒则喜——

江瘴节候暖，腊初梅已残。夜来北风至，喜见今日寒。
扣冰浅塘水，拥雪深竹阑。复此满尊醁，但嗟谁与欢。

（《寒》）

岁暮，通常都是忧思深重的季候，如果加上严寒助兴，这忧思也就成倍增长了。可是元稹，却能够在“夜来北风至”的情形之下，“喜见今日寒”。这等心境，便是今日不常遇见的。颈联的“扣冰”“拥雪”，令得这份喜悦，以轻快的节奏翩然而至。这份因寒而起之“喜”，一面沁着丝丝的凉意，周身都裹着冬的气息，一面又令人觉出枯寂中的生机，既新异，也自然。

当然，冬天总是免不了凛冽肃杀的。然而，就算满目皆是凛冽与肃杀，那又如何呢？吕温《孟冬蒲津关河亭作》诗中写有这么几句，“雪霜自兹始，草木当更新。严冬不肃杀，何以见阳春”。肃杀与凋残，其实恰是更新勃发的前奏——没有肃杀的严冬，又何来重焕生意的阳春？正是有着这样的平静与从容，唐人笔下的冬天，才能在惯见的肃杀凛冽外，别开一味澄寂和澹然。无论是响彻霜钟的凉夜、还是寒意肆虐的清晓，抑或啼尽寒鸦的黄昏，这一味澄寂和澹然，都可谓夺目鲜明，叫人难忘。

二、夜寒觉夜长

古往今来，冬季最令人感到漫长难捱与苦楚难耐的，莫过于夜晚这一时段了。

夜晚，占去了冬天绝大部分的辰光。冬天的夜晚，没有春夜的沉醉，也难觅夏夜的疏朗、秋夜的明洁。冬天的冷，最冷在夜里。酷寒，使得漫长愈发难耐。而这体质酷寒漫长的冬夜，却几乎收纳凝结了这个季节最为主要的诗情。唐代人有关冬天的吟唱，就大多写在夜里，也大多关于夜晚。可以说，夜晚成了唐诗中冬日最为主要的神情。而唐人笔下的冬夜，就算有难耐的酷寒、起伏的心绪，也依然呈现出一派澄寂。

唐人笔下的冬夜，充满了夜深人静却难以入梦的灵魂。惊扰他们的，往往是一庭月色、一窗风雪。这些，无疑就是唐诗冬夜面容澄寂的主要构成。而在与月与雪的相对中，总是有着那么一个幽独的身形，或坐或卧，或歌或行。

宋之问写过一首《冬宵引赠司马承祯》，诗曰：

河有冰兮山有雪，北户墐兮行人绝。
独坐山中兮对松月，怀美人兮屡盈缺。
明月的的寒潭中，青松幽幽吟劲风。
此情不向俗人说，爱而不见恨无穷。

冰雪山河，窅无人迹，在这样的寂静中与松月相对，体会寒潭中月色的泠然作响，北风中松声的幽然吟唱，这样的独坐，与世间的尘俗琐屑了无瓜葛。萦绕胸臆的，除了山景之清佳，也就只有些许的旧梦，淡淡的情愁。

岑参的《冬夜宿仙游寺南凉堂呈谦道人》一诗，也写到了山月：

……
夜来闻清磬，月出苍山空。
空山满清光，水树相玲珑。
……

冬夜的清寂，在远处传来的磬声当中，也在洒遍山谷的月色当中。诗中“月出苍山空”一句最是精彩。春夜山谷有月，那是“月出惊山鸟”，皎洁中自带恬美的气息；夏夜山谷的月，是“月涧横千丈”，是酷暑中最疏爽幽深的存在，却有着洒落无垠的大气；到得秋夜，那又是“明月出高岑，清溪澄素光”，宁静明澈，正如本书《秋日篇》所写，是“照彻纤尘，焕映古今”。至于“月出苍山空”，则是勾出了一幅冷月当空、寒山荒寂的冬夜图景，写就了一份苍茫而辽远的月色。这样的月色，惟冬夜能有，也惟唐人能有——就算是荒寂到叫人悚然惊惧，却依然能够有着宏阔的气象格局，同时也不失澄明宁阒。

不但山间的冬夜澄寂如许，就连长安这样繁华都城中的夜色，到了冬天，都平添一味寂寥与冷清。这寂寥和冷清，既是夜色的，也标记着所谓人情。刘沧《长安冬夜书情》一诗就写道：

上国栖迟岁欲终，此情多寄寂寥中。
钟传半夜旅人馆，鸦叫一声疏树风。
古巷月高山色静，寒芜霜落灞原空。

今来唯问心期事，独望青云路未通。

漫长的冬夜，本身就自带凄清的禀性。风声、鸦声、钟声，在冬夜里发生，自然透着寒意，传递着萧疏与孤寂，特别容易让人伏枕辗转，无法入眠。这样的夜里，心绪自然也难平。特别那些壮志未伸、功名未就的怅然，在冬夜里的轮廓，总是格外分明。所以即便是身处都城，也唯见寂寥。“古巷月高山色静”一句，令人宛如身处这古老的都城当中。巷陌阒寂无人，檐角悬一轮月，洒一地清冷的月光。遥遥的，是同样静寂的远山。相对默然中，感伤着一年光阴又这样过去；孤独不遇，似乎是不曾变更过的处境。

冬夜的澄寂面目大体相类，不过在这寒凉夜色中泛起的心绪，却往往林林总总，各不相同。有人，依然如王子猷一般在这夜色里起着访友的相思。譬如李频《冬夜山中寻友》一首，所写即是如此——

何人山雪夜，相访不相思。若得长闲日，应无暂到时。
叶寒凋欲尽，泉冻落还迟。即此天明去，重来未有期。

不过在诗人看来，与其相思，莫如相访。山中的冬夜，是“叶寒凋欲尽，泉冻落还迟”，可就算这样的严寒也阻挡不了寻访友人的步伐。行走世间，已经有太多的忙碌与阻隔了。相聚，又总是稀缺与短暂的。所以，就算天明便要别离，后会也难得有期，可这一夜的隽永，已经值得百般的庆幸与珍惜。像这冬夜一样，诗句中散落的雪意与凋萧、相思与相访、相聚与相离，都透着一股清清冷冷的况味。没有大肆挥斥，也没有深长的喟叹，却使得后世的我们，读之舍卷，再四叹息。人生在世，长闲何尝能够，但能暂到聚首，又何惧地冻天寒、后会无期？

有人，则是独坐于冬夜，回首往日，感喟人生。王建《冬

山中访友

夜感怀》一诗，就写道：

晚年恩爱少，耳目静于僧。竟夜不闻语，空房唯有灯。
气嘘寒被湿，霜入破窗凝。断得人间事，长如此亦能。

作为岁月之暮，冬日每每易与人生之暮存有某种对应。遂而漫长的冬夜，也就成了感怀人生的最佳时机。诗人王建身处的这个冬夜，显然孤独至极，因为“竟夜不闻语，空房唯有灯”；同时也寒凉至极，因为“气嘘寒被湿，霜入破窗凝”。然而身处其间的诗人，不但可以安于这份孤独与寒凉，甚至能在孤独与寒凉中，对于世间万般有片时的彻悟了然。晚岁到来，恩爱减少，如僧枯寂，寒凉困窘，这些在常人来说难于承受的境况，在诗人看来却不算什么——只要能够和世事断绝，不再涉于红尘，就算长年如此，也未尝不可。事实上，侵蚀生命与灵魂的，从来不是处境的孤绝与时间的流逝，而是人间俗事的诸般缠绕。懂得这一点，就有了了断与遁逃的决绝，也就有了岁暮深夜寒凉里的一副沉静面容。

而在这寒冷漫长的夜色里，更多的人，会呈现出思虑万端，愁肠百结。如吕温《冬夜即事》一诗就有：“百忧攒心起复卧，夜长耿耿不可过。风吹雪片似花落，月照冰文如镜破。”韦庄《冬夜》亦道：“睡觉寒炉酒半消，客情乡梦两遥遥。无人为我磨心剑，割断愁肠一寸苗。”风中的雪片，月下的冰镜，都是冬夜特有的景象。面对这样的景象，实在是唯觉夜长，不知如何消遣，似乎所有的忧虑都注到了心头，叫人无法安枕，无法入梦。辗转于起卧之间，夜的寒凉与漫长无疑便

李　白

被放大与加重了。愁肠恰如夜长，盘踞腹中，无从化解；客情乡梦，也都静矗在这岑寂寒凉的夜色当中，无法片刻遁形。

如此冬夜，到得李白笔下，则起了这样的吟哦：

冬夜夜寒觉夜长，沉吟久坐坐北堂。
冰合井泉月入闺，金缸青凝照悲啼。
金缸灭，啼转多。掩妾泪，听君歌。
歌有声，妾有情。情声合，两无违。
一语不入意，从君万曲梁尘飞。

（《夜坐吟》）

诚如此诗所言，冬夜之所以尤觉漫长，和它逼人的寒意直接相关。冷，总是在夜间尤剧；而长，则皆因难忍、难捱。可是就在这样冷且长的夜里，依然有相思纷然。可见情爱风月什么的，并不是春夏之夜所独具的内容。只不过这冬夜里的相思，别有着泠然的意味、凛然的锋芒。且看诗中“冰合井泉月入闺”这句，一笔便渲出满室凉意——而这，居然正是相思奏响的背景。在这样的背景下，一灯独照，唯见悲啼。掩泪听歌，也惟求能将情思传递，所谓“听歌逐音，因音托意”是也。“金缸灭，啼转多。掩妾泪，听君歌。歌有声，妾有情。情声合，两无违”，三字句的叠转，本身即有绕梁的意味。往复缠绕中，既强化了哀愁的深长，也增添了促迫与咏叹的态势。

李白此诗，很显然是从鲍照《夜坐吟》化出。鲍照之诗写作：

冬夜沉沉夜坐吟，含情未发已知心。
霜入幕，风度林。朱灯灭，朱颜寻。
体君歌，逐君音。不贵声，贵意深。

几乎是同样沉沉的冬夜，在冬夜里还有相似度极高的聆听。只不过，在鲍照的诗中，诗人还是“含情未发”的状态。而在李白诗中，我们读到的，已是情势骤起，万端齐下。鲍照的冬夜只有凄清，李白的冬夜却让人难安枕席，不停旋转于情感的清唳中。最后，李白诗中的“梁尘”，用典来自刘向《别录》——“汉兴以来，善雅歌者鲁人虞公，发声清哀，盖动梁尘”。而“从君万曲梁尘飞”之句，带出了一份不管不顾的决绝，也写出了歌声之极致清哀，情感之无法遏制。如此冬夜，在这样的情感激湍中，如何能够安坐，更不要说安眠了！

李白还有一首《冬夜醉宿龙门觉起言志》，所抒发的，也是这澄寂冬夜中情绪的激荡。诗歌吟道：

> 醉来脱宝剑，旅憩高堂眠。中夜忽惊觉，起立明灯前。
> 开轩聊直望，晓雪河冰壮。哀哀歌苦寒，郁郁独惆怅。
> ……
> 而我胡为者，叹息龙门下。富贵未可期，殷忧向谁写。
> 去去泪满襟，举声梁甫吟。青云当自致，何必求知音。

此诗虽然写在寒寂冬夜，却有着一贯李白式的倜傥与豪迈。也是中夜惊觉，也有开轩直望，所见却并非“四望皎然”，而是“晓雪河冰壮”。晓来飞雪，关河冰封，教人体味到的不是孤绝残酷，反倒是一派壮阔豪宕。于是，纵然有苦寒哀歌，惆怅盈胸，纵然并不知道窘迫何时结束，殷忧向谁诉说，诗人情绪的终点，却仍然能够归于昂扬与雄壮——“青云当自致，何必求知音”。这样的诗句，这样的襟怀，令我们真正触到了所谓盛唐——即使处在冷冽彻骨的冬夜里，都不曾有半点颓然与萎顿的盛唐。

三、何堪最长夜

相比之下，白居易所题咏的冬夜有着更为鲜明的家常与淡然。见诸白香山诗中的冬夜，大多都是冬至之夜，大多都和友人、思家相关。比如这首《邯郸冬至夜思家》，就写道：

邯郸驿里逢冬至，抱膝灯前影伴身。
想得家中夜深坐，还应说着远行人。

冬至，一年当中夜最长的一日，也是宣告着岁余、催促着新岁、印刻着团圆的一天。这样的日子，一人蛰居驿馆，凄清的到来无疑是猛烈而深刻的。诗中第一句，以驿馆与冬至的遭逢，带出了诗人幽幽的叹息；“抱膝”一句，拉长了诗人孤独的身形；“想得”两句，落想称得上别致——不说自己如何想念，却想象家中之人如何深夜不寐，如何记挂着远行的自己。角度转换得不留痕迹，更可见此时驿馆中袅袅而起的相思。如此转换立场，彰显巧思，在唐人七绝佳作中倒也屡见。唯其不常见的，是以如此平淡寻常的字句写来——日常说话般絮絮道来，诗歌几乎看不到作的痕迹，亲切非常，也鲜活非常。

至于《冬至夜怀湘灵》《冬至宿杨梅馆》二首，白居易极力刻画的，还是与“抱膝灯前影伴身”如出一辙的孤绝处境：

艳质无由见，寒衾不可亲。何堪最长夜，俱作独眠人。

（《冬至夜怀湘灵》）

十一月中长至夜，三千里外远行人。
若为独宿杨梅馆，冷枕单床一病身。

（《冬至宿杨梅馆》）

前一首诗，“何堪”“俱作”两句，在极写“独眠”苦楚的同时，更道出了是夜思绪萦绕湘灵的原因所在。在冬至这天，一年之中最为漫长也最为寒冷的夜晚，孤衾独眠是最不可忍受的状态。然而正因为同属孤衾独眠，诗人与湘灵之间，就有了相似的境遇。境遇相似，怀抱易同，冬至夜间之怀，不但有了合理性，也多出了知己相亲的庆幸与温煦。

下一首诗，“十一月中”与“三千里外”对，“长至夜”与“远行人”对，既工巧又自然，是难得的属对。一般来说，绝句开篇即对容易写得板滞、刻意。不过白居易这两句倒是未见此弊——落笔如信手拈来一般，真有佳句天成的意味。自然真切之余，更有喟叹深长，耐人含咀。这二句诗勾勒出的境况，已经叫作不可忍——恰逢最长的寒夜，更值千里之外的远行，叫人情何以堪。何况还要加上驿馆独宿、衰病相袭，读来真是冷也加倍，单也加倍，“冷枕单床一病身”，凄绝一至于此！

同样是冬至夜晚，白居易另外一诗所写便是就老病而发，充分敷演了衰老更值冬至的伤怀。此诗题为《冬至夜》，诗曰：

老去襟怀常濩落，病来须鬓转苍浪。
心灰不及炉中火，鬓雪多于砌下霜。
三峡南宾城最远，一年冬至夜偏长。
今宵始觉房栊冷，坐索寒衣泥孟光。

诗歌开篇就是老去病来，尚未及冬及夜，已是满纸衰颓凄清。心灰与鬓雪，将年岁之衰与季候之衰连带起来，于是既有人生的寒意，也有岁月本身的寒凉。“一年冬至夜偏长”可谓点题之句，在喟叹当中进一步渲染了冬至夜长所带来的触动，甚至可以说冲击。今宵觉冷、坐索寒衣这样的句子，又是香山平素惯用的笔法。两句一出，生活意态十足，淡然中写满了真切。

［清］吴定《剡溪积雪图》

而这等孤清寒凉的夜色，若是再加上一场凄婉伤情的离别，对于今天的我们而言，那大概就会成了“压死骆驼的最后一根稻草”。可在唐人的笔下，所谓冬夜送别其实也并没有呈现得多凄恻难忍，反倒是有一种冷然的清意。别情与夜色，都在这样的书写中显得格外的清明。比如韦应物《送郑长源》一诗，就写道：

少年一相见，飞辔河洛间。欢游不知罢，中路忽言还。
泠泠鹍弦哀，悄悄冬夜闲。丈夫虽耿介，远别多苦颜。

君行拜高堂，速驾难久攀。鸡鸣俦侣发，朔雪满河关。
须臾在今夕，樽酌且循环。

既有少年相识的意气飞扬，也有冬夜送别的诸多不舍。不过，写及冬夜的句子，诗人用一“闲”字铺就了一片恬淡的情致。人生，固然难免苦辛不易；丈夫，自然难免耿介挫折，不过在这朔雪落遍关河、别离横在眉睫的夜里，又何妨举杯不歇，尽量珍惜每一刻难得的相聚。整首诗写得迂缓从容，没有更多的促迫，甚至，也没有太过分明的无可奈何。只有一份面对离绪的沉静，一如诗中的冬夜——纵然是一夜未曾停过纷然的大雪，但落下的，却是满世界难于摹状的幽阒。

诗僧皎然《冬日梅溪送裴方舟宣州》，也写到了和寒夜相关的一场别离：

平明匹马上村桥，花发梅溪雪未消。
日短天寒愁送客，楚山无限路遥遥。

诗僧的诗歌风格，向来多见清冷出尘，所以与冬天有着犹如命定一般的契合。“平明匹马”，道明的是“送”的结束，“别”的到来。平明，是夜的结束，晨的到来。这一刻，天蒙蒙亮，村桥上只有一个将行的身影默然伫立——岸边积雪未消，溪上梅花初发，一地的孤寂与清寒。白昼的短暂与冬日的寒冷，令到送客的愁绪无法平息、难以遏止；历历于眼前的无限关山、迢遥道路则又令得此一番离去充满了未知的无措。这首诗，又题为《冬夜送人》，列在贾岛集中。这一诗题，更加明确了诗歌中的这场离别，乃是发生在夜色将尽的时刻，有着如这夜色一般的冷冽清寒。

四、乡心半夜生

倘若这等澄寂的夜色再和羁旅漂泊联系起来，诗篇之中骤起的，便不止有不遇的凄凉、分别的凄惶了，还要加上乡心万丈。而在这万丈乡心的焕映之下，冬天的夜色，也有了比往常更为丰富的层次，更为感性的表达。

比如张籍的《冬夕》一诗，呈现的就是冬夜漂泊的一般情状：

寒蛩独罢织，湘雁犹能鸣。月色当窗入，乡心半夜生。
不成高枕梦，复作绕阶行。回首嗟淹泊，城头北斗横。

羁旅漂泊的冬夜，最为显著的特质或者就是"难以入眠"了。在这样的夜里，一切的声响都被放大了。寒蛩的低吟、湘雁的哀鸣，似乎都在不断击打着旅人的耳膜，以及这无边无际的夜色深沉。夜里的那轮月影，也是不容分说就由窗户径入，叩醒了半夜的乡心。乡心鼓荡，自然无眠。所以，有来回的绕阶，更有反复的嗟叹——不知道何以要离家千里，更不知道归程究竟何时。无言仰首的时候，只见城头的北斗，耀目，亘永，也宣告着夜色逝去，白昼到来。说起来，它的存在就像是这羁旅冬夜里的乡心无尽，历经千载，其实也不曾更易些什么。一如我们今天所处的这个时空，漂泊冬夜里的声响当然会和从前不同，可无眠的事实，以及那被月光星影加持的乡心客梦，却仍然在夜色中无声低回，悠然轻漾。

刘威有一首《冬夜旅怀》，歌咏的重点是冬日旅夜的孤清——

寒窗危竹枕，月过半床阴。嫩叶不归梦，晴虫成苦吟。
酒无通夜力，事满五更心。寂寞谁相似，残灯与素琴。

孤独，显然是这首诗中最为突出的身影。独自旅居于一室之内，四下无人，身侧只有寒窗与竹枕，以及半床月色。这样的夜色有着逼人的清气。在这样的处境中，入梦自然变得困难，即使对酒，也无法彻底消忧。窗外是虫声不绝于耳的凄苦，屋内是彻夜不眠的心事喧哗。能够和这份孤寂相比拟的，也就只有桌上的残灯，身侧的素琴。幽寂孤清，是旅途漂泊的底色，也是冬夜辗转的神情。

贾岛《冬夜》一诗，通篇都是羁旅漂泊的愁苦，以及这一季节难于掩抑的凄寒：

> 羁旅复经冬，瓢空盎亦空。泪流寒枕上，迹绝旧山中。
> 凌结浮萍水，雪和衰柳风。曙光鸡未报，嘹唳两三鸿。

漂泊的人生又逢冬日，其间的苦况，自然是陡增了不少。兼之贫寒窘迫，那凄楚的滋味便更加难于言表了。通常提到贾岛，都会说“郊寒岛瘦”，显然这是一位以“冷峭枯寂”著称的诗人。不过贾岛诗中对于“寒”这么一项特征，同样做到了苦心经营、倾力打造。翻看贾岛《长江集》，指尖尽是逼人的寒意。不难想象，这样一位诗人写到羁旅中的冬夜，会如何极力围绕一个“寒”字，费尽心机与笔力。羁旅经冬，瓢盎皆空，诗歌开篇就道出处境之寒，满目萧然。“泪流”和“迹绝”一联，又极写心境之寒——人生的种种、满腹的辛酸，在夜晚来临的时候都只能化作清泪，独自吞咽；家山迢遥，已经不知多长时间未曾亲临，所谓旧迹，都已是残存的光景。“凌结”“雪和”两句，继续强化着季候的酷寒。尾联则是扣紧曙色中孤鸿的清唳，以声响的清寒，再一次映衬了夜色的清寒。诗歌可谓通篇寒色，而生涯的萧然、季候的萧然以及诗人内心的那份萧然，不待强调，也已呼之欲出了。行路途中的那份艰厄与隔绝，在这样的寒色中，愈加历历分明。这样的羁旅冬夜，围绕它的诗笔是简淡的，其间的人生况味，则有着令人深味的丰富。

相比之下，方干的冬夜羁旅生涯明显没有那么沉重，而是更见野趣与幽清。其《冬夜泊僧舍》一诗这么写道：

江东寒近腊，野寺水天昏。无酒能消夜，随僧早闭门。
照墙灯焰细，著瓦雨声繁。飘泊仍千里，清吟欲断魂。

这首诗亦曾题为《冬暮野寺》，收入任翻集中。两首诗的字句基本一致，主要差异集中在诗歌的颈联。方诗颈联写作“照墙灯焰细，著瓦雨声繁”，任诗则作“照墙灯影短，著瓦雪声繁”。试想冬夜萧寺，室内的灯焰既细且短，伴人无眠。这个时候，落在檐瓦上的若是雨声，那就是一夜清冷的琤瑽。如果是雪声，则愈见夜的悄静，人的难以入眠。因为唯有在这样的境况下，本是细碎窸窣几不可闻的雪声，才有了耳中的这份繁密。而在这些声响的作用下，漂泊辰光里的清寂与孤独，无疑拥有了更为鲜明的轮廓。那些冬夜里的凄恻辗转，短叹长吟，也都伴着梦魂憔悴，在夜色里轻轻飘荡。

方干另有一首《暮冬书怀呈友人》，诗中的冬夜，一样在风雪中泛着清冷的声响：

空为梁甫吟，谁竟是知音。风雪生寒夜，乡园来旧心。
沧江孤棹迥，白阁一钟深。君子久忘我，此怀甘自沈。

羁旅中的寒夜，往往是风雪夹着乡心。这首诗的特异，在于突出了凄寒夜色中的沧江孤棹和白阁一钟。一个“迥”字，一个“深”字，羁旅漂泊的孤清，还有寒夜难寐的辗转，即便隔着上千年的时间依然得以鲜活如昨。也许，现在人们生涯中的场景有了太多的不同。一舸江上，遥寺寒钟，这都成了需要想象的画面了。然而，离乡漂泊、寂寞思乡，这样一些境况和情绪却是一般无二的，并不需要更多的唤起。几句诗，大概就能赢得几声相类的叹息。不论相隔如何久远，也能懂得，也堪慰藉。

五、乍起衣犹冷

在夜晚之后到来的，自然是清晨。冬日的清晨，没有春天那么明亮的色泽与喧哗的声响，似乎更惯于在一派寒寂中到来。所以，冬天的早晨总是透着一股慵懒的意味。相比早起、早行、早朝，这样一个时段似乎更应该停留在衾枕之间，酣沉于梦国深处。然而生活的残酷就在于：无论多不适合，却总有

［清］袁江《山水人物册页六开》

不得不付诸实行的事情。故而冬天的晨曦中，依然到处可见早起的身影，迎着逼人的寒意。不过就唐人的吟篇而言，就算在冬日清晨与枕席相违，也没有更多的无奈与苦楚。透过那些字句，我们始终都可以看到一副平和而澄寂的面容。

比如杜甫笔下的冬日清晨，就有“花叶惟天意，江溪共石根。早霞随类影，寒水各依痕”（《冬深》）这样的呈现。深冬时节，花叶之凋敝不难想见，然而诗人却能够以“天意”来看待，其内心的平和不待多言。深冬的水势，既寒且瘦。藉由“共石根”这等形容，江溪之枯俨然目前。整首诗并没有过多的感喟，无论是面对早霞的倒影，还是水流的印痕。淡然克制的笔墨，令这冬日的清晨出脱得清清朗朗，澄明可观。

在另外一首以“朝”为题的诗作中，杜甫又这么写道：

浦帆晨初发，郊扉冷未开。村疏黄叶坠，野静白鸥来。
础润休全湿，云晴欲半回。巫山冬可怪，昨夜有奔雷。
（《朝二首》其二）

冬天的清晨，通常都有着逼人的寒意。关门闭户的村舍，正是人们面对寒冷最为直接的反应。可就算这般寒冷，也依旧有早行的船只、早行的人。此时所见的景象，当然不会是热闹的。江村黄叶兀自坠下，郊野有白鸥翩然飞动，这样一个早行的冬晨，既静谧，又疏朗。虽然不复闹热，却仍然显露着生机。

有关冬天清晓，卢纶写过一首呈与邻人的诗，字句间皆是霜色凛凛。诗歌题为《冬晓呈邻里》，其诗云：

终夜寝衣冷，开门思曙光。空阶一丛叶，华室四邻霜。
望阙觉天迥，忆山愁路荒。途中一留滞，双鬓飒然苍。

冷，是冬天的气息，往往会从夜晚一直蔓延到清晨。冬天夜晚的冷，沁透了衾被寝衣；冬天早间的冷，则悬在了空阶的叶上、霜上。触目，只见遥远与荒落，无论这一刻是面对华室，还是置身客途。若是在这样的景况下，还遭遇了留滞的局面，那苍然的意绪便一时间布满鬓角眉尖了。

同样是冬天清晨的江上早行，杜甫拿出的是一帧宁静冷冽的江村小景，而罗邺所写，则有着更多的声响和人境气息。他的《冬夕江上言事五首》（其二），就这么写道：

喔喔晨鸡满树霜，喧喧晓渡促舟航。
数星昨夜寒炉火，一阵谁家腊瓮香。
久别羁孤成潦倒，回看书剑更苍黄。
逢人举止皆言命，至竟谋闲可胜忙。

诗歌第一句，就用晨鸡的啼鸣划破了早间的寂静。不过，和春天的明快干练不同，此时的鸡鸣差不多都是带着霜色的。这样的声响在严寒中听来，更觉凛冽与促迫了。和清早行舟的出发声汇在一块儿，便奏响了一首多少有些喧哗的冬季晨曲。相形之下，罗邺的江上冬晨明显有着更为浓郁的市井气息、人间烟火。这种时候，炉火腊瓮的出现再自然不过了，因之而起的潦倒与颓唐也显得更为真切。本应宁静的时刻，就这么充斥着大量的忙碌声响，置身其间，自然就会更加地厌弃奔波忙碌，转而向往优哉游哉的生涯。

怀浦《初冬旅舍早怀》所写，一样是冬日清晨的心绪万千，却置换了一个安静得多的背景。其诗云：

枕上角声微，离情未息机。梦回三楚寺，寒入五更衣。
月没栖禽动，霜晴冻叶飞。自惭行役早，深与道相违。

冬天早晨的突出特性依然是严寒，是寂静——虽然有些声响，不过是依微的；虽然有些动静，也没有什么特别闹热的排场。依稀的梦境当中，月亮渐渐落下，清霜映着晨光，枕上的角声，禽鸟与树叶的些微动静，这些景象的叠加，令人不由更觉寒气侵衣，离情满心。而此刻盘踞在离人胸臆之间的，就只有无法超拔的懊恼，以及身陷俗尘的烦闷。然而，即使满胸惭恨，抒发的姿态依然可以平和，可以淡然。唐人的难得，大抵正在此中——再不宁的心绪，再寻常的生活，仍可体味出深长，也能待之以诗心。

刘禹锡、元稹、白居易等人，也在冬天的清晨写下了不少的诗作。他们絮絮道来的物色与心情，和羁旅行路之人就有着较大的不同。更常见的，是诗人们身处时光流转中对于年岁的感伤，以及在睽违中对于友人的挂牵。

刘禹锡写过《冬日晨兴寄乐天》，其诗即道：

庭树晓禽动，郡楼残点声。灯挑红烬落，酒暖白光生。
发少嫌梳利，颜衰恨镜明。独吟谁应和，须寄洛阳城。

残漏隐约，鸣禽微动，诗人面对着渐残的灯烛、未尽的酒杯，除了感喟发少颜衰，更多的，还是在独吟中思念远方的友人——想要分享此时的心境，想要在相隔的遥远中令心意互通。一时间，冬日早晨惯常的清寒便不复再是锐利的棱角，反而有了柔软的光色、煦暖的特质，读之令人动容。刘禹锡另有一首《酬乐天初冬早寒见寄》（此诗一作元稹诗），诗中所咏，又是清寒时节的阵阵相思——

乍起衣犹冷，微吟帽半欹。霜凝南屋瓦，鸡唱后园枝。
洛水碧云晓，吴宫黄叶时。两传千里意，书札不如诗。

骤起时的清冷，微吟时的随意，绘就了这个冬天早晨的寒寂面容——有泠泠然的冷意，也有纷纷然的心绪。瓦上的清霜、后园的鸡唱，继续着有关冷、有关晨的刻画。乍一看，这其实不过就是一个寻常的冬日清晨。这样的辰光风物，不但在日常生活中即属常见，而且在诗文当中也是随处可见的。稍微有些异样的，是诗人在这样的寒寂中对于色彩的那份热衷。碧云与黄叶的对照，构建了一份特属于深秋初冬的韵致。最令人过目难忘的，应当是此时腾起于心间，那份传情达意的迫切。一时间，清寒与相思呈现出一种映照关系，既凸显了冬日晨色的特性，也道出了此间友情不一般的深刻与绵长。

至于白居易的《冬日早起闲咏》一诗，则有着突出的闲适与慵懒，与寻常的寒冬清晓面目略异。读来，明显不复逼人的寒意与孤清。诗云：

水塘耀初旭，风竹飘余霰。幽境虽目前，不因闲不见。
晨起对炉香，道经寻两卷。晚坐拂琴尘，秋思弹一遍。
此外更无事，开尊时自劝。何必东风来，一杯春上面。

有初升的朝阳映着水塘，还有残留的雪霰在风竹间飘飞，晨起，伴着一炉熏香，两卷道经，一室之内，唯见幽静，唯得闲暇。最值得艳羡的，正是这种无事的境界——日常中，不见闲杂俗事；心绪间，也只有独处的宁静与悠然。于是，可以抚琴，可以开尊，就算身处寒凉冬日，单凭一杯醇酒，也能满面春风。冬日因季节或遭际而生发的苦况，在白居易这样一位善于闲适度日的诗人笔下，几乎看不到存在的痕迹。恬淡自适，幽然自处，忘怀了季节，也忘怀了现世，这果然是隐者方能拥有的神情与姿态。

六、冻云愁暮色

夜晚漫长，清晓冷冽，唐人笔下的冬日黄昏，则在惯常的澄寂中，多了一些色泽与声响。于鹄写过一首《赠王道者》，最后两句很是动人——“唯到黄昏后，溪中闻磬声”。作为日与夜的衔接，黄昏的时刻总是写满怅然。随着光色的遁去，静寂的降临，天地之间逐渐就被各色心绪覆盖了。唐人的特异，乃是处在冬日黄昏的压逼中，仍然可以淡然平静，可以超离于那点通常的忧郁惆怅。像于鹄所写这两句诗，黄昏定格的刹那，就有着清澈的骨相，泠然的声响。孤独与寂寥，肃杀与荒漠，在此间也没有那么湍急汹涌，不过是溪山深处的一簇清朗。

这样的淡然，诗僧齐己《闭门》一诗也算写得十分典型。其诗曰：

外事休关念，灰心独闭门。无人来问我，白日又黄昏。
灯集飞蛾影，窗销迸雪痕。中心自明了，一句祖师言。

一个人独坐在冬天的暮色里，忘怀了尘世的扰攘，时间的流逝也变得了无波澜。“白日又黄昏”一句当中的平静，不仅仅停留在诗行之间。这个时候，灯下的飞蛾，窗外的大雪，在诗人笔下都引不起更多感情的波动，只见一室的悄静，以及默然向内的参修。

就算是在冬日黄昏里骤然起了暮愁，唐人的吟篇也总能出之以不动声色的澄寂。像方干《冬日》一诗，就这么写道：

烧火掩关坐，穷居客访稀。冻云愁暮色，寒日淡斜晖。
穿牖竹风满，绕庭云叶飞。已嗟周一岁，羁寓尚何依。

冬天的黄昏，有着不亚于晨曦夜色的凛然。这种时候，基本没有任何热闹可言，色调只见一味凋萧和寂寥。暮色冻云，斜晖寒日，笔端过处，萧索满纸。愁绪、嗟叹，一时萦绕于胸臆之间。更那堪，此时尚有穿过窗牖竹影的风，以及绕着庭院落叶纷然的飞坠。不过难得的是，即便如此，诗人独对黄昏的心绪间仍然显露出了平和与恬淡，尽管是羁寓他乡，又值时岁迁延。

到得李贺笔下，这冬日黄昏的光色就不免显得有几分奇异了。他的《洛阳城外别皇甫湜》一诗，便与寻常的别情咏叹大不相同。其诗曰：

洛阳吹别风，龙门起断烟。冬树束生涩，晚紫凝华天。
单身野霜上，疲马飞蓬间。凭轩一双泪，奉坠绿衣前。

风是别风，烟是断烟，这一场别事的凄惶与惨恻何庸多言。诗歌开首两句，不但交代了别离的发生，更捕捉了一个冬日黄昏富于动感的典型画面——北风骤起，寒烟断续。这一场景，一如别离骤起，别情断续。接下来，颔联又紧承着别风、断烟写来：冬天的树，枝叶枯落，宛如一束束直指苍穹的森然。每当北风骤起、呼啸而过，那种意态又呈现出瘦硬的生涩感。至于黄昏的天空，则在晚烟的凝映之中，焕炫出紫色的华美，明亮又厚重。这个时候再引出“单身野霜上，疲马飞蓬间”的别后苦况，一时间，夕阳如血一马天涯的别去剪影便赫然目前了。相比一般的别情惨恻，此间无疑有着更多的荒落与苍凉。不容否认，这样一个有关离别的冬日黄昏，在李贺诗中，跳出了寻常的格局——凝重中，有着惹人注目的动感和特写，也有着异样的华美与明艳。

其实，就算四围寒彻、置身绝境，唐人笔下的冬日黄昏也仍旧可见一份浩荡、一份奇崛。有一首缺题的唐代残诗这么写道：

白日走风沙，黄昏飞雪花。愁云阖□畔，寒色暝天涯。

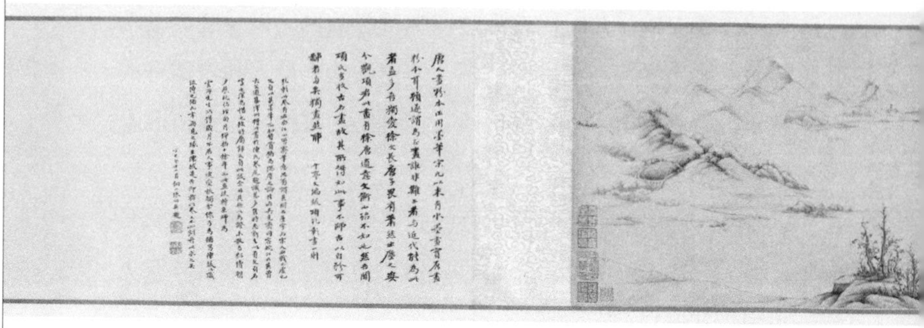

［明］项圣谟《江山雪霁图》

“白日走风沙，黄昏飞雪花”，两句道出的除了环境的残酷严苛，还有一种说不出的潇洒逸气。一“走”一“飞”，淡化了沉重，凸显了洒落。“愁云”“寒色”两句，则是在黄昏愁色的摹绘中，不经意流露出了那么一缕淡然。可知唐人的冬日黄昏，气候再恶劣，愁色再深重，行止之间，却依然可以有凝神的片刻，飘然的衣袖。

同样写到环境险恶的，还有岑参《冬夕》一首，诗云：

浩汗霜风刮天地，温泉火井无生意。
泽国龙蛇冻不伸，南山瘦柏消残翠。

诗歌的第一句，就以令人称奇的笔触，道出了此地非比寻常的酷寒。以“浩汗”来形容霜风在天地间的肆虐，某种意味上就消解了寒色而倍添了豪气。天地间一派肃杀景象，唯有霜风不见羁勒，恣意生猛——这个冬日黄昏仅有的生意，正在这浩汗霜风的横肆呼啸中。

杜甫《晚晴》一诗，选取的摹写对象也是冬日黄昏，其诗如下：

高唐暮冬雪壮哉，旧瘴无复似尘埃。
崖沉谷没白皑皑，江石缺裂青枫摧。

南天三旬苦雾开，赤日照耀从西来。
六龙寒急光裴回，照我衰颜忽落地，
口虽吟咏心中哀。
未怪及时少年子，扬眉结义黄金台。
洎乎吾生何飘零，支离委绝同死灰。

相比岑参，杜甫笔下的这个冬日黄昏有着更为突出的壮阔与浩荡。纷飞的大雪，荡涤了昔时的瘴气尘埃，令到高崖山谷统统一白，雪中江石，其状如裂，雪压枫林，其势若摧。大雪过后，更有着同样猛烈的晴朗。虽然在这耀目的日色中，诗人因为年岁衰颓、生涯飘零、怀抱未就而不免凄惶萎顿——“冬晷短，则寒急。夕影斜，则落地。伤暮年，故心哀”，但诗歌的笔墨，却始终呈现出令人瞩目的凌厉。而由如此手笔构筑的冬日黄昏，显然就是一份头角峥嵘的澄寂。

晨昏细数，所谓诗情都散落在时光的罅缝里。唐诗中冬日面容的这份澄寂，实在有着玩赏不尽的诗意。“寒到无妨睡”（皮日休《初冬章上人院》），这么平淡无奇的一句，似乎即叫人窥知了唐人的生活态度——无论寒暑，无论沉浮，在直面季节及人生的变幻时，总有一份不需标榜的通脱放旷，以及恬淡襟怀。

第二章 清洌

砌下梨花一堆雪

如前所写，唐人笔下的冬日时刻，尽管有着严寒的底色，却更有着澄寂的面容——唐人的襟抱，明显能够安然在岁月的种种情境中。同样的，唐人笔下的冬日风物，也不止是凋萧一片，而是依然生意历历，在寒色凄然中，以清洌的光色兀自闪耀着。

像此时的柳，虽然不复春来的青青，凋零中倒也仍具情味。陆龟蒙《冬柳》一诗就写道：

柳汀斜对野人窗，零落衰条傍晓江。
正是霜风飘断处，寒鸥惊起一双双。

曾经的碧玉一树，而今的零落衰条，但在霜风当中，飘拂依旧；与冬天的窗、冬天的江，还有冬天的鸥鸟，相依相傍，仍然可以入画，可以入诗。江村有此，即有凝眸处的清寒；霜天有此，则有仰首时的疏阔；庭院有此，也就有了凭栏倚窗的无边心绪。

此时的月，是夜色中最清冷的一笔。于唐人诗中出现，往往都带一“霜”字，月光之清寒可见。白居易《酬梦得霜夜对月见怀》就有：

凄清冬夜景，摇落长年情。月带新霜色，砧和远雁声。
暖怜炉火近，寒觉被衣轻。枕上酬佳句，诗成梦不成。

刘言史《冬日峡中旅泊》也写道：

霜月明明雪复残，孤舟夜泊使君滩。
一声钟出远山里，暗想雪窗僧起寒。

一个“月带新霜色”，再形象不过地交代了霜夜里月色的特质，那触手可感的清冷滋味。再一个“霜月明明雪复残”，则写出了这月色和残雪相映的景象。这一刻的天地一白，有着沁骨的冷。此间的月色，虽然无法在廊下中庭闲中把玩，却有着凛冽不容轻浮的美。所谓诗意，一样在这大写的冷冽中滋生着。

此时的雨，落在寒意四起中，和其他季节相比，令人多少有些不愿意遇到。随意敲窗，就是一夜无寐，一衾凉透。张鼎《江南遇雨》一首，就记录了唐时江南冬日里的雨况。且看此诗怎样写来——

江天寒意少，冬月雨仍飞。出户愁为听，从风洒客衣。
旅魂惊处断，乡信意中微。几日应晴去，孤舟且欲归。

已然退减的寒意，分明又被这冬月里的雨唤醒了。江南冬日的雨，既凄绝也缠绵。敲窗时惊断了旅魂，飘飞处湿透了愁心。春天的雨，怎么洒落都不惹人讨厌。夏天的雨，或许会因为无休无止的泼洒叫人心生倦怠，或者惧意，但总有荡涤的姿态令困在暑热当中的人们神思爽利。秋天的雨，敲忧敲愁，一场场催动着寒冷降临。不过怎么都比不上这自带寒意的冬天的雨。冬雨落时，夜明显更长了，窗上瓦上，都是不能入耳的淅淅沥沥。

此时的虫声，比之秋季，更觉凄哀——有着更为分明的清寒体质，叫人总是不免因之而起乡心，而生同情。姚合《郡中冬夜闻蛩》一诗，就记录了某个静寂的冬夜里，传入耳朵的阵阵蛩吟——

秋蛩声尚在，切切起苍苔。久是忘情者，今还有事来。
微霜风稍静，圆月雾初开。此思谁能遣，应须执酒杯。

本应随着秋天远去的声响，这个时候又在苍苔上切切地响着。它勾起的，大概就是一些随着时光而远去的情绪。无法忘情，所以会有这样的声响萦绕耳际，再细微，却也拂他不去。

其他季节同有的物色，进入冬季，也都几无例外地镀上了一层清冽。不过唐代诗人写及冬天的那些篇章，这些清冽的物色，还是有色彩可言的。当然，相比起秋天的绚烂，这冬日里的色彩更见清寂与分明。王勃有一首《冬郊行望》，诗歌这样写道：

桂密岩花白，梨疏林叶红。江皋寒望尽，归念断征篷。

无论是岩花的白，还是林叶的红，都有着鲜明的冷寂意味。这样的鲜明冷寂，就是被霜风洗刷过的冬天才独有的色彩。与这等色彩相关的，从来都是线条的瘦硬简淡，画面的疏朗空落。所以这首诗记下的，就是一个最富典型意味的冬天。

一样写到冬日之“红”的，还有李贺，他的《河南府试十二月乐词·十二月》就有：

日脚淡光红洒洒，薄霜不销桂枝下。
依稀和气排冬严，已就长日辞长夜。

诗中的红，摹写的是冬天里的落日斜晖——不再是浓厚鲜亮的大团色彩，而是依微的淡淡红光，映着树下的霜色，俨然一派严冬的气象。而“红洒洒”这样的形容，不仅符合李贺一贯的奇诡风调，也令到唐人笔下的冬天，闪现出一笔炫目的冷冽。

陆龟蒙写到的红，则有着满满的季节感。他的《和袭美初冬偶作寄南阳润卿次韵》一诗即有：

逐日生涯敢计冬，可嗟寒事落然空。
窗怜返照缘书小，庭喜新霜为橘红。
衰柳尚能和月动，败兰犹拟倩烟笼。
不知海上今清浅，试与飞书问洛公。

柑橘是最能代表冬天的水果。一则柑橘经霜方红，再则柑橘红时，就已经到了一年尾声、岁寒深处。庭见新霜之喜，纯为想象中的柑橘之红。颔联的灵动，消解了整首诗的平庸。

皮日休笔下，冬天的色彩更见缤纷，其间的红色，有着突出的幽清与野趣。他的《初冬偶作寄南阳润卿》就是这样的：

寓居无事入清冬，虽设樽罍酒半空。
白菊为霜翻带紫，苍苔因雨却成红。
迎潮预遣收鱼笱，防雪先教盖鹤笼。
唯待支硎最寒夜，共君披氅访林公。

冬之清寂，大概唯有在闲居无事之时才尤为可喜。正是因为有了闲逸，日常的细枝末节才容易衍生出诗情。白菊因霜微微带紫，苍苔着雨隐隐泛红，读这样的词句，会觉得时间一刹那就静了下来。冬天的清意，就这么透着轻寒，带着湿意，叫人宛如亲历。没有了俗尘琐事的侵扰，就算在最凄寒的季节，也有着无数细碎的惊喜，放大的诗意。

一、开门雪满山

当然，冬季最具标志性的物色，首当其冲还要数雪。雪本身就透着清冽，到得唐人诗中，更是清意漫溢——

一条藤径绿，万点雪峰晴。

（李白《冬日归旧山》）

风兼残雪起，河带断冰流。

（于良史《冬日野望寄李赞府》）

砌下梨花一堆雪，明年谁此凭阑干。

（杜牧《初冬夜饮》）

竹门风过还惆怅，疑是松窗雪打声。

（杜牧《冬至日遇京使发寄舍弟》）

江城雪落千家梦，汀渚冰生一夕风。

（陈陶《冬日暮旅泊庐陵》）

十里溪山新雪后，千家襟袖晚寒生。

（罗邺《冬夕江上言事五首》其三）

江水因寒落，山云为雪凝。

（孟贯《冬日登江楼》）

隔牖风惊竹，开门雪满山。

（王维《冬晚对雪忆胡处士家》）

日暮人归尽，山空雪未消。

（皎然《冬日送颜延之明府抚州觐叔父》）

冬日里最浓郁澎湃的诗情，向来因雪而起。雪落无声，诗发有情。唐人的吟哦让我们看到，无论雪落在哪里，都有诗心因之而触发，因之而飞荡。同样身处冰天雪地，却并非只见白茫茫一片。有的是行进在归家途中，抬眼望去，晴空之下有万点雪峰，冷峭中尽是欣然。有的立在旷野，注视着风卷残雪，河流断冰，任意绪随之苍茫。就算身处庭院之内，也有“开门雪满山”的惊喜，“砌下梨花一堆雪”的别趣，以及“疑是松窗雪打声”的幽寂。江城雪落，千家梦沉；江水寒落，山云雪凝；溪山新雪，天地莹澈；日暮山空，积雪未消，这一个个画面，是唐人勾勒的冰雪诗意，也是栖止在我们血脉深处，有关冬天最深沉的梦境，最喧嚣的乡愁。

从古至今，雪，无疑都是冬天最明亮的一笔诗意。冬天本来清冷，有了纷纷然、皑皑然的漫天飞雪之后，一切便与平常迥异了。山中江上，边关塞外，甚至是那些最为寻常的院落人家，一时间，似乎都浸在了清冽的光影里。有格外的苍茫与开阔，有不一般的清澈与疏朗，也有“拂了一身还满”的晶莹心绪。

周贺《冬日山居思乡》一首，呈现的就是一帧冬日山居图景，清寂之中，也有着灵动的生活——

大野始严凝，云天晓色澄。树寒稀宿鸟，山迥少来僧。
背日收窗雪，开炉释砚冰。忽然归故国，孤想寓西陵。

此诗虽然不见得有多特出，可那份真切可感的冬的气息，却让人读之甚觉心折。隆冬晴日，在一望严凝中也有难得的澄澈云天。居所周遭，有覆着雪的树，不但人迹稀少，宿鸟同样也无多。趁着晴天清理窗棂上的积雪，打开炉火让砚台上的薄冰消融，这或许就是当时冬日山居最常见的动作，而这样的常见，今日读来，也是情味深长的。如此缓慢地消遣着岁月，如此凝神专注于生活本身，相比之下，今天大多数人的生涯都显

［清］黄鼎《群峰雪霁轴》

得太过潦草与局促了。唐人的诗情，雪色中倍觉莹澈；我们的无奈，在唐人诗中之雪的映衬下，同样也更觉分明了。所以很多时候，无法亲身经历体味，那就不妨在阅读中找寻，阅读中相遇。

张乔《山中冬夜》一诗，写到了落着雪的夜色山林。灯下读来，满纸都是冷然的雪意。其诗这样写道：

寒叶风摇尽，空林鸟宿稀。涧冰妨鹿饮，山雪阻僧归。
夜坐尘心定，长吟语力微。人间去多事，何处梦柴扉。

风中，所剩无几的寒叶继续飘飞；林间，已经基本上看不到宿鸟的踪迹，这样落着雪的山林，充满了静谧与寂寥的美。突然出现在山涧附近的鹿，以及要在夜色中行进的僧人，让这画面一时间生动起来。尽管有“妨”有“阻”这等字眼存在，可我们能够读到的，居然没有更多的烦闷与怨怼，仍然是一脉澄清——景致如此，心绪亦如此。诗歌后四句由景及情，所勾勒的，正是这山林雪夜中安宁的内心。也许唯有从尘俗中遁离，才能安于这雪夜柴扉的清冽山林。

落着雪，山林的生活瞬间倍增清意，就连寻常人家、寻常生涯，也在纷纷飞雪中闪现出不落尘俗的风韵。“诗成天外句，棋覆夜中图。落壁灯花碎，飘窗雪片粗。煮茶烧栗兴，早晚复围炉”，这是李中《冬日书怀寄惟真大师》诗中的字句。由这些字句可以看到，唐人在有雪的冬日里，要么吟诗，要么捉棋，煮茶烧栗，围炉促膝。

二、敲驴吟雪月

落着雪，不仅山林一清、人家一清、生涯一清，就连驴这种笨拙的生物，出现在连天飞雪当中，也几乎成了诗意的代名词。常见写入画图的驴背诗思，便唯有在雪天、雨天，才来得格外自然与幽清。唐彦谦有一首《忆孟浩然》，诗歌这么写道：

郊外凌兢西复东，雪晴驴背兴无穷。
句搜明月梨花内，趣入春风柳絮中。

一句"雪晴驴背兴无穷"，可谓将孟浩然的隐士气质勾勒殆尽。人物清癯，衣袖飘然。天地之大，茫茫雪原中就只有一个骑驴的身影，自然会有无边的清兴与诗情在这驴背上佚荡着——无边的白，会让人仿佛置身于一个恬淡的春夜，任幽思一缕，在月色与梨花的皎洁中或默然，或轻漾；漫天的雪花，则好像柳絮之于春风，随之上下，轻舞飞扬。雪，是扭转乾坤的覆盖，也是悄无声息的唤醒。

贾岛，大概是我们提到雪和驴这一组合时最容易想到的唐代诗人了。他的两项著名诗歌事迹，驴都是其中少不了的重要角色。《唐才子传校笺》卷五《贾岛》收录了这两件"轶事"。第一件，《唐才子传》记道：

尝跨蹇驴张盖，横截天衢。时秋风正厉，黄叶可扫，遂吟曰："落叶满长安。"方思属联，杳不可得。忽以"秋风吹渭水"为对，喜不自胜。因唐突大京兆刘棲楚，被系一夕，旦释之。

驴背所得诗句确实清奇，而"蹇驴张盖，横肆天衢"也是写满了恣意狂放的画面。紧接着所列的另一桩，则是大家更为熟悉的"推敲"故典。其文曰：

后复乘闲策蹇访李余幽居，得句云："鸟宿池中树，僧推月下门。"又欲作"僧敲"，炼之未定，吟哦引手作推、敲之势，旁观亦讶。时韩退之尹京兆，车骑方出，不觉冲至第三节。左右

雪中骑驴

拥列马前，岛具实对，未定推敲，神游象外，不知回避。韩驻久之曰："敲字佳。"遂并辔归，共论诗道，结为布衣交……

这两个故事的叙述模式非常接近——都骑驴，都在骑驴的过程得了佳句，也都在骑驴过程中苦思不已。这样的笔墨中，可见觅得佳句的欣然，也能够看到沉溺于吟哦之中的那份忘情。贾岛是典型的苦吟诗人，试想，觅句于驴背，就算欣然得句，这欣然也不可能有多奔放的姿态；至于觅而不得，困于词句的那份窘迫，也因雪地驴背，分明有了深化的效果。从此以后，诗人，特别是苦吟诗人的形象，往往就和所策瘦驴，甚至是蹇驴连在了一起。

比如别人笔下的贾岛，常常便是吟与驴都不可少，特别是在飞着雪的冬日里。雪落大地之时，苦吟诗人贾岛在别人眼中就总是以跨驴、策驴的形象示人，要么映着雪地上的冷冷月色，要么在黄昏风雪中留一帧孤寂剪影。

李洞《赋得送贾岛谪长江》一诗即有：

敲驴吟雪月，谪出国西门。行傍长江影，愁深汨水魂。
筇携过竹寺，琴典在花村。饥拾山松子，谁知贾傅孙。

“敲驴吟雪月”，诗歌开篇第一句勾勒的，就是最为典型的一帧贾岛小影。其风神特质，跃然纸上。雪地、月色，对于庭院中人是一世界的皎洁莹白，美轮美奂；对于出门在外的迁客骚人，却只能增添突出的清冷苦况。行进在苦况中，仍然能够敲驴吟哦，也唯有惯于苦吟的那一类诗人了。步雪对月，清冷之至又令人深感韵极；敲驴吟哦，凄苦中也不乏幽怀与清兴。雪月、诗人、驴，也称得上是这严冬岁月中最具代表性的图景，既摹画了天地间皑皑白雪沉沉夜色，也流溢着最为清绝的诗情。

贾岛自身有关冬天的吟咏，也不时可见驴的存在——驴与冬天，与诗人的密切关联赫然存在于字句之间。其《谢令狐绹相公赐衣九事》一诗即道：

长江飞鸟外，主簿跨驴归。逐客寒前夜，元戎予厚衣。
雪来松更绿，霜降月弥辉。即日调殷鼎，朝分是与非。

诗歌首句，显然是为了凸显诗人所去之地的荒落僻远。次句所言，则又有着将此地目为归处的澹荡自在——去往荒僻苍茫之中，正与跨驴而归的远人相似；纵然空悬孤影一抹，也有着“虽千万人吾往矣”的坚毅和从容。跨驴而归的诗人，成就的便不止是茫茫大地之上的一笔诗情，更有行走世间的倔强与坚定。正因为这样，颈联的感叹才愈发自然而深长。总是要有所经历，才能超越凡品，松之经雪，月之带霜，人之见逐，都是如此。自我开解的字句中，诗人的襟怀顿见。

同样厕身苦吟诗人行列的李贺，其《出城》一首，也写到了雪中骑驴的那份清癯——

雪下桂花稀，啼乌被弹归。关水乘驴影，秦风帽带垂。
入乡试万里，无印自堪悲。卿卿忍相问，镜中双泪姿。

雪下桂花，易知此时犹在初冬季节；啼乌被弹，点明此地乃是城外郊野——初冬雪落，荒郊野地，这样的背景更能衬托出骑驴而行的清寂凄寒。此后，临水独照的孤清，帽带迎风的萧瑟，除了点明时地，更强化了诗人形象的傲然独立。

詹敦仁《欧阳长官见迓约余买邻作此奉呈》一诗，亦写有雪中之驴：

一识荆州面，令人意气舒。知心真我辈，遂性即吾庐。
佛耳云堪扫，湖山水可渔。明朝整琴剑，踏雪醉骑驴。

相比这首诗，前面所举诗例似乎都有些过于料峭了。这一首，明显就要轻快明朗得多。人生种种际遇，最难得莫过于相知相惜。若是能与知心者一见如故、僦屋成邻，那当然不啻是人生第一桩快意之事。于是乎，之前雪地驴背所携带的那份困窘凄苦，在这位诗人笔下终于一扫而空了。取而代之的，是满纸迫切而狂肆的欣悦之情。“踏雪醉骑驴”，此间的诗情，便在清冷当中横添了一线放旷、雄奇。

驴，往往还是蹇驴、瘦驴，成为唐代诗人，特别是苦吟诗人的坐骑。它承载着诗人通常的清寒，也承载着诗人沛然的诗情。是以驴背，总是和诗思系在一起的。驴背上的诗思，有着独特的寂寞与倔强——一方面，是颠沛于路途之上的万千心绪，另一方面，则是沉醉于自己世界的自足与忘情。踽踽而行总不过是现实，纵横写意终究还有诗兴。所以，当这驴背加之冬雪，无论是穿过寂寥无人的街巷，还是行进在一月朗照的皎然中，踏雪醉歌，临水顾影，随之涌起的诗思，无疑都更为清冽，更为冷峭了。

三、惆怅梅花发

雪之外，最具冬日气韵的风物，当然非梅花莫属。这样一种花木将开放时间设定在凛然的寒冬，就令自身与寻常卉木拉开了不小的距离。正如朱庆馀《早梅》所写，这是“天然根性异，万物尽难陪”。根性之异既然是天然生就，这便注定了梅花身上突出的清与冷——是不同流俗的傲然，也是遗世独立的清雅。的确，在严寒深处宣告春意到来的树树梅花，即使妩媚依旧，即使香远清深，却也浸染了格外的冷峻与峭拔，隔绝了相当的世俗与烦嚣，触目，皆是嶙峋与峥嵘。哪怕生长水涯山谷，也是寒冬最见清冽的一抹颜色。这一抹颜色，来在张谓笔下，就成了：

一树寒梅白玉条，迥临林村傍溪桥。
不知近水花先发，疑是经冬雪未销。

张谓这首《早梅》，既摹画了梅树临村傍溪的生长，也凸显了梅花与冬雪一般无二的莹洁。临村傍溪，野趣盎然，生长位置本身带出的就是对于红尘的远离。一树白玉般的冬日招展，正是梅花凌寒傲霜、无所畏惧的恣意绽放。一眼望去，恰似一冬雪意的凝结，皎然洁白，清意彻骨，着实令人神远。

卢照邻《梅花落》一首，更把梅花与飞雪之间的这份交织，写得难分彼此。其诗云：

梅岭花初发，天山雪未开。雪处疑花满，花边似雪回。
因风入舞袖，杂粉向妆台。匈奴几万里，春至不知来。

梅花初坼，天山未雪，天地之间唯见如雪一般清冽的梅花，是一树树清丽的冬天。待到雪落时节，梅花也抵达了盛放阶段，雪花纷如，梅边飞雪。入舞袖的，不知是雪是梅；落妆台的，亦难辨雪耶梅耶。雪满边关，梅满边关，几万里的绵亘纵横，一望中的皓然皑皑，是冬的深处，也是春的展开。

冬季里的梅花如此美好，自然清入了诗肠。杜甫《和裴迪登蜀州东亭送客逢早梅相忆见寄》一诗即有“东阁官梅动诗兴”这样的句子。梅花牵动着诗兴，于是有太多的心绪一时间泛起。像是岁暮自带的怅然，或是因乡愁而起的几许低回，又或者，是冰天雪地里的一抹相思。所以，这“江边一树垂垂发”，果然也能“朝夕催人自白头”。杜诗写及梅花的篇章虽不算多，但每每有令人惊喜的句子。诸如“梅花万里外，雪片一冬深”（《寄杨五桂州谭》），“去年梅柳意，还欲搅边心”（《白帝楼》），“天边梅柳树，相见几回新”（《太岁日》），“少年早归来，梅花已飞翻”（《别李义》），许多深长的喟叹、奔涌的情绪，就这么凝驻在一瓣瓣梅花影上，既能够以文字的光芒辉映千古，亦能够以情绪的深切令到无数世代的人感同身受、相共低回。除此而外，老杜还有两首诗作，是专为梅花而起的歌吟。一首《花底》，一首《江梅》。《花底》诗云：

紫萼扶千蕊，黄须照万花。忽疑行暮雨，何事入朝霞。
恐是潘安县，堪留卫玠车。深知好颜色，莫作委泥沙。

仇兆鳌《杜诗详注》称："此诗咏花，有妍华易谢之感。上四句，对花惊喜，下则意在惜花也。……行暮雨，见花润。入朝霞，见花鲜。潘安县，见花多。留卫玠，见花美。莫委泥沙，不忍睹其零落耳。此咏梅花也，在下章点明。"立于这样的花底，势必会被光色席卷震荡，令人唯有沉醉，唯当叹息。梅花绽放的繁华抵达如此这般，想及凋零之时，又难免百般不忍，百般惋惜。很明显，杜甫这首诗中的梅花，有别于通常惯见的瘦削与料峭，反而呈现出摇漾的姿态，浩荡的风情。风姿绰约，叫人俯仰。

另外一首《江梅》，又是这么写道：

［清］弘仁《山水册》局部

梅蕊腊前破，梅花年后多。绝知春意好，最奈客愁何。
雪树元同色，江风亦自波。故国不可见，巫岫郁嵯峨。

梅花，确实是冬天最绰约的绽放，也是春天最清冽的声响。它总是在临近严寒时被天地唤醒，又在冬深春浅之时，牵动着无数羁旅之人的乡心客愁。抛开诗人那些有关家国的叹惋，单单想象江边一树树梅花的迎风招展，如何在季节深处阅尽风雪江波，就有着说不出的独立意味。在冬天的窗下读此，总有一案的江声流淌，一案的清香漫溢。

王昌龄笔下的梅花，又是和离别系在一起——

留君夜饮对潇湘，从此归舟客梦长。
岭上梅花侵雪暗，归时还拂桂花香。

（《送高三之桂林》）

趁着夜色，对着江水挥杯作别，想到的是此去经年，再见不知何时。即将远行的那人应该是乘舟而去，一路前行，客梦幽长。被雪而晦暗的，既是岭上的梅花，也是此时别离的心境；拂他不去、萦绕一身的，是和目的地相关的缕缕桂花香，以及他日重聚的殷切盼望。诗歌写得蕴藉非常，别情里也自带着一脉清香。如此题咏梅花，虽只是淡淡一笔，却已勾得骨相分明，清意十足，情味深长。

刘长卿《却归睦州至七里滩下作》一诗，也在归途滩声中写到了梅花：

南归犹谪宦，独上子陵滩。江树临洲晚，沙禽对水寒。
山开斜照在，石浅乱流难。惆怅梅花发，年年此地看。

江上，舟里，冬日，黄昏，所有最易激惹愁肠的事物都在此际汇聚。暮色中的江树，山间悬着的残阳，清寒中的沙禽，

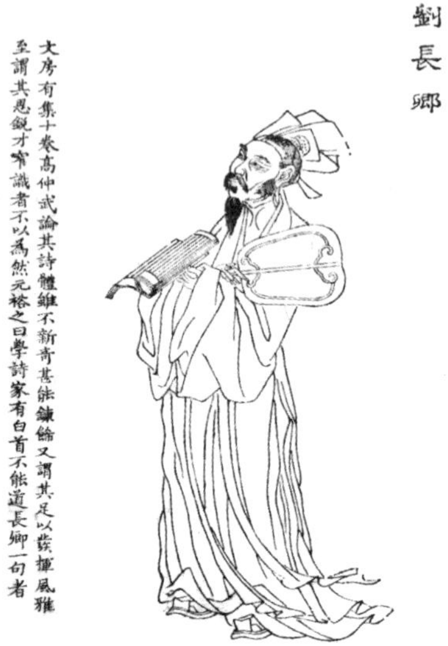

刘长卿

还有滩上的石，石上的江，一桩桩，都在默然中轻轻激荡，有关岁月，有关生涯。这个时候再看到梅花，那就好像一声清冽的叩响。那些不可言说的怅然，还有长长短短的喟叹，以及年年岁岁的感伤，都一时间迸发出来，借着黄昏，趁着梅香。

四、向南风景异

典型的冬日物象之外，也有一些不大典型的存在。像朱庆馀，就写到了无雪的岭南——

越岭向南风景异，人人传说到京城。
经冬来往不踏雪，尽在刺桐花下行。

（《南岭路》）

没有漫天的风雪，也没有严寒的肆虐，倒是有刺桐花的盛放，这样的冬天，果然充满了非典型的意味。行走在别样的风景里，想起他处的雪色与梅香，心里，一定也有别样的清旷吧。

王昌龄还有一首诗写到了冬夜里的离别，只是此番的相送，不再有梅花的映衬。其诗曰：

冬夜伤离在五溪，青鱼雪落鲙橙虀。
武冈前路看斜月，片片舟中云向西。

（《送程六》）

诗中描述的，仍然还是一个弥漫着伤离情绪的冬夜。只不过诗人的视线，停留在了送别筵席、溪上斜月和舟中云色之上。“青鱼雪落鲙橙虀”，可谓是其间最为精彩传神的一笔勾勒。青鱼雪落，是切鲙的状貌；橙虀的出现，是滋味的点染。青鱼与橙虀，虽然并非最具典型色彩，却也是冬日特有的风物——浓郁、清新、别致、深切，既是时令慷慨的赠予，也是别情所独具的意绪。一句之间，不舍之意宛然可见。而能够如此这般赋咏别情，王昌龄果然无愧“七绝圣手”之令名。

这种不典型的冬日风物，还集中出现在唐代诗人有关江南的题咏之上。像是一组题为《状江南》的诗就这样写道：

江南季冬月，红蟹大如䗲。湖水龙为镜，炉峰气作烟。

（丘丹《状江南·季冬》）

江南孟冬天，荻穗软如绵。绿绢芭蕉裂，黄金橘柚悬。

（谢良辅《状江南·孟冬》）

江南仲冬天，紫蔗节如鞭。海将盐作雪，山用火耕田。

（吕渭《状江南·仲冬》）

在这些诗歌当中，江南的初冬，仍有绿叶大展的芭蕉，还有橙黄如金的橘柚。单是这些色彩的渲染，冬天就褪去了肃杀与凛然。行至江南的仲冬，则有鲜明挺拔的紫蔗，火耕田的山林劳作，海边丰饶的盐产。冬日习见的凋萧，并没有对这样富庶温煦的地方构成更多的侵扰。即便到了冬深，置身那样一种烟漫山峰、湖面成镜的景况里，也依然有红蟹抚慰着情肠。可以看到，冬天的江南，唐代诗人们着意凸显的，总是那么一份鲜活的生意。即使冷冽，也依旧可人、依旧清新。

于是，在白居易笔下，我们读到了这样一首《早冬》——

十月江南天气好，可怜冬景似春华。
霜轻未杀萋萋草，日暖初干漠漠沙。
老柘叶黄如嫩树，寒樱枝白是狂花。
此时却羡闲人醉，五马无由入酒家。

十月的江南，芳草依然萋萋，霜色浅淡，日色清和。柘树泛黄的叶片，给人一种发芽的错觉；山樱白色的枝条，编织着盛放的幻相。明明已是冬天，却仿佛有着春日的风情。这样的景致与季候，唯有叫人一再沉醉，一再流连。而在这样的景致与季候中，忙碌，明显成为最不可取的生活状态，几乎可说是最不应当出现的辜负。如此风色，就应该闲适度日，醉遣流年。

而在李郢笔下，我们又读到了这样的西湖——

一阳生后阴飙竭，湖上层冰看折时。
云母扇摇当殿色，珊瑚树碎满盘枝。
斜汀藻动鱼应觉，极浦波生雁未知。
山影浅中留瓦砾，日光寒外送涟漪。
崖崩苇岸纵横散，篙蹙兰舟片段随。
曾向黄河望冲激，大鹏飞起雪风吹。

（《冬至后西湖泛舟看断冰偶成长句》）

冬至过后，大地明显呈露出阳气的回转。冰封的西湖，也就有了层冰消融的景象。有着逸致闲情的诗人，也趁着这个时候来到西湖泛舟，兼看冰层的断裂。这一首诗，便是有关西湖冰消的难得记录。满湖断冰，是珊瑚树碎，也是云母扇摇；兰舟之侧，可见片段的游离，苇岸风间，也有浮冰纵横；像是坍塌的瓦砾映着山影，又仿如透着清寒泛着涟漪的一段段日光。处在这样的情境当中，不免会猜测有没有乖觉的游鱼已经感觉到荇藻的微动，季节的变化。一时间封闭凝固的打破，是岁月的脚步声响，也是生机与诗情的唤醒和勃发。

皮日休、陆龟蒙，是栖迟于江南一地的隐士。他们冬天的吟咏唱和，便毫无例外地题写、标记着江南。且看陆龟蒙笔下逸出的江南冬日，即有着如下值得注意的面容：

昔居清洛涯，长恨苦寒迟。自作江南客，稀迟下雪时。
有烟栖菊梗，无冻落杉枝。背日能寻径，临风尚覆棋。
鸟声浑欲转，草色固应知。与看平湖上，东流或片澌。

（《江南冬至和人怀洛下》）

水国初冬和暖天，南荣方好背阳眠。
题诗朝忆复暮忆，见月上弦还下弦。
遥为晚花吟白菊，近炊香稻识红莲。
何人授我黄金百，买取苏君负郭田。

（《别墅怀归》）

每伴来方丈，还如到四禅。菊承荒砌露，茶待远山泉。
画古全无迹，林寒却有烟。相看吟未竟，金磬已泠然。

（《奉和袭美初冬章上人院》）

桐下空阶叠绿钱，貂裘初绽拥高眠。
小炉低幌还遮掩，酒滴灰香似去年。

（《和袭美初冬偶作》）

［明］魏克《金陵四季图》局部

江南的冬日，无论是水泽还是山林，依然有草色，有绿意，有花叶，有鸟声。其实也不是没有寒意，只不过它冷得并不肃杀。飞雪与冰封，点缀的无非是一味清冽罢了。在这样的江南冬日里，人们尚能临风覆棋、戴露赏菊、被日寻径、对月吟诗。那些远山泉水沏就的茶，还有那些桐下空阶立过的苔影，小炉低幌之侧饮过的酒、焚过的香，以及拥被向暖的睡彻高眠……毫无疑问，这冬日里既有鲜明的生意绵亘，更有郁勃的逸兴诗情。一切，并没有随严冬的到来而宣告封杀、完结，反而是在季节流转中不断等待拾取，等待找寻，也等待记忆。

唐代诗人笔下的冬日江南，俨然是别具神情的冬日物色，有着无法简单的标签，夺目而跳脱的清，似乎还孕育着形形色色的新与活，更有着与众不同、沁入衾枕和诗句的点滴暖煦。

最后，韩偓写过一首《冬日》，称得上是对这冬日风物的一个绝佳总结，其诗曰：

萧条古木衔斜日，戚沥晴寒滞早梅。
愁处雪烟连野起，静时风竹过墙来。
故人每忆心先见，新酒偷尝手自开。
景状入诗兼入画，言情不尽恨无才。

冬日里，萧条的物色总是占据了主流，像是清冷的日色，挺拔的古木，它们是冬天主要的基色与线条。其实除此而外，还有晴色与寒意的交相更迭，以及随着梅花迸发的生机与清逸。飞雪连天，荒野愁烟，墙角风竹，一庭空静。

这时节，总是可见对于“故旧”的追忆，同时又有关乎“新兴”的各色期许。景致，堪入诗画；情思，寄托幽长。不妨说，冬日风物之清冽，就这样被唐代诗人的吟笔记录并塑造着，从而得以在诗歌的长河中不断流淌与生长，不断成就人们有关过往的万千印象，也不断影响着当下的种种存录与收藏。

第三章 暖煦

踏雪沽来酒倍香

实际上，唐人关于冬日的题写，不仅展露着季候的澄寂、风物的清冽，同样也存放了，那些人们心中因归来、因相聚、因友情而在寒凛中萌生迸发的无数暖意。这样的一些暖意，散落在吟篇当中，或关宴饮啸歌，或见围炉促膝，或是如遇平生，或又挥手言别，总有说不尽的相思绵长，数不清的欢欣点滴，形态虽异，热度却一。它们，给文字中的冬日镀上了一层鲜明的温情，显然也消融了，那些漫长的枯索、难忍的孤清。

一、冬日归旧山

唐人笔下的冬日归来，最为人熟悉的自是刘长卿《逢雪宿芙蓉山主人》一诗——那幅“风雪夜归人”的图景，不知安抚了多少在长路上踽踽的身影、在暗夜中劳劳的心魂。除此而外，李白也有一首《冬日归旧山》，同样诗关冬日的归情：

未洗染尘缨，归来芳草平。一条藤径绿，万点雪峰晴。
地冷叶先尽，谷寒云不行。嫩篁侵舍密，古树倒江横。
白犬离村吠，苍苔壁上生。穿厨孤雉过，临屋旧猿鸣。
木落禽巢在，篱疏兽路成。拂床苍鼠走，倒箧素鱼惊。

洗砚修良策，敲松拟素贞。此时重一去，去合到三清。

漫长的离开之后，归来的急切是不待言说的。回到“旧山”的刹那，眼睛自会渴慕地拥抱着周遭的一切熟悉与陌生。繁密与细碎，是这一刻的实写，更是此间心绪的无声奔涌。户外，可见芳草依旧，藤径与雪峰的对峙，满地落叶的残败，一山谷清冷凝滞的白云。绕屋，是新发的竹林；临江，有横斜倒卧的古木。村头的白犬，壁上的苍苔，厨房里被人惊扰的野鸡，房舍旁似曾相识的猿鸣，这一切，似乎都在倾诉着暌违良久，离别漫长。“拂床”“倒箧”“洗砚”“敲松”，归来的惬意与自在，在这些动作中悠然回荡。旧山的幽寂与清逸，也在这样的字句中呼之欲出。如果再要从这样的所在离去，必然不会向着红尘俗世，而是去往仙家清境。

不但漫长的别离易生归心，就连短暂别后的晚归，在冬夜里写来，也有着不同寻常的热切心情。白居易《冬日平泉路晚归》一诗，就写道：

山路难行日易斜，烟村霜树欲栖鸦。
夜归不到应闲事，热饮三杯即是家。

山路崎岖难行，对于心急归家的人来说，就更是如此。何况此时正当冬季，白昼短暂，黑夜易至。在这样的境况下，晚归就成了寻常浑闲之事。难得的是，诗人遭遇此等“夜归不到”的事情，仍然可以保有一份从容与豁达。“热饮三杯即是家”，浇熄了那些层叠翻涌的焦灼，也在寒夜的跋涉中，重新标注了家的核心特质——那样一种不曾更易的温暖。这大概也是万千游子羁客每逢岁暮年初，总是骤起乡心的根本原因。

二、晚来天欲雪

当然，白居易笔下的冬日煦暖，更多的还是和新酒、友情、夜色交织在一起。那一次次无惧冬夜严寒而发出的招饮声，似乎从来就未曾有过倦怠与停歇。这举动本身，其实便说明了诗人对于生活的热爱，对于友情的重视，本身即充满了热度与诗情。

其间，白氏最为著名的那首《问刘十九》，大概是每个欲雪的冬夜，我们心头都会腾起的句子——

绿蚁新醅酒，红泥小火炉。晚来天欲雪，能饮一杯无。

千百年来，这样的诗句，总是会在黄昏，和雪意一起纷然落下。诗人用一“绿”字、“新”字，这杯中的酒，便有了不一般的浓郁香醇，还有许多的欣悦怡然，在这“绿”与“新”中隐秘而喧闹地宣告着自身的存在。再遣一“红”字、“小”字，诗句间顿时增添了一份触目可见的温暖可爱，呈现了一个几乎可说是与寒冷绝缘的冬天。其实，晚来欲雪的天气，并不是那么令人愉快的存在。平常人，往往只会心生烦忧；行路人，则每每倍感焦虑；而安坐家中的诗人，恰恰在这一刻生出了无限的欢喜——这是多好的相聚契机，又是多好的对饮背景。在他看来，即将纷然于黄昏天地的，虽然不过是严寒里的寻常雪意，实际却是一脉冬日里独有的盛大诗情。绿与红构成的颜色对比，是暗沉季节里难得的跃动闪亮，既藏匿也显露着郁郁的生机，自然而然，浓洽鲜明。紧接着的“晚来”“能饮”两句，又无疑建构了一种强烈的反差——天气如此，兴致却如此！而一旦与惯常相异、与众人有别，无尽诗的意蕴便油然焕发出来。这份友情如何深厚如何投契，无须过多的渲染，随着这淡淡一问，不费吹灰之力就呈露在大家面前了。另一方面，这样一种异乎常俗的招饮之举，并不单单只是邀请者富于诗性的注脚，同时亦不啻为被邀请一方能够懂得、能够回应的明证。相知暖意，赫然字句。

而乐天频生于冬日的招饮心思，大概也和酿酒此时新熟有着直接的关联。所谓“绿蚁新醅酒”，正是初熟未滤之酒。白居易还写过《冬初酒熟二首》，直接道明了此种情形。其诗曰：

霜繁脆庭柳，风利剪池荷。月色晓弥苦，鸟声寒更多。
秋怀久寥落，冬计又如何。一甕新醅酒，萍浮春水波。

酒熟无来客，因成独酌谣。人间老黄绮，地上散松乔。
忽忽醒还醉，悠悠暮复朝。残年多少在，尽付此中销。

季节流转，有着太多的改变和赋予。入冬之后，庭柳枯于繁霜，池荷剪于利风，侵晓月色凄清，凌寒鸟声骤多，这些都是怀抱容易寥落的根由。不过此时也是酿酒初熟之时，一瓮新酒，恰如一池轻漾的春水，又不知能消融多少寥落，引出多少馋涎，醉倒多少诗肠。春水轻漾，饮兴骤生，而饮酒一事，总是对饮胜于独酌，所以招饮之心，思念友朋之心，也就成了诗人此时的常情。本就醉心诗酒的白乐天，对于这样一种常情，可谓有着复沓连章般的吟唱。试看以下诸诗：

黄醅绿醑迎冬熟，绛帐红炉逐夜开。
谁道洛中多逸客，不将书唤不曾来。

（《戏招诸客》）

新酒此时熟，故人何日来。自从金谷别，不见玉山颓。
疏索柳花碗，寂寥荷叶杯。今冬问毡帐，雪里为谁开。

（《酒熟忆皇甫十》）

春水轻漾
饮兴骤生

清泠玉韵两三章，落箔银钩七八行。
心逐报书悬雁足，梦寻来路绕羊肠。
水南地空多明月，山北天寒足早霜。
最恨泼醅新熟酒，迎冬不得共君尝。

（《初冬月夜得皇甫泽州手札并诗数篇因遣报书偶题长句》）

霜杀中庭草，冰生后院池。有风空动树，无叶可辞枝。
十月苦长夜，百年强半时。新开一瓶酒，那得不相思。

（《冬夜对酒寄皇甫十》

青毡帐暖喜微雪，红地炉深宜早寒。
走笔小诗能和否，泼醅新酒试尝看。

僧来乞食因留宿，客到开尊便共欢。
临老交亲零落尽，希君恕我取人宽。

（《初冬即事呈梦得》）

冷竹风成韵，荒街叶作堆。欲寻联句卷，先饮暖寒杯。
帽为迎霜戴，炉因试火开。时时还有客，终不当君来。

（《初冬即事忆皇甫十》）

庭草留霜池结冰，黄昏钟绝冻云凝。
碧毡帐上正飘雪，红火炉前初炷灯。
高调秦筝一两弄，小花蛮榼二三升。
为君更奏湘神曲，夜就侬来能不能。

（《夜招晦叔》）

季候，已经是“庭草留霜池结冰，黄昏钟绝冻云凝”“冷竹风成韵，荒街叶作堆”“霜杀中庭草，冰生后院池。有风空动树，无叶可辞枝”了，满目的凋萧与肃杀。置身此情此景，诗人却依旧能够做到“新开一瓶酒，那得不相思”。于是，在荒寂的寒冬晚岁，他依然饱蘸着色彩，书写着黄醅绿醑、青碧毡帐、明灯红炉，同时又饱蘸着情感，呼唤那些静夜枯坐室内的知己友人前来把盏痛饮。类似“今冬问毡帐，雪里为谁开”“走笔小诗能和否，泼醅新酒试尝看”“时时还有客，终不当君来”“为君更奏湘神曲，夜就侬来能不能”这样的句子，字里行间，直可谓情真意切，深情满溢。似乎已经不需要酒的媒介，这般字句所凝铸的，已然是冬天最令人向往、最令人沉醉的脉脉温情。

三、此夜故人情

冬天的层层暖意，一方面来自重情主人的招饮之举，另一方面也来自客至之时的欢洽愉悦。钱起《东溪杜野人致酒》一诗写道：

万重云树下，数亩子平居。野院罗泉石，荆扉背里闾。
早冬耕凿暇，弋雁复烹鱼。静扫寒花径，唯邀傲吏车。
晚来留客好，小雪下山初。

这首诗选取的角度蛮特别，不但描述了招饮之所的清寂——荆扉云树，野院泉石，而且点明招饮发生在早冬的闲暇之中，筵席上陈列的也是山野滋味，招饮之人庄重宁阒，被致之人也有傲吏的自诩。终篇所题“晚来留客好，小雪下山初”两句，更令得情味在澹然中显露出深长，也使得相会于从容中演绎出蕴藉。似乎就是蓦然抬眼的瞬息，看到了初初落下山峦的小雪，这么一个画面的定格，可以触到的是无边的静谧，还有不需要言说的美好。

而冬日客至带来的暖意，还和友朋久别重逢腾起的种种欣悦、感喟直接相关。大多数唐代诗人，都乐于在诗题中用一“喜”字，将这份情绪加以强调凸显。比如姚合，即写有《喜马戴冬夜见过期无可上人不至》两首；许浑，则有《山居冬夜喜魏扶见访因赠》一章；李咸用写过《冬夕喜友生至》《冬日喜逢吴价》，黄滔也有《冬暮山舍喜标上人见访》一诗。不但诗题中强调了客至之喜，诗篇中更满是“夜久草堂静，月明山客来”（许浑《山居冬夜喜魏扶见访因赠》）的默然欣喜，以及“今宵复何夕，鸣珮坐相随”（姚合《喜马戴冬夜见过期无可上人不至》其二）的激荡赞叹。这其中，李咸用《冬夕喜友生至》一诗可谓把这种情绪敷演得最为典型。其诗曰：

天涯行欲遍，此夜故人情。乡国别来久，干戈还未平。
灯残偏有焰，雪甚却无声。多少新闻见，应须语到明。

伤怀，写出了更替的欣然。紧接着颔联的表述，也分明弱化了冬尽春归的迅疾。虬箭，乃是古时漏壶里的箭，水满箭出，如此计时。箭上有虬纹，所以称虬箭。冬氛之云“恋”，写出了告别的缱绻。春色之云“候”，又道明了降临时节的那份神色庄重。杜审言笔下的除夜，萦绕着清兴，心境呈现出一派和融。时间驶向夜的终结，无非是守岁尽兴；斗转星移的片刻，无非是夜阑人静的到来。而随着新旧更迭的实际发生，“还将万亿寿，更谒九重城”，为臣的拳拳之心，尽在字里行间；家国的和乐宁阒，也在这样祥和的除夜氛围中勾画完全。

春逐五更来

时间的流转是岁除这天最为核心的事件，所以唐人吟咏的焦点大多都放在了时间，放在了旧日计时的更漏之上。杜审言诗中拈出了“虬箭”，成彦雄《除夜》则摹画了“铜龙”。其诗写道：

铜龙看却送春来，莫惜颠狂酒百杯。
吟鬓就中专拟白，那堪更被二更催。

铜龙，即计时铜壶的吐水龙头，此处借指铜壶。眼中，是铜龙看却，耳中，则是更漏相催。两鬓的白，就是在这样的催促中纷纷染就。生涯促迫如斯，面对这样的匆匆，又焉能不及时行乐，焉能不借酒颠狂。只是狂荡背后，有着无数被岁月车辙碾过的心痕，有着说他不出的落寞，以及颓然。时间作为除夜的重头戏，实在是有太多的郎心似铁，冷面无情。

王諲也写过一首《除夜》。诗歌的内容没有太多新异的变化，一样是在书写岁华季节的瞬间交替，诗歌的表现却有着许多的亮色，给人留下深刻的印象。其诗写作：

人对故旧生发出特别深长的眷恋，大概就是在天涯行遍之后吧。这种时候如果重逢在他乡冬夜里，就有了一整夜的相对不厌、诉说不尽。大雪无声，一灯照映，无论故乡在多遥远的远方，无论世事如何不平，这一刻，似乎也只有相诉的心情。握手契阔，即是平生。这样的暖，惟有知交能够知晓。

哪怕相逢在一个寂寥的山寺冬夜，友情的愉悦也能疗救这夜的枯索漫长、无边冷寂。李咸用《冬夜与修睦上人宿远公亭寄南岳玄泰禅师》所写就是如此。其诗写道：

丈室掩孤灯，更深霰雹增。相看云梦客，共忆祝融僧。
语合茶忘味，吟敧卷有棱。楚南山水秀，行止岂无凭。

冬天山寺里的夜，萧瑟孤清而漫长，如果还有雪霰敲窗，那就更加难耐了。可就是这样的冬夜，因为有了那么一份投契，居然也焕发出阵阵暖意，叫人满心的陶然与忘返。“语合茶忘味，吟敧卷有棱”，这两句诗勾勒出来的画面，令人不由想起王羲之《兰亭集序》里的句子：“夫人之相与，俯仰一世，或取诸怀抱，晤言一室之内……”取诸怀抱，一室晤言，不知道能给人多少的勇气，令到冬夜不复难捱，世间也不止冷淡。

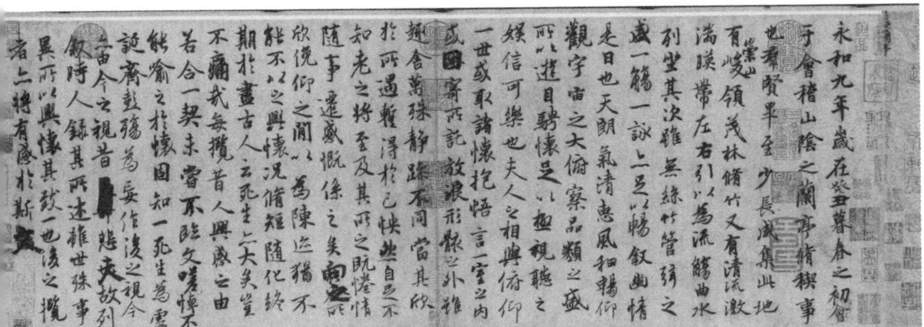

［东晋］王羲之《兰亭集序》（神龙本）

王羲之

很多相逢的刹那，沉浮得失，都被抛诸脑后了。“穷达他年如赋命，且陶真性一杯中”（李咸用《冬日喜逢吴价》），“外事情都远，中流性所便。闲垂太公钓，兴发子猷船”（孟浩然《冬至后过吴张二子檀溪别业》），就是这类忘怀最为典型的写照。可以把盏长谈，也可以泛舟江湖，当然也可以把此二事结合起来。杜荀鹤有一首《冬末同友人泛潇湘》，就写得极为欢快畅达——

残腊泛舟何处好，最多吟兴是潇湘。
就船买得鱼偏美，踏雪沽来酒倍香。
猿到夜深啼岳麓，雁知春近别衡阳。
与君剩采江山景，裁取新诗入帝乡。

没有“风萧萧兮易水寒”的冷峻，只见“残腊泛舟何处好”的怡然。潇湘的山川风物，激荡着诗兴，也回馈着友情。“就船”“踏雪”两句，在轻快的叙说节奏中，道出了满心相会泛舟的喜悦之情，也在江山之间、岁月之杪，绘就了满纸人间烟火的暖色，令人不觉俯仰，顿生向往之心。

当然，有时相逢也不只是泛着喜色，它也会引发许多的感喟，关于人生遭际，关于世态烟尘。如司空曙《冬夜耿拾遗王秀才就宿因伤故人》一诗，就是因旧事而起的缕缕感伤：

旧时闻笛泪，今夜重沾衣。方恨同人少，何堪相见稀。
竹烟凝涧壑，林雪似芳菲。多谢劳车马，应怜独掩扉。

当日因分别而起的泪，今夕又因相逢流下，诗人感叹着知交的零落阻隔，会面的稀少与不易。然而，就算感伤不断，涕泪连连，这样一个冬夜，依然因为这难得的相逢而泛着美好的涟漪。“竹烟凝涧壑，林雪似芳菲”一联，就道出了这样一个夜晚特出的美好及轻飏的诗情。

四、空有心如月

有的时候，新的会合，却是为了新的离别。唐诗中，记录了不少因为送别而相聚的冬夜。令人印象深刻的是，这样的夜色中，虽然也有因为离别而泛起的忧伤，但同时一样有着，因为情谊而萦绕不止的万千暖色。刘威在《冬日送友人西归》诗中写道：

北风吹别思，杳杳度云山。满望是归处，一生犹未闲。
知音方见誉，浮宦久相关。空有心如月，同居千里还。

和众多的送别诗一样，诗歌一开篇就在咏叹别情的深长。不过和一般的送别诗不同，这首诗歌咏的别情并没有发生在可以折柳相送的情境当中。然而，就算北风凛冽，这份别情也没有因此而变得更加难忍。“杳杳度云山”牵出的，是一份缠绵，一份深宛。“满望是归处”一句的表达，不单单写出了友人归去的迫切，也继续照映着诗人难舍的离情。这份离情在诗歌终篇升到顶端，诗人将心比月，让我们看到了情谊越过距离、越过阻隔的那份存在。在这里，月色皓亮却不寒凉，于一片摇荡的别情中，洒下了清辉无数、相思无数。

生活，就是这样在离别与重逢中不断辗转，不断向前。唐代的诗人，就这么拾取着零星的暖意，捱过一个个漫长的岁暮冬深。冷朝阳《冬日逢冯法曹话怀》一诗就写道：

分襟二年内，多少事相干。礼乐风全变，尘埃路渐难。
秋林新叶落，霜月满庭寒。虽喜逢知己，他乡岁又阑。

人生，总是难的。王粲就有过“人生实难”的叹息。在这首诗中，我们也能读到“礼乐风全变，尘埃路渐难”这一相似的咏叹。可是人生，又总是难得的。所以再艰难的途程，再易逝的光阴，都有着叫人心脏微微颤动的刹那，你看那满庭不知如何才能留住的皎洁的光。“秋林新叶落，霜月满庭寒”，每次读到这样的字句，时间似乎都慢了下来——眼前，似有新叶的坠落宣告着季节的步履，更有一庭明亮的月光，静默聆听着内心种种悄然的喧哗。

今天的现代生活不知不觉中拉远了我们和庭院的距离。不过在古代诗词浸淫中成长的中国人，心里，大约仍是存留着一方庭院的。那里，有月洞门，有娟娟丛竹，有四时花木，还有，这一廊一庭一院落的月色，雪光般落下铺满，洒在心间笺上、阶下窗前。这种时候，就特别庆幸还有这样的诗句，让我们可以不断栖止、不断徜徉。

五、寒天高堂夜

说起来，唐人冬日里最具声势的那些暖意，还是凝聚在各色关乎宴饮的笔墨之上，觥筹交错，起坐喧哗。唐朝的人们和今天的我们其实没有更多不同，总是愿意选择用相聚的欢洽来消融季节的冰封——身处寒冷和岁杪，也要尽量向着自在与酣畅。只不过，唐人的这些宴饮欢聚，也并不仅仅只见热闹与醺然。

唐人笔下许多的冬日筵席，不论人数多寡、规模大小，俱有着鲜明的对于世态的远离，对于功利的超拔。所以，这等筵席上的暖意，读来总是别有一份突出的清湛，或者说旷远。

骆宾王《冬日宴》就这么写道：

> 二三物外友，一百杖头钱。赏洽袁公地，情披乐令天。
> 促席鸾觞满，当炉兽炭然。何须攀桂树，逢此自留连。

不需要太多的物质条件，只需要“一百杖头钱”，以及那么两三位可以置身凡俗之外的所谓“物外交”，一切，就美好得超乎想象了。促席当炉，赏洽情披，人生之遇与不遇，功名之就与不就，其实都不在念中了。

就算身处极边之地、酷寒之中，一样有热切的欢宴燃动了冷寂的夜色。岑参《冬宵家会饯李郎司兵赴同州》一诗所写就有：

> 急管杂青丝，玉瓶金屈卮。寒天高堂夜，扑地飞雪时。
> 贺君关西掾，新绶腰下垂。白面皇家郎，逸翮青云姿。
> 明旦之官去，他辰良会稀。惜别冬夜短，务欢杯行迟。
> 季女犹自小，老夫未令归。且看匹马行，不得鸣凤飞。
> 昔岁到冯翊，人烟接京师。曾上月楼头，遥见西岳祠。
> 沙苑逼官舍，莲峰压城池。多暇或自公，读书复弹棋。

州县信徒劳，云霄亦可期。应须力为政，聊慰此相思。

天寒地冻，飞雪扑地，这是室外的景象。与此形成鲜明对照的，则是室内的一派暖暄。急管繁弦，是席上的乐；玉瓶金卮，是席上的酒，主人的盛情、待客的隆重，俱由此可见。“明旦之官去，他辰良会稀”，面对在即的离别，主宾之间的那份珍重不觉漫溢。那些有关往昔点滴的追忆，以及对于未来岁月的叮咛，布满挥杯把盏的间隙。一时间，令到这样的筵席跳出了官场的俗套，真挚殷切，意绪深长。在这样的别意面前，漫长的冬夜甚至都不复漫长，反倒显得是那般短暂和促迫。而舍不得夜的结束，其实是舍不得离别的最终到来。

在岑参笔下，突觉短暂的冬夜未免有些不解风情。而李嘉

［南宋］夏圭《雪堂客话图》

祐《冬夜饶州使堂饯相公五叔赴歙州》诗中的夜，似乎又变得知情识趣起来——

丞相过邦牧，清弦送羽觞。高情同客醉，子夜为人长。
斜汉初过斗，寒云正护霜。新安江自绿，明主待惟良。

别情在冬夜里奏响，清雅的乐声、纷沓的杯盏都在这场因送别而举行的离筵上不惧严寒地发生。因为离情深重，主人与宾客都各自尽觞，不辞一醉。夜色绵绵无尽，又像是了解了这份离情一般，始终都没有结束的迹象。银河稍稍移过了北斗的位置，寒云弥漫长空，护着霜色，也护着离肠。这样的笔触，就在冬夜的凄寒漫长以外，平添了一丝世间的温情。

写到冬夜宴会的还有杜甫。他的两首七古，一则题“醉歌”，一则题“长歌”，都发出了冬夜里异常狂荡的声响。终篇掩卷，让人对这位老成持重的诗人，瞬时有了刮目相看的意思。先看《湖城东遇孟云卿复归刘颢宅宿宴饮散因为醉歌》这一首，诗云：

疾风吹尘暗河县，行子隔手不相见。
湖城城南一开眼，驻马偶识云卿面。
向非刘颢为地主，懒回鞭辔成高宴。
刘侯叹我携客来，置酒张灯促华馔。
且将款曲终今夕，休语艰难尚酣战。
照室红炉促曙光，萦窗素月垂文练。
天开地裂长安陌，寒尽春生洛阳殿。
岂知驱车复同轨，可惜刻漏随更箭。
人生会合不可常，庭树鸡鸣泪如线。

诗歌写得潇洒豪宕，不难想见此番宴饮的尽兴与酣畅。“休语艰难尚酣战”，这一句诗完全可以和李白的“人生得意须尽欢”对看。虽然一句是被动的停止，一句是主动的选择，然而都写出了张灯置酒对于现实的片刻忘怀。人的热情，会的美好，都是忘怀能够达成的主要原因。“照室红炉促曙光，萦窗素月垂文练”，这两句诗写得很是耐人寻味。一方面，诗人咏叹着再热闹的欢宴，也敌不过时间的流逝；另一方面，诗人也写到了热闹纷然之外，萦绕窗间的静谧月光。此处，诗人构建了一种内外的对峙，既是室内与室外的对峙——室内的红炉，室外的素月，也是场面与内心的一份对峙——场面的鼎沸，内心的深长。正是在这样的对峙中，诗人心中那些有关人世的深沉体认，也可以获得轻快爽利的表达。尽管最后诗歌以“人生会合不可常，庭树鸡鸣泪如线”作结，可这样老辣的笔触，使得这泪也带有了老辣的意味——戏谑、夸张，消解了会合不常带来的伤感，以及别离在即带来的痛惜。

老杜另外一首《阌乡姜七少府设脍戏赠长歌》，又是这样写来：

姜侯设脍当严冬，昨日今日皆天风。
河冻未渔不易得，凿冰恐侵河伯宫。
饔人受鱼鲛人手，洗鱼磨刀鱼眼红。
无声细下飞碎雪，有骨已剁觜春葱。
偏劝腹腴愧年少，软炊香饭缘老翁。
落砧何曾白纸湿，放箸未觉金盘空。
新欢便饱姜侯德，清觞异味情屡极。
东归贪路自觉难，欲别上马身无力。
可怜为人好心事，于我见子真颜色。
不恨我衰子贵时，怅望且为今相忆。

严冬设脍，这是诗人极力凸显的不同寻常。接下来的笔墨，都在集中刻画河冻冰封之时，得鱼设宴的那份艰难。菜色的准备费尽了功夫，菜色的享用过程透着惭愧更显露着快意酣畅。全诗最精彩的句子，在“无声细下飞碎雪，有骨已剁觜春葱”“落砧何曾白纸湿，放箸未觉金盘空”，老饕的狂欢肆意之外，人情的温暖同样也令到这个严冬荡起了春风。

与老杜的狂荡戏谑不同，其他诗人笔下的冬日宴饮要有节制得多。比如皇甫冉《冬夜集赋得寒漏》一诗，就没有那么多的狂歌痛饮、纵怀恣肆，而是在冬夜的宴饮中让我们听到了时间那细碎的步伐：

> 清冬洛阳客，寒漏建章台。出禁因风彻，萦窗共月来。
> 偏将残濑杂，乍与远鸿哀。遥夜重城警，流年滴水催。
> 闲斋堪坐听，况有故人杯。

诗歌的赋就，正是在一场发生于冬夜的宴集。此集有分题赋诗，皇甫冉分到的题目，显然是关于寒漏的题咏。更漏，是古人的计时方式；旧时的夜色，总是浮在这样的声响当中。清冷冬夜里响起的更漏，听上去都自带寒凉的体质，所以称“寒更”“寒漏”。“寒漏”的频仍，恰是冬夜清寂的突出表征——唯当孤清不寐，方能入耳不绝；除却搅人清梦，也一样断人愁肠。不过皇甫冉此诗乃是赋自筵席，所以此番寒漏响起，也就减褪了许多的苦楚刺痛，反是增添了些微的暖意。漏声因风共月而来，似残濑，如哀鸿，可这样的声响，却能够“闲斋堪坐听”。此句一出，就大大削弱了这一声响的“杀伤力”——此声难入愁人耳，闲斋冬夜的此时却听来无妨。究其原因，大约便是此时的闲斋，并非一人独对，而是有着故人欢聚把杯。“寒漏”听来不寒，根源正在此处。

戎昱所作《冬夜宴梁十三厅》，则写到了事关冬夜宴饮的一番“醉卧”：

故人能爱客，秉烛会吾曹。家为朋徒罄，心缘翰墨劳。
夜寒销腊酒，霜冷重绨袍。醉卧西窗下，时闻雁响高。

即使已是醉卧西窗之下，萦绕字句之间的仍是友情特有的暖煦。正因为有爱客慷慨、毫不顾惜的故人，才有这秉烛夜饮的清寒冬夜。一群人在寒夜里飞觞，销尽的是腊酒，高擎的是交谊。所以就算夜寒霜冷，诗人的兴致也丝毫未减，依然可以西窗醉卧，听着雁声渐高。真真是：此醉非关酒，交深重绨袍。

刘禹锡《冬夜宴河中李相公中堂命筝歌送酒》同样写到了筵席之醉，不过此番醉，风色却迥异前诗：

朗朗鹍鸡弦，华堂夜多思。帘外雪已深，座中人半醉。
翠蛾发清响，曲尽有余意。酌我莫忧狂，老来无逸气。

这一场醉，场面明显要喧闹得多。画堂夜饮，翠蛾筝歌，这样的挥杯把盏，更显得堂内堂外两番天地——一边厢风雪深沉，一边厢愈见陶然。从最后两句可以看到，座间之人的年岁已然不轻，在这样的年龄，依然不辍雪夜一醉，那份放浪形骸之外的清狂便无法不给人以深刻的印象。整首诗最蕴藉的句子，当数“帘外雪已深，坐中人半醉”一联。所谓沉醉陶然，所谓温情煦暖，正是在这样的簌簌雪落中，才愈见鲜明，愈发清深。

六、雪片一冬深

不同于宴饮的热闹，唐人冬日里对于友朋的无尽相思，栖止在诗中那些有关怀人的笔墨之上。斑斑墨痕，带出的是一纸最为幽深隽永的温情。杜甫集中的《冬日有怀李白》《寄杨五桂州谭》二首，就是其间最为典型的例子。《冬日有怀李白》一诗写道：

寂寞书斋里，终朝独尔思。更寻嘉树传，不忘角弓诗。
短褐风霜入，还丹日月迟。未因乘兴去，空有鹿门期。

诗歌开篇两句，便已叫人辗转再四——“寂寞书斋里，终朝独尔思”，不动声色，悄然铺满了幽然的相思。根据诸家所注，杜甫此诗作于天宝四载之冬。作诗之时，杜甫仍在山东，李白已由山东去往东吴。经过了一段时间的相聚周旋，此时的阻隔愈发容易唤起思念之情。按照浦起龙《读杜心解》的注解，首句当中的“书斋”，诗人并非随意落笔，而是特别指向《与李同寻范隐居》所写“醉眠共被”之处，是以愈见二人情好交契。颔联“嘉树”“角弓”云云，尽在标举那份不忘。至于“短褐”两句，则是诗人在一边陈明自身的困窘，一边告知对方无法长相追随的主要原因。如此这般受困于现实，诗人心中的万般无奈便不言自明了。最后的“未因”“空有”一联，不过是再次强调现实阻隔之中，会面的艰难情状。总的看来，诗歌写得很质朴，可就在这质朴的笔墨间，诗人的叹息可谓声声可辨。无可奈何的声声清叹，就这么一直盘旋在寂寞冬日的书斋里，缭绕了一室，不绝于耳的缕缕相思。

同样写到诗人之间深厚交谊，任思念在冬日里漫溢的，还有戴叔伦《冬日有怀李贺长吉》一诗。具体诗句见下：

岁晚斋居寂，情人动我思。
每因一尊酒，重和百篇诗。
月冷猿啼惨，天高雁去迟。
夜郎流落久，何日是归期。

［明］孙枝《踏雪访友图》

此诗开篇明显与杜诗相似。一样是在岁暮天寒的寂寥书斋里，因为遥远的友人而牵引着满怀的思绪。“每因一尊酒，重和百篇诗”，是整首诗中最为动人的句子。诗歌的唱和，本来就是诗人交流情感的一种特殊方式。每因一尊而重和百篇，这是有多少层出奔涌的情感需要一再的抒发表达！相思的绵亘深切，藉由这样的字句而焕然纸上。二人之间的交深情厚，又何用多言。“同心而离居，忧伤以终老”，古人的诗作当中，从来就不乏关于友情的炽热歌唱。这友情的热度，就算是在冬日里写来，冬日里读来，也丝毫不输爱情——一样，可以令人俯仰摇曳，在同样寂寥的冬日书斋，同样暌违不能相见的当下。

当然，最能高度概括唐人冬日怀人意绪的句子，还是要数杜甫笔下的那一联：“梅花万里外，雪片一冬深。”（《寄杨五桂州谭》）这一联真是格外的精彩。确实，冬日里骤起的对于友朋的思念与牵系，就是绰约独立于万里之外的一树寒梅，不受季节的管束限制，也不被距离所影响，香远益清，丝丝入心；同时也是这蔓延一冬的阵阵飞雪，纷纷漠漠，杳杳冥冥，虽然无声无息，却在无数的飘飞和坠落间，敷演出不落痕迹的缠绵与厚重，静谧与深长。

第四章 更替

铜龙看却送春来

冬天这个季节的特殊，还在于它不仅仅是一年之末梢，同时也是新岁之起始。于是这个季节里泛起的情绪，既可见有关一年的总结回望，也有着对于将来的万千翘首，纷然期许。既是终，也是始；终始之间，则见更替。

于是，唐人诗集当中，每每充满了这样事关更替的情绪和字句。而更替的笔墨，又集中在关于岁除、元日的题咏之上。众所周知，岁除与元日的交替，本身就是最为直接的岁尽岁来，新旧更迭；同时也意味着凛冬终告结束，新春已在眉睫，一如隋代薛道衡诗中所写：“故年随夜尽，初春逐晓生。”（《岁穷应教诗》）这样一个时刻，自然有着最为丰富的情绪，以及最为浓郁的仪式感。

一、故年随夜尽

唐人的岁除、除夜，就是我们今天所说的除夕——是每一年的最末一天。这一天，需要归家团圆，守岁迎新。这样的习俗，唐时如此，今日亦然。所以读到唐诗当中的岁除吟咏，总会使人倍感亲切，有着无须刻意带入的感同身受、片刻会心。

所谓“岁除”，沿用的仍是唐人徐坚《初学记》引《吕氏春秋·季冬纪注》的那个意思——“前岁一日，击鼓驱疫疠之鬼，谓之逐除。”逐除那些旧有的隐患灾厄，迎接全新的福祉期望，除旧布新，就是这一天最为核心的精神。

唐人笔下的岁除诗句，最突出的内容，也就是在极力宣告冬尽春回，旧去新来。像李福业的《岭外守岁》一诗（一作李德裕诗），就写道：

冬去更筹尽，春随斗柄回。寒暄一夜隔，客鬓两年催。

再也没有比这更迅捷的更替了。一夕之间，随着更残漏尽，冬天飞速离开了这片天地，春天则伴着晨曦的到来重新宣告了它的归来与主权。仅仅只是一夜的光景，岁除却在人们的意念当中，分别了旧与新，隔开了寒与暄。这样过分迅疾的更替，怎么可能不激起人们心间的巨大波澜——一方面，是因为这份促迫，油然而生把握光阴、珍惜岁月之心；另一方面，也会因为更替完成于瞬息之间，陡然而起流年易逝、生涯易老的种种感伤。“寒暄一夜隔，客鬓两年催”，这样的伤怀，不止存留在唐人的诗句间，也停留在无数中国人的心里。节日，是传统的凝结，它承载着文化与血脉。诗歌，也一样凝结了传统，它滋养着我们的根系，也建构了我们的心灵。

杜审言《除夜有怀》一首，所写的也是一夕之间到来的更迭，所不同的，是诗人用盛大的气象取代了个体的感伤。其诗写道：

故节当歌守，新年把烛迎。冬氛恋虬箭，春色候鸡鸣。
兴尽闻壶覆，宵阑见斗横。还将万亿寿，更谒九重城。

当歌守旧岁，把烛迎新年，这两句一出，便淡化了流逝的

今岁今宵尽，明年明日催。寒随一夜去，春逐五更来。
气色空中改，容颜暗里回。风光人不觉，已著后园梅。

今岁今宵，着一“尽”字，明年明日，又着一“催”字，促迫之意，赫然纸上。“今”字“明”字的交叠，强调“交棒”双方之余，同样渲染了那份不容遮挽的急迫，也叠加着诗人的喟叹深长。小诗一开始，就将抒情隐在明快的节奏、凝练的概述、鲜明的对照当中。颔联两句，精彩的对照仍在继续。寒的离去，是在一夜之间，春的到来，则是紧跟着天亮的步伐。衔接之紧密，叫人叹惋。颈联略平，不过写出的也是除夜的典型情境——气色容颜，都随着新旧发生着更替变化，有无需赘言的惊喜与低回。最后诗人轻轻一带：不要以为这更迭的时刻定得太过刻意人为。且看后园的小梅——它早已应和着季节，展露了春的讯息。诗歌开篇开得简明有力，收尾又收得如此轻巧宛转，于是有了蕴藉不尽的意绪，耐人含咀。

更漏，之前说过，是旧时夜色中有关时间最为主要的声响。所以，在除夜这样一个静候着时间流转的晚上，更漏的声音毫无疑问变得异常分明、异常响亮。唐人笔下的那些个岁除的夜，总是扣紧了更漏来加以点染。诗人频频以更漏传递出迫切，以更漏轻叩着感伤。事实上，唐人的除夜，除了更漏的频仍，还有庭燎的高烟、柏酒的清远、傩仪的喧哗。和我们今天的除夕之夜相比，一样有着纷呈的闹热，只不过这闹热的内容物，却有着显著的不同。

千门庭燎照

所谓庭燎，就是高烛。唐人除夜的画面中，总是有高烛将庭院点亮，将夜色点亮。欢宴与守岁，都离不开这样照彻长夜的光。周弘亮《故乡除夜》一篇就这么写道：

三百六十日云终，故乡还与异乡同。
非唯律变情堪恨，抑亦才疏命未通。
何处夜歌销腊酒，谁家高烛候春风。
诗成始欲吟将看，早是去年牵课中。

“何处”“谁家”这一类笔墨，道出的恰是无所不在，处处皆然。故而，“谁家高烛候春风”这样的句子，让人想到的就是除夕之夜，唐代所有的市镇乡村都处在不寐的光亮当中。家家户户的庭院，都在烛火中摇曳并静候，静候着新岁的降临，还有那春风的到来。多少人的乡情，不像今天的我们系在爆竹身上，而是系在了那盛大明亮的烛火之上。

曹松有两首和除夜相关的诗都写到了唐人庭院里彻夜高燃的烛光。一首是《除夜》，诗歌写道：

残腊即又尽，东风应渐闻。一宵犹几许，两岁欲平分。
燎暗倾时斗，春通绽处芬。明朝遥捧酒，先合祝尧君。

时间，依旧是这个夜晚最叫人措意的所在，“一宵犹几许，两岁欲平分”，更替的节奏就这么在夜色里急切地鸣响着。“燎暗倾时斗”，随着高烛渐暗，夜晚将尽，新的一切方才展开在即。这烛光，多少有点像一道道殷切的目光，眷恋着旧岁，也渴盼着全新的辰光。诗人另一首《江外除夜》，又让我们具体看到了这样一种庭院烛火在夜色里的辉煌景象。其诗曰：

千门庭燎照楼台，总为年光急急催。
半夜腊因风卷去，五更春被角吹来。
宁无好鸟思花发，应有游鱼待冻开。
不是多岐渐平稳，谁能呼酒祝昭回。

“千门庭燎照楼台”，这一句太精彩了，可以让我们瞬间置身于唐时的除夜当中。我们现在常说灯火通明，这里则是烛火通明。家家户户都点燃了最明亮的高烛，万千楼台都在这烛火的映照中。这是何等灿烂的一幅图景！映在江中，就是一江的星辰闪烁。映在心中，就是一生也忘不了的光亮萦绕。这光亮中，有团圆，有祝祷，有宁静，有热闹，有祥和，更有无尽的岁月与乡愁。它在诗句中的出现，让我们更真切地懂得了唐人岁除的夜晚——不曾被黑暗笼罩，反是在烛火的光亮中繁华着，也平和着；不止是星星点点，更是照映焕炫。曾经那些生命的热度，岁月的温度，就在这样的光亮之中，继续着他们的灵动与鲜活。

樽开柏叶酒

数着更漏，看着烛火，唐代人的除夕之夜，还有柏叶酒的参与。柏叶，柏树之叶，可入药，可浸酒。刘禹锡《同乐天和微之深春二十首》（其十七）诗中就有：“当香收柏叶，养蜜近梨花。”柏叶浸的酒，就是柏叶酒。有人说这是元日的酒——崔寔《四民月令》称：“元旦进椒、柏酒。椒是玉树星精，服之令人却老。柏是仙药，能驻年却病。”有人又说此酒用于人日——杜甫《人日两篇》（其二）一诗当中就写有“尊前柏叶休随酒，胜里金花巧耐寒”。不过，在唐人有关除夜的吟篇中，也有着柏叶酒闪现的身影。

孟浩然《岁除夜会乐城张少府宅》一诗即有：

> 畴昔通家好，相知无间然。续明催画烛，守岁接长筵。
> 旧曲梅花唱，新正柏酒传。客行随处乐，不见度年年。

此番夜会的主人张子容也写了一首诗，题为《除夜乐城逢孟浩然》，诗中同样提到了除夜里的这樽柏叶酒——

远客襄阳郡，来过海岸家。樽开柏叶酒，灯发九枝花。
妙曲逢卢女，高才得孟嘉。东山行乐意，非是竞繁华。

“子曰：岁寒，然后知松柏之后凋。”对于冬天来说，柏树，就是一株立于严寒中的青青苍绿。它的叶子，有一种清苦的香气。拿这样的叶子浸酒，大概也可以收获在季节中常青绿、不凋萎的祝福吧，同时享用那样一种清苦的冷香。岁除之夜喝来，用于待客，就有了郑重其事的意味、祈福祝寿的功能，用于自饮，则又令到周遭的夜色中溢出了一缕清香，一味旷远。知道了唐人除夜对于柏叶酒的斟饮，再读孟浩然的《除夜有怀》，读到“顿觉寒销竹叶杯”时，骤然会觉得这杯里不仅仅泛起了竹叶的香气，更有柏叶那特殊的清冽。

傩声方去疫

而唐人除夜的例行节目，除了听不彻的更漏声声、看不尽的庭燎点点，以及新开樽的柏叶酒，还有傩。《论语》记了“乡人傩”，《初学记》引《吕氏春秋·季冬纪注》称“前岁一日，击鼓驱疫疠之鬼，谓之逐除，亦曰傩”，张衡《东京赋》也有“卒岁大傩”这样的说法。不过，这些零星的笔墨呈现的“傩”，顶多就是一个抽象的名词。藉由这样语焉不详的记录，很难体会作为“除”字之所本，傩在岁除究竟如何具体地发生，岁除之傩究竟会有着怎样的状貌。而唐人除夜的许多诗句，都有关于傩的题写，可知傩是唐人除夜的重要组成部分。相形之下，唐诗关于除夜与傩的笔墨，明显要丰富得多，也生动得多。于是，关于傩与岁除之间可能有的景象，我们也即拥有了更多想象进入的路径。

元稹《除夜酬乐天》一诗，开篇即写到了唐代除夜的傩事：

引傩绥旆乱毵毵，戏罢人归思不堪。
虚涨火尘龟浦北，无由阿伞凤城南。
休官期限元同约，除夜情怀老共谙。
莫道明朝始添岁，今年春在岁前三。

诗歌第一句，所描写的就是除夜观傩的情景。傩队出场，有旌旗引领，招展缭乱，热闹非常。“戏罢”一词很值得注意。显然此时的傩，表演的意味已经远远大于仪式的功能。一场热闹的表演终了，围观的人群散去，由热闹瞬间回到宁静，每个人心里，大概都会有些骤起的思绪吧。就像此际的元稹，很自然，就想到了他和白居易之间。

姚合《除夜二首》之二，也写到了傩在除夜中的存在，不过这一次，诗人突出的是傩的声响：

殷勤惜此夜，此夜在逡巡。烛尽年还别，鸡鸣老更新。
傩声方去疫，酒色已迎春。明日持杯处，谁为最后人。

这两首诗，也题作卢仝诗。在卢仝名下，“傩声方去疫，酒色已迎春”成了“傩声方去病，酒色已迎春”，仅有一字之差，描写的特性并没有变化。以酒色迎春，以傩声去疫，凸显傩的仪式功能之余，也强调了傩之声响在除夜里的荡漾。所谓傩声，到底是怎样的声响呢？孟郊《弦歌行》恰有写到，其诗云：

驱傩击鼓吹长笛，瘦鬼染面惟齿白。
暗中崒崒拽茅鞭，倮足朱裈行戚戚。
相顾笑声冲庭燎，桃弧射矢时独叫。

显然，驱傩的乐器有鼓，有长笛。击鼓吹笛，就是傩仪最基础的声响。除此而外，诗人提到还有表演者在“桃弧射矢”时发出了高声叫喊，以及仪式进行过程中彼此相顾绽放的笑声。“相顾笑声冲庭燎”，这一句很有意思。首先，有庭燎闪现，大抵也是岁除的光景。其次，能够相顾而笑，而且笑声还仿佛晃动了庭院里高烛的光焰，参与傩仪之人投入其间的那种狂欢状态，自然可知。沿门逐疫的行为，成了唐人岁除入夜时分最鼎沸的喧哗，最热闹的狂欢。而这样的热闹与狂欢，已经基本失落在了时间的迁延中。今天，大概只有在极少数保留了除夜傩仪的乡村市镇还能够再度见到。

徐铉《除夜》一诗，也提到了傩。其诗曰：

寒灯耿耿漏迟迟，送故迎新了不欺。
往事并随残历日，春风宁识旧容仪。
预惭岁酒难先饮，更对乡傩羡小儿。
吟罢明朝赠知己，便须题作去年诗。

有人说，此处“更对乡傩羡小儿”一句是点明了乡间小儿充作侲童，在傩队中欢快表演的实景。适逢岁除，多感的诗人心绪翻涌，正在伤怀，看到了这等样的欢快无忧，于是唯有艳羡。此解不过聊备一说。其实，充当表演者确可觅到其中乐趣，作为观看者的小儿，一样也会手舞足蹈，全情投入，倒不一定非得确定一个表演的身份。至于诗人骤起的艳羡，则又一次充分说明了除夜傩仪所具有的热闹与欢乐。

事实上，唐代的岁除之夜，除了民间各地可见傩的热闹影迹，宫廷之中，一样是除夜有傩。沈佺期《守岁应制诗》就写道：“殿上灯人争烈火，宫中侲子乱驱妖。宜将岁酒调神药，圣祚千春万国朝。”诗中的“侲子”，就是傩仪中充作驱鬼之用的童子。王建《宫词》第八十七首也写道：“金吾除夜进傩名，画袴朱衣四队行。院院烧灯如白日，沉香火底坐吹笙。”由此，进一步可知傩在除夜的唐代宫廷确实是不曾缺少的一种仪式。灯火把宫苑照得有如白昼，傩仪的队伍整齐而隆重，仪式的过程有着分明的庄严气象。王建另有一首诗《赠胡汇将军》，同样写到了宫廷傩仪的习俗。其诗有：“书生难得是金吾，近日登科记总无。半夜进傩当玉殿，未明排仗到铜壶。”两首诗都提到了“金吾”。众所周知，这是古代的官职名，负责皇帝大臣的警卫和仪仗之事。而由此二诗看来，则唐代宫廷的傩事，也一样是在金吾的监管之下进行。井然有序，庄重盛大，比之乡野市镇的喧哗狂欢，唐代宫廷的傩仪显然别有一番风情。

对于以上种种，薛能《除夜作》一诗可以说作出了最好的总结：

和吹度穹旻，虚徐接建寅。不辞加一岁，唯喜到三春。
燎照云烟好，幡悬井邑新。祯祥应北极，调燮验平津。
树欲含迟日，山将退旧尘。兰蒌残此夜，竹爆和诸邻。
祝寿思明圣，驱傩看鬼神。团圆多少辈，眠寝独劳筋。
茜旆犹双节，雕盘又五辛。何当平贼后，归作自由身。

从薛能的诗句，可以看到唐人岁除之夜的祥和与美好，以及这个夜晚所固有的一些元素。像是映照着云烟、彻夜不灭的庭燎，昭示着新岁的旗幡，还有四围响起的声声爆竹，以及喧哗于市镇、逐疫驱鬼的盛大傩仪。唐人的除夜，就这么定格在了诗句当中。阖书闭目，会有片刻的穿越，片刻的恍神。时至今日，很多元素已经不再是除夕之夜的标配，但那样的愉悦平和，团圆自在，大概仍然是绝大多数中国人有关除夜的核心认知。

此夕众愁兴

作为一个富含变化的时刻，唐人的除夜除了上述种种热闹景象，也不乏存有色色惨淡心痕。隔着岁月读来，仍然叫人不禁随之低回嗟呀，随之起伏激荡。人同此心、心同此理的感叹，总是在这样的阅读中一再地泛起。

因思乡思亲而起的惨淡与低回，一向是除夜心绪中最突出的一笔。如元稹《除夜》一诗，便写到了对于亡妻的思念。情深意重，读之恻然。

忆昔岁除夜，见君花烛前。今宵祝文上，重叠叙新年。
闲处低声哭，空堂背月眠。伤心小儿女，撩乱火堆边。

昔日能够相对的岁除，相见俱是发生在花烛之前。今夕再逢岁除，相对却是在祝文之上，就算重叠叙说着新年，却不复再能相见。开篇四句，娓娓细诉之中，蕴含了多少撕心裂肺的痛楚。死亡也许无法吞噬情感和思念，但它却永远剥夺了相见相守的可能。“当时只道是寻常”的喟叹，便是这一类悼亡作品不易的内核。的确，对于相爱的人，这是何其难忍的哀恸，又是何其难捱的境况。思及曾经种种，尤其在除夜这个特殊的日子想来，就更加不知该如何承受了。所以，有背月的孤眠，闲处的低泣。不但自己，就连家中的小儿女，也无法避免伤痛，一样在火堆之前撩乱，与除夜的欢欣绝缘。诗人的笔触与情感充满了克制，没有更多的涕泣与呼号，却依旧令到这样的《除夜》满是死别吞声的泪，即便只有短短数行，也依然叫人无法卒读。

欧阳詹《除夜侍酒呈诸兄示舍弟》一诗所写，是除夜之时，诗人对于兄弟的殷切思念。诗云：

莫叹明朝又一春，相看堪共贵兹身。

悠悠寰宇同今夜，膝下传杯有几人。

唐人有关兄弟暌违的咏叹，在各个佳节都有闪现。比如重阳王维的“遥知兄弟登高处，遍插茱萸少一人”，元日杜甫的“对酒都疑梦，吟诗正忆渠”，除夜，则有欧阳詹的“悠悠寰宇同今夜，膝下传杯有几人”。人世艰难，充满了无可奈何，充满了流离辗转，因而总是有着太多的相隔不得相见。故此，在属于相聚的时刻里，忧思清怨便更觉难抑，是以多见伤离盼聚的歌吟。起码，能够在这样的歌吟中一抒怀抱，一解心结。

白居易《除夜寄弟妹》一诗，所写也是类似的情绪。其诗曰：

感时思弟妹，不寐百忧生。万里经年别，孤灯此夜情。
病容非旧日，归思逼新正。早晚重欢会，羁离各长成。

总是在特殊的时刻涌生思念之情，思念的缠绕令到长夜难寐，忧思横生。全诗最精彩的表达，是在颔联“万里经年别，孤灯此夜情”两句，着墨不多，用情却深。不仅是万里相隔，更是经年分别，是以诗人此夜对着一茎孤灯，才会如此的情难自禁。想到自身的衰病，归心就和新岁一同迫近了。诗歌最后两句充满了强自宽解的味道。在这样的自我安慰中，人生的无奈却分明更深了一层。

至于除夜里那些横肆的乡心，更是散落在唐代诗人的笔下，比比皆是，不胜枚举。且看这首李京《除夜长安作》，就是满纸乡愁。

长安朔风起，穷巷掩双扉。新岁明朝是，故乡何路归。
鬓丝饶镜色，隙雪夺灯辉。却羡秦州雁，逢春尽北飞。

栖居长安，除夜所见的景象却并非繁华而是萧条，这和诗人自身的情绪直接相关。新岁就在明朝，却引不来丝毫的喜悦，因为诗人心里悬念的，都是归家的欲求。归家不得，对镜看到的是鬓发的苍然，飞雪纷纷，更掩住了灯烛的光辉。字里行间，写就的都是百结的愁肠，难抑的感伤。无怪乎看到大雁也会心生艳羡，毕竟此君春来就能北飞归家，而人于此，却连雁都不如。归思深重，乡心肆虐，人世间的不自在、无奈何就在这等深重肆虐面前愈发鲜明。

再看方干《除夜》一诗，开篇就道："永怀难自问，此夕众愁兴。"以众愁之兴来开启除夜的歌吟，落笔出人意外。随后，诗歌的颈联又接着咏叹："心燃一寸火，泪结两行冰。"这样的调子，就真的只有一味凄越可言，跟除夜惯常的喜乐平和构成了巨大的反差。如此这般的凄越、深恻，就不是简单的新旧更替所能够赋予的。显而易见，唐人关于除夜的诗篇，并非全然单一的节日记录，更是和自己的身世性情、所历时代风云打并在一起的歌吟。方干另有一首同题为《除夜》的七律，诗中情感读来也显得有几分复杂。其诗道：

玉漏斯须即达晨，四时吹转任风轮。
寒灯短烬方烧腊，画角残声已报春。
明日便为经岁客，昨朝犹是少年人。
新正定数随年减，浮世惟应百遍新。

"四时"一句，写出了一份隐约的无可奈何。这样的无可奈何，在颈联中得到了强化——一夜过去，白日到来，昨天犹然还有少年的心境，今朝却已经只剩经年累月的沧桑。年岁的更替不容分说，一遍遍迎来着簇新；人世的更替同样也不容分说，却是在不可逆转的交替更迭中削减着曾经的拥有。这样一位总是在岁除发出哀鸣的诗人，其经历之坎坷，襟抱之疮痍，也就不难想见，可谓宛在目前了。

而这等除夜里清晰可闻的哀鸣，屡屡见诸晚唐诗人的歌咏。方干之外，罗隐也写过一首《岁除夜》，其诗云：

官历行将尽，村醪强自倾。厌寒思暖律，畏老惜残更。
岁月已如此，寇戎犹未平。儿童不谙事，歌吹待天明。

“村醪强自倾”，诗人心中的波澜易知。酒难沾唇，通常原因除了身体有恙，大抵就只有心绪不宁了。此际，诗人虽然厌烦了寒冷，期盼着温暖的回归，可是更忧虑于年华就这么老去。岁月的流逝，已经让人备感无情，更何况此时的家国，仍然深陷在兵戈当中，仍然未曾真的得以安宁。此时，能够做到不谙半分愁滋味，浑然忘我欢畅的，或许就只有无涉世事的孩童了。他们的快乐，叫人艳羡，也叫人感伤。此诗以外，罗隐还有一首《除夜寄张达》，笔触之间，同样是愁迹斑斑、忧患连连。其诗曰：

梅花已着眼，竹叶况粘唇。只此留残岁，那堪忆故人。
乱罹书不远，衰病日相亲。江浦思归意，明朝又一春。

梅花着眼，这是季节之常，竹叶粘唇，却道出了一丝生涯困厄的意味。接下来的诗句，更是这一层困厄苦涩的叠加与递进。“只此留残岁，那堪忆故人”，诗人笔下逸出的，显然是一个过分惨淡的岁除之日。惨淡的根由，除了新旧更替，更在乱离不远，衰病日亲。再加上诗人身处异地他乡，这等愁绪的泛滥蔓延，就更加无法控制了。

李郢有一首《酬刘谷除夜见寄》，同样可说凄惶已极。诗云：

坐恐三更至，流年此夜分。客心无限事，愁雨不堪闻。
灞上家殊远，炉前酒暂醺。刘郎亦多恨，诗忆故山云。

除夕之夜，坐中有恐。就算是流年易逝，情绪也不致凄惶至此。其后写到此夜的雨，雨中的乡愁，最后再以“多恨”结篇。这样一首与除夜相关的诗作，便完全浸没在苦雨凄怨当中了。

而最为凄凉的岁除心绪，则是见诸来鹄的《除夜》一诗。如果说，其他诗作都还会因岁除的特殊而略作克制，那么这一首诗作的特点，正在任其凄凉，毫不收敛。其诗写道：

事关休戚已成空，万里相思一夜中。
愁到晓鸡声绝后，又将憔悴见春风。

一切，无论好坏，不过都是一场空幻，无法凭依，更无法驻留。这一夜唯一的真实，就是相隔万里的相思盘踞。然而紧承着第一句写来，连这相思，似乎也有了空幻的朝向。时光流逝，夜去晨来，鸡声已绝，愁思不绝。就算已然是身在春风里，春风里展露的都是憔悴的面容。显而易见，诗人把愁绪敷演到了极致，于是这个除夜，算是奏出了唐人这一时刻最为凄苦的调子。

除夜的心事并不总是欣悦宁静的，甚至还有着那么多的凄怨与苦涩，这又从另外一个角度，让我们看到了唐人诗歌中的那份真切、深挚。正是基于这一点，努力走入唐人的诗歌世界，也就等于走入了他们的心灵和生活。可以从容拾取，那些生活中的吉光片羽。倘若与之相反，诗歌之中充斥着虚饰与假象，那就算读彻了诗行，也无法真正懂得那些诗人背后的生活。唐诗的动人，跟这样一份真，实在是直接相关的。

迎送一宵中

当然岁除之夜，总是要守岁的。毕竟那么迅疾的更替，唯有此日才见；毕竟那么迅猛的更替，又是需要亲身经历和感受的。唐人如此，今朝亦然。

唐太宗写过《守岁》一诗，所展现的正是唐代宫廷的除夜守岁。其诗写作：

暮景斜芳殿，年华丽绮宫。寒辞去冬雪，暖带入春风。
阶馥舒梅素，盘花卷烛红。共欢新故岁，迎送一宵中。

诗歌开篇，便是一望帝王家的气象。夕阳的斜晖，坠在芳殿之上，年华更替的到来，使得这些绮丽的殿宇越发显露出光华。这个夜晚，人们和寒冷作别，和去冬的风雪作别；又在迎接着温暖，来年春风所具有的温暖。在悠悠的等候中，阶前的梅花似乎有了不动声色的舒展绽放，红烛的光亮也分明映在了室内的杯盘之上。等待之中，充满了平静与欢欣。心上并没有被时间追赶的逼迫感，只有一份显著的纡徐宽和。除夜守岁，能够守得如此祥和雍容，看不到任何波折顿挫，这或者就是帝王家别有的气度吧。

既然是守岁，就意味着要熬得过时间，撑得过困倦。岁除这一夜，往往是不寐不眠的。孟浩然《除夜有怀》一诗即写有：

五更钟漏欲相催，四气推迁往复回。
帐里残灯才去焰，炉中香气尽成灰。
渐看春逼芙蓉枕，顿觉寒销竹叶杯。
守岁家家应未卧，相思那得梦魂来。

更漏催促着时间，守岁的人见证着变化在目前发生。眼看着帐里灯残，炉中香尽，一霎间杯里寒销，枕上春尽，更替，就这么倏然、切实地到来了。诗歌最后两句写得最是有趣。诗人的笔触，最终落在守岁习俗的强大上。除夜守岁，无人睡眠——于是一家家一户户，没有人就枕，更没有人入梦。这样一来，那些深受相思之苦的人，自然也就失掉了睡时梦魂相遇、一慰情肠的可能。孟浩然的诗一向以淡著称，不过这一首，却写得有几分风光旖旎、缠绵宛转。

守岁之时，没有几个人是选择枯坐等候的。这个时候，大多少不了酒的陪伴。白居易《岁除夜对酒》一诗，就写到了守岁之际，与酒相对的情形：

衰翁岁除夜，对酒思悠然。草白经霜地，云黄欲雪天。
醉依香枕坐，慵傍暖炉眠。洛下闲来久，明朝是十年。

对酒，方有悠然之思。对酒，方有醺然微醉的慵懒。想起冬天里经历过的那些霜雪，便想起流连此间闲适度日，匆匆已过十年。这样的笔墨，流淌着岁除之夜的些微醉意，徜徉于时光、记忆的些微怅然。

徐铉《和明上人除夜见寄》一诗，也写到了持杯守岁的情景，诗曰：

酌酒围炉久，愁襟默自增。长年逢岁暮，多病见兵兴。
夜色开庭燎，寒威入砚冰。汤师无别念，吟坐一灯凝。

此诗所写，要比乐天少一分恬淡悠然，多一些愁绪喟叹。所以对酒，也不一定就意味着忘怀。围炉酌酒的背景下，愁绪也有可能增长。思及自身多病、天下多事，就算凝眸于夜色中高燃的烛火，心中的意绪也难全然平定，依旧会有叹息，会有沉吟。

至于尚颜的《除夜》（一作棲蟾诗），则是着力刻画了守岁的心境：

九冬三十夜，寒与暖分开。坐到四更后，身添一岁来。
鱼灯延腊火，兽炭化春灰。青帝今应老，迎新见几回。

诗歌写得很朴素，朴素当中颇有些动人的意蕴。岁除这个夜晚，隔开了寒与暖，也分开新与旧。高燃的灯烛，书写的是人们对于旧时的牵恋，炉中的灰烬，又是宣告着新春的到来。春，总是和新系在一起，迎春，就意味着迎新。司春之神已经辨不清年岁，因为它不知道见过多少次新旧更替，旧去新来。一一读来，诗歌的情绪缀满平和，又充满期盼，一如守岁这个动作本身。

数星深夜火

守岁发生的情境不一，引发的情绪便迥然有别。如果守岁之时恰在家中，或是和亲朋故旧一齐，那便大大消解了告别的无情，唯见迎接的欣然。倘或守岁都仍是只身一人，又羁留于异地他乡，那倍增的，便唯有伤感凄惶。人世沧桑，任何时代都少不了漂泊与羁留，热衷于建立功业的唐代就更是如此。因此，唐代人笔下的除夜守岁，有许多的字句都可谓浸透了羁旅他乡的雨雪风霜，写彻了凄凉和惆怅。

骆宾王《西京守岁》一诗，就是写在他乡的几行除夜清愁：

闲居寡言宴，独坐惨风尘。忽见严冬尽，方知列宿春。
夜将寒色去，年共晓光新。耿耿他乡夕，无由展旧亲。

骆宾王

诗歌开篇，即以“独坐惨风尘”一句，奠定了这个除夜守岁的氛围——孤寂而凄惨。这一氛围得以确定，一缘“独坐”，二缘“风尘”。“独坐”道出孤身一人，“风尘”写明路途漂泊，二者叠加，唯得一个“惨”字。此番除夜的耿耿不寐，显然无关喜迎新岁的欣悦，而是身处他乡，思亲不得的苦楚所致。

相比之下，卢延让《冬除夜书情》一诗，则把他乡守岁的这份凄苦，刻画得更为直白激切。其诗如下：

兀兀坐无味，思量谁与邻。数星深夜火，一个远乡人。
雁翥天微雪，风号树欲春。愁章自难过，不觉苦吟频。

再是除夜，再是守岁，此时一个人的独坐只见孤独和无味。没有人在身边，没有人可以倾吐，给此夜兀自独坐的诗人带来了极大的苦楚。“数星深夜火，一个远乡人”，诗歌的这一颔联称得上是浑然天成的佳句。句中深夜的数星烛火，照映的就是浪迹他乡、守岁之人的形单影只、冷寂落寞。无须更多的申说描绘，这样一个独坐忧思、凝眺断肠的身影，已然深深印刻在了唐人除夜的吟哦中。

可以说，除夜独自守岁之时，如果遭遇了旅店客舍，某种程度上就注定了一夜辗转的客怀乡心，以及一夜难耐的寥落凄凉。就连诗中达者高适，在除夜逢上旅馆，也瞬时陷落到了凄然的心绪当中。其《除夜作》诗云：

> 旅馆寒灯独不眠，客心何事转凄然。
> 故乡今夜思千里，愁鬓明朝又一年。

整首诗的调子，即是以凄寒为主的。旅馆闪着寒灯，客心转向凄然。故乡在千里之外，心里想着转瞬即是明年，随着这样一番心绪摇荡，愁色就上了鬓间。高适，是通常都在诗歌当中书写着豁达的这么一位诗人，而这个除夜里，他却分明也被异乡旅店击溃，留下了这么一纸透着寒灯霜色的喑哑哀吟。

不过有关除夜旅馆最广为人知的诗句，还是出自晚唐诗人戴叔伦的《除夜宿石头驿》一诗。其诗写作：

> 旅馆谁相问，寒灯独可亲。一年将尽夜，万里未归人。
> 寥落悲前事，支离笑此身。愁颜与衰鬓，明日又逢春。

一样是旅馆寒灯，一样是愁颜衰鬓，显然除夜如果遭逢了客况，任谁都难免低回寥落。“一年将尽夜，万里未归人”，这两句是全诗最为动人的笔触，简单明快，凝练隽永，真切深沉。虽然是看似墨色希微的直陈之笔，但是却高度概括了除夜栖居旅店的那份苦况。夜，是一年将尽之夜，运笔力度分明。

其间，离去的促迫、完结的感伤、告别的凄凉，都不容分说扑面而来，叫人无力抵挡。人，则是万里未归之人。那份孤寂凄惶，以及渴望怅恨，同样在一句之间叠加翻卷，千钧压下，承受乏能。再加上两句之间，“一年”与“万里”构成强烈对照，愈发写出距离之长，用时之短；以及归去之难，更替之速。除了境况的实写，更似有无尽感喟匿于两句之间，意绪蕴藉深长。明代谢榛《四溟诗话》即引梁公实语，称此两句："悲感久客，宁忍诵之！”相比之下，皮日休《旅舍除夜》之“挑灯犹故岁，听角已新年”，高蟾《途中除夜》之“残灯和腊尽，晓角带春来”，就连崔涂《巴山道中除夜书怀》之“乱山残雪夜，孤灯异乡春”，虽然同样写及除夜旅况，但凝练与力度明显却稍逊一筹。

崔涂《巴山道中除夜书怀》一诗，其实亦颇有可称之处，诗歌写道：

迢递三巴路，羁危万里身。乱山残雪夜，孤灯异乡春。
渐与骨肉远，转于奴仆亲。那堪正飘泊，明日岁华新。

如前所引，颔联“乱山残雪夜，孤灯异乡春”是全诗最精彩的墨色。此联之警虽不及戴，就整首来看，却分明略胜。同样是谢榛《四溟诗话》，论及此诗，即有：“观此羁旅萧条，寄意言表。全章老健，乃晚唐之出类者。”至于戴诗，则是“惜通篇不免敷演之病”。

二、芳心待岁芳

提到元日，大多数人能够想到的也许都是宋代诗人王安石那首“爆竹声中一岁除，春风送暖入屠苏。千门万户曈曈日，总把新桃换旧符”。事实上，唐代诗人也有大量有关元日的题咏，虽然没有那么煊赫的声名，多少有些隐没于书册之间的意味，却不见得不精彩，不见得不典型。

元日，又叫正日，或称上日、正朝、新正，就是今天所说的正月初一，是古人每一年起首的第一天。也有人把它称作“三元”，即岁之元、时之元、月之元。还有人把它称作“三朔”，因为夏以平旦为朔，商以鸡鸣为朔，周以夜半为朔。这一天之所以称“元”，按照《初学记》的说法，除了正的意蕴，还有原、始、一、首之义。总之都是在强调起始，强调开初。

元日这天，唐人有在庭前燃放爆竹的传统。《荆楚岁时记》说这是为了辟除山臊恶鬼。山臊是《神异经》所记西方深山中的一种怪兽，身长尺余，会给人带来疾病，不过却害怕爆竹声响，所以元日这天人们要用燃放爆竹来驱除山臊。刘禹锡《畲田行》一诗就写有“照潭出老蛟，爆竹惊山鬼”这样的字句，可知二者之间关系乃是唐时常识。当然也有人认为，爆竹的燃放，并非为了辟除山臊恶鬼，乃是源于庭燎的习俗。不论根源本自何处，爆竹与辞旧迎新之间的关联，已是赫然见诸唐人诗篇。像张说《岳州守岁二首》其二就道：

桃枝堪辟恶，爆竹好惊眠。歌舞留今夕，犹言惜旧年。

显然此时的除夜，除了高燃不息的庭燎，还有燃放不止的爆竹。而爆竹的燃放，某种程度上就绽放了春归的讯息。因此元稹《生春二十首》第十三首才会写道：

何处生春早，春生稚戏中。乱骑残爆竹，争唾小旋风。
骂雨愁妨走，呵冰喜旋融。女儿针线尽，偷学五辛丛。

唐人元日这一天，又还有喝“桃汤”的习俗。所谓桃汤，其实就是用桃木煮成的汁液，目的是要镇压百鬼。同时，这天还要进椒柏酒。这一习俗在前面岁除部分略有言及。所谓椒柏酒，明显是一种气味芬芳的酒。喝的目的，则在延年益寿的愿景。唐人李乂写于景龙四年的《元日恩赐柏叶应制》即有：

劲节凌冬劲，芳心待岁芳。能令人益寿，非止麝含香。

柏叶作为唐人正月初一这天必不可少的元素，选择用它浸酒饮用，和柏叶经霜不凋而又饱含浓郁芳香直接相关。另外，唐人对它延年益寿的功效、仙家之物的属性也深信不疑，所以才用来充作“岁酒”。

岁酒除了椒柏酒，还有屠苏酒。鲍溶《范真传侍御累有寄因奉酬十首》第十首，便径直称屠苏作“岁酒”，其诗写道：

岁酒劝屠苏，楚声山鹧鸪。春风入君意，千日不须臾。

权德舆《甲子岁元日呈郑侍御明府》一诗，也点明了屠苏酒与元日之间的亲密关系——

万里烟尘合，秦吴遂渺然。无人来上国，洒泪向新年。
世故看风叶，生涯寄海田。屠苏聊一醉，犹赖主人贤。

无论身处怎样的境地，只要适逢元日，就少不了斟饮屠苏，致意新年。雍陶《酬李绀岁除送酒》一诗，更是道出了屠苏一味，对于唐人元日的那份不可或缺。其诗曰：

岁尽贫生事事须，就中深恨酒钱无。
故人充寿能分送，远客消愁免自沽。
一夜四乘倾凿落，五更三点把屠苏。
已供时节深珍重，况许今朝更挈壶。

家贫无酒钱，年岁却又来到了新旧更迭的时刻，幸而有故人怜惜赠酒，才能够“一夜四乘倾凿落，五更三点把屠苏”，既应了节，又消了愁。这其间的情谊深重，令人为之俯仰。而诗中写到的岁除送酒，五更三点把盏，更充分说明屠苏乃是元日必饮之物。

唐人元日席上进岁酒的规矩，强调以齿为序，不过却不是敬老，而是稚子先拈，少年先饮。这一特殊的斟饮顺序，显露出了唐代人在一年初始的元日这天对于“新”、对于“开初”的那份强调。元稹《酬复言长庆四年元日郡斋感怀见寄》一诗即有：“羞看稚子先拈酒，怅望平生旧采薇。”白居易所作《岁假内命酒赠周判官萧协律》也云：

岁酒先拈辞不得，被君推作少年人。

顾况《岁日作》诗，亦明确言道：

不觉老将春共至，更悲携手几人全。
还丹寂寞羞明镜，手把屠苏让少年。

方干、成彦雄以《元日》为题的诗作中，同样有着“才酌屠苏定年齿，坐中惟笑鬓毛斑”“戴星先捧祝尧觞，镜里堪惊两鬓霜。好是灯前偷失笑，屠苏应不得先尝”这样的字句，斟饮之序，显而易见。

除却上述种种习俗，元日这天，旧时的人们还要在门上悬挂桃板，功效也是为了震慑百鬼、驱除灾厄，这就是前引王安石诗中提到的桃符。

以上诸般，均记录在唐人徐坚的《初学记·岁时部》当中，是以唐代元日的习俗，最为典型的也就不出上述种种。而由以上习俗和传说，显见正月初一这个日子非比寻常的仪式感。如果说，岁除的灵魂是辞旧迎新，那么，元日就不啻为“新”的全面展开、全面树立。这一天，堪称是更替的最终完成，是开始的开始，最初的最初。

但祝新正寿

既然元日这天所迎来的是一段全新岁月的正式启动，那么这个日子，自然而然也就周身散发着渴盼与期许的目光，充满了希望与锐气的特质。就唐人的元日诗歌而言，在这样的时刻里，大多数人的情绪都是昂扬勃发的，透着不同程度的雀跃与欣喜。不妨说，正月初一这天最为典型的神情气韵，正是那样一种突出的欢洽氛围。

卢照邻《元日述怀》一诗，是讲到唐诗中的元日通常都会引用的一首作品，因为这首诗歌最为直观具象地呈现了所谓大唐盛世在元日新正这天当有的状貌。诗曰：

> 筮仕无中秩，归耕有外臣。人歌小岁酒，花舞大唐春。
> 草色迷三径，风光动四邻。愿得长如此，年年物候新。

“人歌小岁酒，花舞大唐春”，颔联这两句诗所摹画的，正是歌舞升平、安乐祥和的盛世气象。歌与酒放在一起，歌声就有了令人陶然沉醉的甘醇；花与舞、春、大唐联系起来，足见“大唐”二字所具有的景象——是那么的温煦和暖，那么繁华盛大更富含生机。这两句诗放在一起，就是焕然眼前的盛世大唐。其中，“人歌”一句中的“小岁”，指的便是元日这天。一岁之初，恰如此诗所写，春回大地，春光浞瀼，一切都是新的，一切都有着无限的可能。

因为身处这样的大唐，唐代诗人歌咏元日之时，总是较多地把目光集中在盛大的早朝仪仗之上。岑参《送裴侍御赴岁入京》一诗，便吐露了对于裴侍御能够亲谒元日早朝的那份羡慕。诗曰：

羡他骢马郎，元日谒明光。立处闻天语，朝回惹御香。
台寒柏树绿，江暖柳条黄。惜别津亭暮，挥戈忆鲁阳。

“立处闻天语，朝回惹御香”，在诗人看来，元日有此殊遇，显然称得上是莫大的福祉。新岁由此开启，其隆重与庄肃，令人唯有艳羡，唯当仰首。而这样的元日朝仪，具体隆重到什么程度呢？读薛逢《元日楼前观仗》二首即知。诗曰：

千门曙色锁寒梅，五夜疏钟晓箭催。
宝马占堤朝阙去，香车争路进名来。
天临玉几班初合，日照金鸡仗欲回。
更傍紫微瞻北斗，上林佳气满楼台。

曈曈初日照楼台，漠漠祥云雉扇开。
星驻冕旒三殿晓，云翻珠翠六宫来。
山呼圣寿烟霞动，风转金章鸟兽回。
欲识普恩无远近，万方欢忭一声雷。

灵澈《元日观郭将军早朝》一诗也写道：

欲曙九衢人更多，千条香烛照星河。
今朝始见金吾贵，车马纵横避玉珂。

千条香烛，是除夜的映照，其光焰之璀璨甚至可以比拟银河。千门曙色，是新岁的信号，如此排山动地而来，足见殿宇群落之庄严浩荡，大国声威之煊赫宏阔。这般发生在朝堂之上的新旧更替，分明有着他处无法比拟的规模，以及臻于极致的仪式效果。

開韶慶佳
節合宅樂
團圓夫婦
同堂洽兒
孫繞膝妍
華燈爍樓
表吉爆響
階前瓊萼
南枝報春
光宇宙延
御題姚文翰歲朝歡
慶圖　臣趙秉冲奉
勅敬書

［清］姚文瀚《岁朝欢庆图》

除了宫廷中的元日朝仪，唐代的诗人笔触所及，也有元日的乡村田园。孟浩然《田家元日》一诗即云：

昨夜斗回北，今朝岁起东。我年已强仕，无禄尚忧农。
桑野就耕父，荷锄随牧童。田家占气候，共说此年丰。

这首诗中，岁月更替的步伐出现得不复促迫，反而显现出一派澹荡平和的气韵。一切，都发生得那样舒缓，那样自然。“桑野就耕父，荷锄随牧童”，田家生涯中没有更多的争斗与欲求，从容得令人心安。人们一同说起新的年景时，言语间也是布满了希冀。所谓田园牧歌似的生活，大抵就是如此这般吧。

薛逢《元日田家》的书写，则是道出了在野与在官的分别。其诗写作：

南村晴雪北村梅，树里茅檐晓尽开。
蛮榼出门儿妇去，乌龙迎路女郎来。
相逢但祝新正寿，对举那愁暮景催。
长笑士林因宦别，一官轻是十年回。

诗歌开篇描绘的元日田家景象叫人神思驰往，晴雪寒梅，村景如画。近晓时分，茅檐尽开，可见村中农户的勤劳。日出而作，日落而息，这里的生活，恬淡得超乎想象。没有劳作的苦楚，也不觉光阴在流逝催促，生活有着不为他物所动的种种平和。与此形成鲜明对照的，是艰辛无奈的仕宦生涯。做官一事，不但阻隔了自身与乡原，同时也失掉了能够优游的那份自由。

可以看到，在唐人诗中，宫廷的元日隆重而豪华，有着必须仰首的庄严与盛大。这样的新，是举国上下焕然一新，是天地一新。而田家的元日，则显得那般淡远和宁静，人们以和缓的节奏淡然憧憬着新的一年，以从容的步调，不疾不徐地迈向新的年景。新得如此不动声色，如此眉目疏朗，这样的气度，才符合我们想象中的那个大唐。

景色喜呈新

岁除是冬尽，元日即春来，不过有意思的是，唐人笔下的元日，往往也还飘飞着雪片，有着不曾彻底告退的雪意。像上引《元日田家》里的“南村晴雪北村梅”，以及李郢《元日作》所写到的“野雪江山霁，微风竹树清”，还有喻凫的《元日即事》：

敛板贺交亲，称觞讵有巡。年光悲掷旧，景色喜呈新。
水柳烟中重，山梅雪后真。不知将白发，何以度青春。

令人感到兴味的是，这样一些元日里的雪意，恰恰并不是旧岁记忆的标记物，反而是在努力渲染着所谓新年、新春的景象。

还有一组应制的奉和，所围绕的题目，也是元日大雪。且看其中的两首诗作如是写道：

恰当岁日纷纷落，天宝瑶花助物华。
自古最先标瑞牒，有谁轻拟比杨花。
密飘粉署光同冷，静压青松势欲斜。
岂但小臣添兴咏，狂歌醉舞一家家。

（张义方《奉和圣制元日大雪登楼》）

纷纷忽降当元会，著物轻明似月华。
狂洒玉墀初散絮，密黏宫树未妨花。
迥封双阙千寻峭，冷压南山万仞斜。
宁意传来中使出，御题先赐老僧家。

（李建勋《和元宗元日大雪登楼》）

元日和新岁一同落下的雪花，在人臣笔下，首先是昭示祥瑞的瑶花，其次则是以其纷然的飘落，添注着诗情逸兴，令到家家户户都沉醉其间。这样的飘落，在宫苑殿宇看来，有比寻常人家更为夺目的美。大雪轻明，一如月色，洒满玉阶，覆满宫阙，银装素裹，别具风情。

徐铉所写的《进雪诗》可以与上引两首对看，其诗写道：

欲使新正识有年，故飘轻絮伴春还。
近看琼树笼银阙，远想瑶池带玉关。
润逐麰麰铺绿野，暖随杯酒上朱颜。
朝来花萼楼中宴，数曲赓歌雅颂间。

按照诗人的理解，本应离场的飞雪随着春天的步伐再度到来，无非是为了给新正这天增添一些年味。赏雪开宴，有琼树银阙可观，有清雅声歌可听可和，也有瑶池玉关可供想象。雪花轻覆，不断滋润着脚下这片土地，预示着即将展露的盎然生机。所以新正的雪，与冬的严酷无关，反而是春天的另一种步履，其实也是开始的另一种形态，另一笔诗情。

［明］李士达《元日新年图》

处处逢正月

除却景象，唐人笔下的元日，当然也少不了情味之流转。唐人的元日情事，大多都系着家国，系着亲友。比如杜甫，他就在元日这天写过不少与此有关的诗歌。展读这些吟篇，总是很容易就触到了诗人心底最柔软的地方。比如《元日示宗武》一首，所写之情，即为父子兄弟之间。诗曰：

汝啼吾手战，吾笑汝身长。处处逢正月，迢迢滞远方。
飘零还柏酒，衰病只藜床。训喻青衿子，名惭白首郎。
赋诗犹落笔，献寿更称觞。不见江东弟，高歌泪数行。

因父亲手战就悲感啼哭，足见儿子对父亲深挚的爱意。看着孩子一天天长大，油然而生喜悦，笑逐颜开，笔触所到又都是为父的由衷欣悦。所谓天伦，莫过如此。这样的元日，所呈现的即是温情萦绕，和乐融融。诗歌开篇写父子，此后却因念及兄弟下落而骤然伤怀，斑斑字句，点点心痕。诗人怀抱的细腻与深长，尽在这自然不见斧痕的吟咏当中。

所以，浦起龙《读杜心解》称此诗是“情真语质之篇”，又说“临觞而忆弟，正欲辍饮；振笔而高歌，聊托悲吟。一时情事，历历在目”。仇兆鳌《杜诗详注》论及此诗，则言：“此诗皆悲喜并言。啼手战，是悲；笑身长，是喜。逢正月，是喜；滞远方，是悲。对柏酒，是喜；坐藜床，是悲。子可教，是喜；身去官，是悲。赋诗称觞，又是喜；忆弟泪行，又是悲。只随意序述，而各有条理。”

“处处逢正月，迢迢滞远方”，人生就是这样，大概没有谁能够免得了奔波流离、阻滞分隔带来的苦，也没有谁全然不曾拥有过岁月所赋予的喜悦与祥和。这首诗的好，正在于它写出了人生的一种常态：总是悲喜交迸，悲欣交集。世间的际遇、经历，从来没有过简单，那么情感，又怎么可能不复杂丰富！老杜的深沉细腻，尽在元日纷然的喜悦中那临觞而下的数行热泪。

杜甫还有一首《远怀舍弟颖观等》，同样写出了正月元日自身胸臆间的那份拳拳。诗曰：

阳翟空知处，荆南近得书。积年仍远别，多难不安居。
江汉春风起，冰霜昨夜除。云天犹错莫，花萼尚萧疏。
对酒都疑梦，吟诗正忆渠。旧时元日会，乡党羡吾庐。

本该阖家团圆的元日，诗人却不得不面临手足之间积年的远别。故此，会在春风乍起之时，想念漫溢，愁绪蔓生。看到云天纷错冥漠，花萼萧疏零落，一时间想到的都是自己和手足异地分隔、不得相见的苦况，于是免不了对酒疑梦，吟诗相忆。万千思绪，很自然就飘飞到往昔元日的相聚画面，那可是令一众乡人都心生艳羡的和睦与欢愉。而在旧日时光的映照中，此刻的惨淡与黯然，心里的愁绪与怅恨，便都跃然纸上，悠然不尽了。

认取少年场

元日的“元”，是始，是第一，是原本，也是正。这样一个名称，标明的正是饱含的希望，以及充盈的力量感。新，总是不老的。作为一切“新”的始发地，这样一个日子本身，其实就是一位少年——总是呈现出一副进取的姿态，同时更充满了无穷无尽的可能。

过去的人们对于元日身上的少年感，应该说是早有并深有体认的。所以，在岁酒斟饮时，才会依照那么一个特殊的顺序——稚子先拈，少年先饮。唐代诗人关于元日的歌吟，也有不少篇章，写到了这份少年的特质。像杜牧《早春赠军事薛判官》一诗，终篇就有：“唯君莫惜醉，认取少年场。”

时光是少年的，态度也应该是少年的。而把这样一种少年感写得淋漓尽致，还要数杜甫那首著名的歌行《苏端薛复筵简薛华醉歌》。诗歌记录了一次发生在元日的欢筵，通篇所写，都是少年的意态，少年的豪情。其诗云：

文章有神交有道，端复得之名誉早。
爱客满堂尽豪杰，开筵上日思芳草。
安得健步移远梅，乱插繁花向晴昊。
千里犹残旧冰雪，百壶且试开怀抱。
垂老恶闻战鼓悲，急觞为缓忧心捣。
少年努力纵谈笑，看我形容已枯槁。
座中薛华善醉歌，歌辞自作风格老。
近来海内为长句，汝与山东李白好。
何刘沈谢力未工，才兼鲍昭愁绝倒。
诸生颇尽新知乐，万事终伤不自保。
气酣日落西风来，愿吹野水添金杯。
如渑之酒常快意，亦知穷愁安在哉。
忽忆雨时秋井塌，古人白骨生青苔。
如何不饮令心哀！

诗中“开筵上日思芳草”一句，点出了此番设宴欢聚正在元日这天。故此，篇中所写种种，无一不在元日的氛围当中。诗歌一开篇，语气之中便充满了斩钉截铁、痛快淋漓的意味，这是典型的少年口吻。接下来的词句，类似“思芳草”“健步”“移远梅”，还有“乱插繁花向晴昊”，展露的俱是积极向着“新”迈进的步伐，以及那份进取的锐意，毫不刻意就带出了满纸的少年气象。“千里”一句，明显是写到了“旧”的残存。而面对这份“旧”，诗人也没有更多的叹惋和粘着。“百壶且试开怀抱”，肆意挥杯中，能够读到的是弃掷的决断，尽力的超拔。后面句子虽然直陈了自身的“垂老”和“枯槁”，却也根本不见老景的颓败。席上都是纵声谈笑、才华横溢的少年，所谓“爱客满堂尽豪杰”，豪杰即少年。而能够厕身其间，同样纵横谈笑、挥杯不止，这样的诗人与豪杰何异，又与少年何异？字句间展露的，分明是诗人与少年们一般无二的襟抱。接下来夸赞薛华的才华，更是丝毫不吝惜言辞与篇幅，墨色淋漓间，尽是诗人心中对于少年的宝爱与珍视，毫不遮掩的洋溢热情。

古人重名讳，可老杜此诗，却通篇直呼其名，这是令人倍感异样的。然而这样写来，却正契合了少年人之间的相处——那种不可多得的直截与明快。看不到更多的世故，不存在任何的圆熟，那样一种棱角分明、挥斥纵横，才是少年。置身这样的席上，又正处在元日这天，形容枯槁的诗人分明再度焕发了青春——面对日落西风，也没有因暮景伤怀，反是味出了一份恣意酣畅，写出了任性纵横，“如渑之酒常快意，亦知穷愁安在哉”。生命有限，生涯却可以无穷。及时把握，不辜负任何一笔光阴，这就是少年的心态与立场。

同座皆是少年，意气属于少年，笔触契合了少年，而态度与心境，更是纯然少年。老杜这一首诗，可以说恰是元日所具少年感的最佳诠释、最佳注脚。

其实大唐这样一个时段，之所以令到后世无数的人一再仰望、向往，重点也就在于它和这元日一样，有着叫人过目难忘的少年气象——昂扬自信，元气淋漓，锐意进取，痛快纵横，诗情倾泻，棱角分明。

春日篇

作为四季开端的春天，从来都有着最令人摇荡的神色。春天的诗情，也从来不需要刻意收集、捡拾——在逐渐苏醒的大地之上，在不断鼓荡的绿色风中，甚至是惊蛰开始的几声雷，雨水牵引出的几檐雨，几乎不待任何找寻，我们总能够在不经意间在春天与诗相逢。就像明代戏曲家汤显祖在《牡丹亭》当中所写的那样，“袅晴丝吹来闲庭院，摇漾春如线”，晴日窗前，那么一点若有若无的游丝，都可以摇荡出一个动人的春天。而这样的摇荡，一样记录在了唐代诗人的吟唱当中。

湖南长沙市郊出土的一把唐代瓷壶之上，就刻有一首咏叹春色的五言诗：

春水春池满，春时春草生。春人饮春酒，春鸟哢春声。

唐代长沙窑青釉褐彩诗文壶

不难想见，在岁月的烟尘中，这把瓷壶的光色早已不再，可这首诗所呈现的大好春光——春水之碧，春池之满，春时之煦暖，春草之生长，春天人的美好，春酒色的澄明，再加上由春鸟奏出的曲曲春声，却依然鲜媚明洁，叫人心生向往。

春的到来，春的终结，春的瞬息变化，牵引着诗人的目光。所以春天那些节令，在唐人笔下都有相关的吟唱。具体说来，春天包含了以下节令：立春、雨水、惊蛰、春分、清明、谷雨。这中间，立春、雨水和惊蛰，宣告了春天的到来，天地间万物陆续的苏醒。唐人元稹有《咏廿四气诗》一组，其间《立春正月节》就这样写道：

春冬移律吕，天地换星霜。冰泮游鱼跃，和风待柳芳。
早梅迎雨水，残雪怯朝阳。万物含新意，同欢圣日长。

确实，唐诗人笔下的春日，总有着格外郁勃的生机，格外明媚的光色，历经了千百年的岁月迁延，却丝毫不失生动与鲜活。在春日里翻读，你兴许会惊异于那样的相似，又赞叹着那样的隽永。

跟随着阅读的步履，辗转于唐诗中的那些个春日的清晨、白昼、黄昏与夜晚，我们身侧的这个春天，似乎就这样在时空中有了回响，一时间也蕴藉、摇荡起来。

第一章 唤起

半欲天明半未明

提到唐诗中的春日清晨，我们最熟悉的诗作，当然要数孟浩然的《春晓》。不过这首诗，它实际的题目应当是《春晚绝句》，诗歌所呈现的，就是一个春晚时分的春日清晨：

春眠不觉晓，处处闻啼鸟。夜来风雨声，花落知多少。

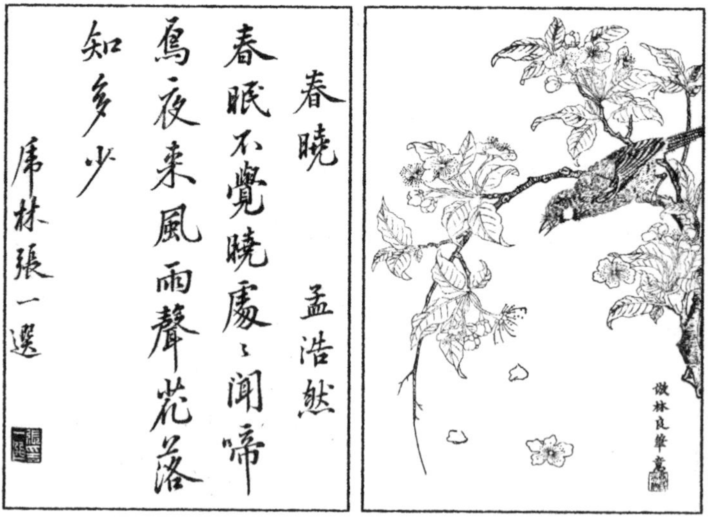

孟浩然《春晓》

这一首诗，所描绘的几乎可以说是春日清晨共同的神情——那样一种淡淡的慵懒，淡淡的怅惘，以及透过窗户的一世界鸟儿清啭，一色透亮的清新。实际上，这首诗的好，就在“不觉”二字。沉酣，是在不觉当中；醒来，是在不觉当中；就连那些许的惆怅伤怀，也是在不觉中幽幽泛起。不觉，就意味着毫无刻意，也意味着无比自在。这大概就是春天最叫人赞叹的地方吧。无论是唤醒大地令冰雪消融，还是一夕回暖叫花事不断，似乎都是在无知无觉中到来并进行。随着那一星星绿蔓延开去，春天的脚步，就这么不经意间遍布了天涯。是如此的不留痕迹，又是如此的令天地万象焕然一新，这就是春天，一季轻盈而有力的唤醒。

一、唤起窗前曙

“唤起”

早晨是一天之始，是人们由长夜醒转的时分，所以春天的唤起，在春日清晨得到了最为突出的反映。而这唤起，总是富于声响的。韩愈笔下，就记录了一种春天独有的鸟类，它的名字，恰恰就叫“唤起”——

> 唤起窗全曙，催归日未西。无心花里鸟，更与尽情啼。
>
> （《赠同游》）

唤起，是春天特有的鸟类。根据相关记载，这一种鸟的啼声，就好像昆虫当中的纺织娘一般，是那样一种细碎而清亮的吟唱。在江南，它还有一个动听的别名，叫作“春唤”。似乎随着它的啼鸣，春天就这么焕然眼前了。这种鸟儿，每每只在

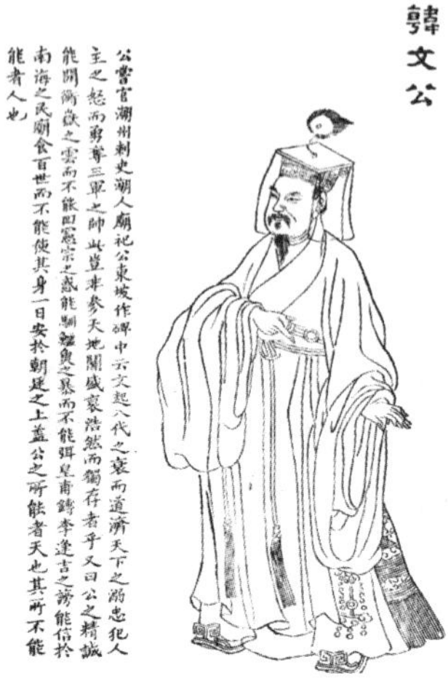

韩　愈

春天的清晨啼叫。所以它担负的使命，还不止是把春天唤回，更要把每一个春日唤起。

可以明显看到，韩愈的绝句和孟浩然的截然不同。孟浩然的特点是“淡”。按照闻一多先生的说法，要淡到看不见诗，才是孟浩然的诗，也是诗的孟浩然。所以他笔下的春晓，勾勒的就是一室悄静、一窗恬淡，是一个几乎没有更多色彩、却叫人无尽沉醉的春天。韩愈写诗，追求的却是奇崛。于是，一个轻恬柔美的季节来到他笔下，也会周身散发出叫人意外的力道。“唤起窗全曙”，这一句就有着令人惊异的大力量——只是那样一种形同昆虫鸣叫的声响，窗外的世界却整个的明亮起来，就好似一世界的明亮，都一时间涌至窗前。这样的清晨，辞别了淡然的沉醉，耳朵里全是春天的喧哗。

莺

而这清晨的声响中，除了“唤起”，莺也是处处可闻的一种。和“唤起”不同，莺算得上是诗词当中的常客。它的宛转浏亮，就算不曾亲耳听闻，但在唐诗当中，也几乎可说是常在耳内了。唐诗中的那些个春日清晨，莺的啼鸣，往往是无痕春梦的背景音乐。元稹在《春晓》一诗中写过：

半欲天明半未明，醉闻花气睡闻莺。

在天将明未明之时，梦将醒未醒之际，有缕缕花香袭来枕上，声声莺啭飘至耳畔，这样恬美的沉酣，大概也只有春天才能够赋予。

武元衡也写过一首《春晓闻莺》，后来有许多位诗人与之唱和，李益的和诗中有一句——“绿窗残梦晓闻莺”，最得春天的情致，一样透着元稹诗句中叫人印象深刻的沉酣。其余诗

［宋］佚名《桃花山鸟图》

作，则是以王建和杨巨源所写最有“唤起”的意趣。王诗为：

侵黑行飞一两声，春寒啭小未分明。
若教更解诸余语，应向宫花不惜情。

（《和门下武相公春晓闻莺》）

杨诗则为：

语恨飞迟天欲明，殷勤似诉有余情。
仁风已及芳菲节，犹向花溪鸣几声。

（《和武相公春晓闻莺》）

一两声、鸣几声，在天蒙蒙亮的清晨，在春寒仍然料峭的时节，这大约就是春天最为生动的表达了吧。

山林百舌

而各色啼鸣一时汇聚，则成了这春天最嘹亮的乐章。李中的《春晓》一诗，刻画的就是一座唐代的春日山林，在黎明时分，那动人的声响。

残烛犹存月尚明，几家帏幌梦魂惊。
星河渐没行人动，历历林梢百舌声。

残烛未灭，凉月尚明，四围的人家仍然沉睡在梦里，可早行的人，不仅见证了头顶星河的渐渐隐没，也听到了森林正在醒来的过程。这样的笔触，充满了清冽的画意。很显然，这色色唤起的声响，足以构建沉酣，也足以渲染清寂。不难想见，唐代这些个春天的清晨，容色并不单一。

更漏

当然，在这春晓唤起的声响队列里，除了众鸟的啼鸣，还

[清] 华嵒《柳禽图》

有一些来自人间世界的声音。这些声音的出现，让我们看到了春晨唤起的过程，唐人的积极参与。比如，姚合的这首《西掖寓直春晓闻残漏》，就把我们带入了唐代的宫廷，听到了一些今时今日再也无从闻见的声响：

直庐仙掖近，春气曙犹寒。隐隐银河在，丁丁玉漏残。
微风飘更切，万籁杂应难。凤阁明初启，鸡人唱渐阑。
静宜来禁里，清是下云端。我识朝天路，从容自整冠。

玉漏，是玉制的计时工具；鸡人，是古代的报晓官员。这两种声响，均为当日宫中所特有，显露着帝王家的尊贵与显赫，却也都是已然消弭在历史风烟中的古老声音。

鸡声

除却玉漏和鸡人，最为常见的报晓方式还要数鸡鸣。不过，这当日的寻常，今天同样不寻常起来——这也是居住在今天城市中的人们，已然倍感陌生的动静。陈陶的那首《鸡鸣曲》，一声声写来，展开的，便是一个稍显不同的唐时春日清晓：

鸡声春晓上林中，一声惊落虾蟆宫。
二声唤破枕边梦，三声行人烟海红。
平旦慵将百雏语，蓬松锦绣当阳处。
愧君饮食长相呼，为君昼鸣下高树。

一声月落，二声梦醒，三声出行，相比鸟鸣的清曼，由鸡声打开的春日早晨，显然有着更为明快的节奏，更为干练的神情。

[南宋]毛益《鸡图》

二、青青春晓色

当然，唐诗中春日清晨的那些唤起，也并不止于声响，其实还有色彩可寻。不过唐诗当中，春天这一季节最具标志性的色彩，却并非嫣红姹紫，而是那一望深深浅浅的青——沾着水气日色，透着云影山意，焕映着无须言说的生机。

山长晓岫青

比如说，唐代离乡远行之人在早春清晨的原野极目临眺，所见即为：

> 江旷春潮白，山长晓岫青。他乡临眺极，花柳映边亭。
>
> （王勃《早春野望》）

远行人的视野异常开阔，天地之间，江流平旷，春潮涌动，白浪滚滚而来。眼前一带远山，山峦绵亘叠起，入望皆

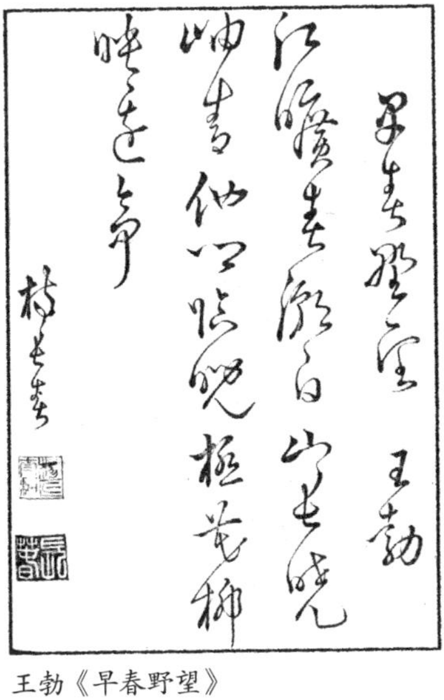

王勃《早春野望》

青。这一白一青，一者奔涌，一者静矗，成了这帧“早春野望图”最明净也最耀目的色泽。而这一青一白的对峙，既有春天的欣欣生意，更可见远行人襟抱的那份澹荡与疏朗。依照常理，花柳之色似乎更为炫目，可那样的缤纷，也在这极致的静谧与清逸面前，变得黯然失色，乏善可陈。

春晓海中青

齐己有一首《送游山道者》，也写到了这春日清晨的青青色调。

> 我亦游山者，常经旧所经。雪消天外碧，春晓海中青。……

“春晓海中青”，这一句真是精彩，将春晓的颜色如此形容，不但强调了青色的无所不在、四处绵亘，更写出了这青色所隐含的沉静与跃动，所藏匿的浩荡生机。这样的色调，自可将人从尘俗中唤起，从颓唐中唤起。

春朝雨色青

春日清晨的青葱色泽，往往也和春雨有着关联。像储光羲的那首《幽人居》，就这么写道：

> 幽人下山径，去去夹青林。
> 滑处莓苔湿，暗中萝薜深。
> 春朝烟雨散，犹带浮云阴。

字句之间，全都充溢着氤氲的水气，使人顿觉幽意满目、幽绪满心，与纷扰的尘俗世界迥然两异。

来到王维的笔下，春雨之晨却又是另外一副情状：

桃红复含宿雨，柳绿更带朝烟。花落家童未扫，莺啼山客犹眠。

（《田园乐》其六）

桃红又兼柳绿，无论遣词还是设色，本来可谓俗艳已极，然而加上宿雨朝烟的“含”与“带”，俗态瞬间褪尽，一转而为满纸清新。至于“花落”与“莺啼”两句，诗人更在不动声色之间，渲染了蔓延的慵懒，写出了逼人的清意。这样的诗句，虽半点未及青字，可含咀之间，眼前唯见一色青青。

而在这样的青青时段里，离别的发生，似乎也能够跳脱出惯常的哀戚深恨，转而裹挟了些别样清新的诗情。王维那首著名的《送元二使安西》，几乎使得《阳关》一词成为离歌的代名，就写在这么一个有着青青背景的春晓时分。

渭城朝雨浥轻尘，客舍青青柳色新。
劝君更尽一杯酒，西出阳关无故人。

王维《田园乐》（一作《春眠》）

这一场雨下得真是精彩，浥去了道路上尘垢的同时，也使得周遭景象的颜色一新。所以这是一个在没有尘垢的背景下发生的别离。没有尘垢，颜色鲜明，诗情自然也鲜明。尘垢洗去，柳色一新，而在柳色的映照当中，客舍方才更显青青。离别的发生之处，有如许的清朗；则再苦的离别，也能在牵绊之余，显露出澹荡的胸怀。这首诗的好，就在于写出别情深长的同时，也点明了面对别离，这襟间能够存有的开阔与洒落。而之所以能够有这样一襟青青的离绪，就在于它不是发生在其他时分，而正发生在一个带着雨意的唐代春日清晨。

晓行湘水春

值得注意的是，唐代的青青春晓，不仅可以赋予离别以清新明快的色调，同时也能够添助行色的潇洒。杜甫的《发潭州》，所写即是某个春日早晨的一次出发，虽然依旧难免伤神的意绪，可就总体来看，那神色间还是有了不多见的潇洒与飞扬。

夜醉长沙酒，晓行湘水春。岸花飞送客，樯燕语留人。
贾傅才未有，褚公书绝伦。名高前后事，回首一伤神。

“晓行湘水春”，这一句的畅快轻扬，是以沉郁见长的杜诗中较为少见的表达。湘水逢春，水色之青碧宛在目前，水势之滔滔更容易揣想。而在这等碧波荡漾的江上行舟，再加上适逢春日的明媚清晨，那定然是一舸帆快、襟袂飘然的。这样轻快的老杜，也唯有在青青春日间方得与之相逢。所以，这春日清晨唤起的，又何止沉沉一梦，万千诗情之外，更有这一腔逸气。

第二章 明亮

山光物态弄春辉

民谣歌手程璧有一首《晴日共剪窗》，是这样唱的：

在忘了多久的以前
有过一首诗它是这样唱
庭前花木满
院外小径芳
四时常相往
晴日共剪窗
……

随着那轻轻的吟唱，我们似乎就这么走进了一个花木深深的庭院，窗前满是阳光，懒懒拂落了一地，而时间，也仿佛停驻了一般，未见片刻的匆忙……在很多人的心目当中，这大约就是春日白昼应该有的模样。

其实在唐诗以前，有关春天的白昼，我们能够读到的最传神的描绘，大概要数“春日迟迟，卉木萋萋。仓庚喈喈，采蘩祁祁”，还有“池塘生春草，园柳变鸣禽”这么一些句子。显然，在生长复苏的大背景之下，唐以前的诗人，要么着力刻画春日的和谐温煦、慵懒悠长，要么，就扣住变化来加以把握，令到那些或细微、或显著的变化都得以瞬间焕然。

一、山青花欲燃

不过来到唐诗的世界，春天的白昼似乎并未限于这么两端。一如唐诗所具有的极大丰富，唐诗里的春日白昼也呈现得格外地斑斓。在这斑斓中，依旧有迟迟的意绪，但那色彩，却是异常地耀目明亮——

迟日江山丽，春风花草香。泥融飞燕子，沙暖睡鸳鸯。

江碧鸟逾白，山青花欲燃。今春看又过，何日是归年？

（杜甫《绝句二首》）

［清］沈铨《荷塘鸳鸯图》

第一首诗，称丽言香，其间的春日有着司空见惯的慵长与煦暖。到第二首，颜色却一齐跃动起来，春天也一下变得耀目而生动。晴日下的春江一道，绿得叫人心神荡漾，此时再掠过飞鸟迅捷的身影，在阳光的照耀下，在晴碧的映衬下，那点点白色的鲜亮，真是叫人心悦神驰。四围都是山峦的青色，其间山花怒放，缤纷的色彩洒落得漫山遍野，此时在阳光的映照之下，就像是一簇簇跳跃的火苗，夺目而热切，点燃了山谷的阒寂，也点燃了诗人眼前的这个春天。

二、风正一帆悬

必须一说的是，唐人眼中的春日白昼，还有着不容复制的阔大格局。王湾《次北固山下》一首，就是写到此种格局的名篇佳什。诗歌这样写道：

> 客路青山外，行舟绿水前。潮平两岸阔，风正一帆悬。
> 海日生残夜，江春入旧年。乡书何处达，归雁洛阳边。

客路行舟，本来是最牵引愁绪的事情，可是临之以青山绿水，这愁绪就冲淡了不少，也有了明快的节奏。更何况，有“潮平”的开阔，“风正”的盈动——一平一正的遣词，诗人内心的宁静澄明可知。有什么样的襟怀，方能够有什么样的所见！其后出现的“海日”、“江春”一联，无疑更进一步地强化和渲染了这襟怀所具有的特质。残夜已尽，海日初生，旧岁犹记，江水又春……一般而言，生灭之间、更迭之际，最易使人心旌摇荡，愁绪萦怀——叹息着时不我予，逝者如斯；感伤于岁岁年年，物是人非。可是这一联诗，却让我们看到了唐人面对生灭更迭时，那份阔大而平静的胸怀——在灭中体味着生，灭中亦有无尽的生机郁勃，生灭何异；在新时回望于旧，新的焕映间可见旧的光色，新旧亦同。不见促迫的印迹，没有低回的路辙，如此明亮的怀抱，方能够为我们定格这么一个同样明亮而浩荡的春天。千百年之下，展读此等诗句，任这样一

风正一帆悬

个春天横于目前，眼前顿然全是明亮，现世间那些嚣杂扰攘的琐屑纷纭，俱得以扫荡一空，无染于怀。

三、好景与君逢

在这特有的格局之下，唐代那些春日白昼里所涌起的情感，似乎也较他时来得更为深长。杜甫《江南逢李龟年》，就记录了一个落花天气里，叫人情肠百折的一次相逢：

岐王宅里寻常见，崔九堂前几度闻。
正是江南好风景，落花时节又逢君。

当日两人相见的光景，总是倒影着物态繁华。这样的寻常，在世事与岁月的迁延中早已睽违不见，难于寻觅了。今番两人再度相遇，江南风景虽好，却已是写满伤怀的落花时节——三春之盛景不复，人世中的繁华物态也无从寻觅。花事凋零，人事凋零，心事也凋零，此时的相逢，内心涌起的万千喟叹，竟然可以这样止于淡淡的一句——“落花时节又逢君”，真称得上是蕴藉深长之至。这样一个春日白昼，令人感喟至今的，就是那份围绕相逢而泛起的无尽涟漪。唐人气度的雍雅，情感的深挚，都在这一首诗中可以求证得见。

四、游丝百尺长

还有春日白昼那些细微的点滴感触，来到唐人笔下，也变得明亮可见，有着清晰的轮廓。像李商隐这首《日日》，即是如此：

日日春光斗日光，山城斜路杏花香。
几时心绪浑无事，得及游丝百尺长。

春光与日光，着一个“斗”字，则二者之间的缠绕可见——春光无休无止，日光喧哗泼洒，再加上“日日”的修饰，则这春日白昼的明亮与美好可谓倾泻而下。如此无赖的光色，到得次句，却一转而成散逸淡远——清清雅雅的几个意象，山城、斜路、杏花——诗人刻意略去了树树繁花的背景，钩织出的，恰是这春天“幽”的品性。虽然一者春光猛烈，一者春韵简淡，可身处其间的人，拥有的期许却无非都是想要恬淡闲适，消遣春光。“几时”之间，不难知晓此时心绪间的缭乱纷杂，以及面对春光大好却不免辜负的丝丝愧疚；游丝之比，又写出了心绪若能无事之后，那无端飘拂的自在，和与流光共驻的惬意并悠长。春光的层次，感受的微妙，就这么琤琮于诗句当中，真是令人叹服。

一种明亮，可大可小，可深可浅，可炫人耳目，也可荡人心魄——倘若我们也能如唐人这般去体味和把握春天，那诗意，基本就在俯仰之间，又何必驱驰远方。

五、春色尽鲜明

唐人笔下的春日白昼，大多数都是和庭院、田园、山林绑定在一起的，同时也不总是日光倾城，一样偶见阴晦，偶见雨色，不过其间的春意，却依旧鲜晃照衣。

村边杏花白

唐诗田园里的春日白昼，最突出的特点，大概就是其间明亮

［北宋］赵昌《写生杏花图》

而温暖的色调了。且看王维笔下的这样一个隶属于田园的春天：

屋上春鸠鸣，村边杏花白。持斧伐远扬，荷锄觇泉脉。
归燕识故巢，旧人看新历。临觞忽不御，惆怅思远客。

（《春中田园作》）

春鸠在屋顶上嘹亮鸣唱，村边杏花那一树树耀眼的白，加上田间地头农事的繁忙，此际的春日，不同于王维诗句中一般可见的悄静恬然，反而焕发出最为鲜明的人间烟火色调，也有着更多人的活动在其间闪现穿插。就这个季节来看，更迭是无从避免的核心主题，所以恒定的保持就显得尤为难得。像燕子年复一年的到来，旧人年复一年不变的守望，都是如此。光景之外，诗歌字句间带出的那些眷恋，就这么缠绕了整个春天。

春残杏花飞

至于庭院里的那些春日，则基本上是和花木系在一起的。自然界的种种，总是趁着这明媚的季节，迎着这无赖的春色，恣意忘我地生长。王维《戏题辋川别业》，就集中描绘了这一生长的壮观——

柳条拂地不须折，松树披云从更长。
藤花欲暗藏猱子，柏叶初齐养麝香。

何谓“庭前花木满”，展读这一首诗，便可想见其具体画面。柳树茂密，垂条拂地，光看这一句即知别业里绿意的葱茏。加上还有松树，梢端云影流连，柔曼而外，又见苍翠与挺拔。一架藤花，繁密到可藏猿猱；几株柏树，初发的翠叶已能吸引香獐的到来。显然，这辋川别业当中，绿树重阴，花木叠发，到处皆是盎然的生机。春日白昼之时，倘能栖迟此间，一仰首就是一天空树叶的影，任由白云穿行；一低头又有一地阳光的斑驳；一展卷，清风悄吟之际，则有繁花浓郁的芬芳，新叶初生的馨香。此间的时光，就算无所事事地“虚度”，也有诗意不待捡拾，更有无穷的余韵叫后来之人心生慕尚。

而春日庭院中那些具体的花木，出现在这白昼的画卷中，其笔触总是格外明快的。李商隐《朱槿花二首》其一，就如是写道：

莲后红何患，梅先白莫夸。才飞建章火，又落赤城霞。
不卷锦步障，未登油壁车。日西相对罢，休浣向天涯。

寥寥几笔，勾出了朱槿花独具的神情丰姿——比之夏莲，不逊其嫣红；比之冬梅，不输其莹白，再加上那如火如霞一般的盛放，春日白昼与之相对，确实叫人心折神远。

春之盛时，花木的生长与白昼的明亮最是相宜。可就算是来到残春，唐人笔下那些花木，也依旧不改白昼的生长轨迹——“丽日照残春，初晴草木新”，王维《郑果州相过》中这两句诗，便是其间最好的说明。钱起也写过一首七绝，题为《暮春归故山草堂》：

谷口春残黄鸟稀，辛夷花尽杏花飞。
始怜幽竹山窗下，不改清阴待我归。

尽管时间已经来至暮春的区间，曾经怒放的“那些花儿”，已是“辛夷花尽杏花飞”，在春风中无可遮挽地飘坠。然而在这更替中，仍可见幽竹繁茂，清阴不改，这就是生长，在凋残的春风中，始终不变的生长。

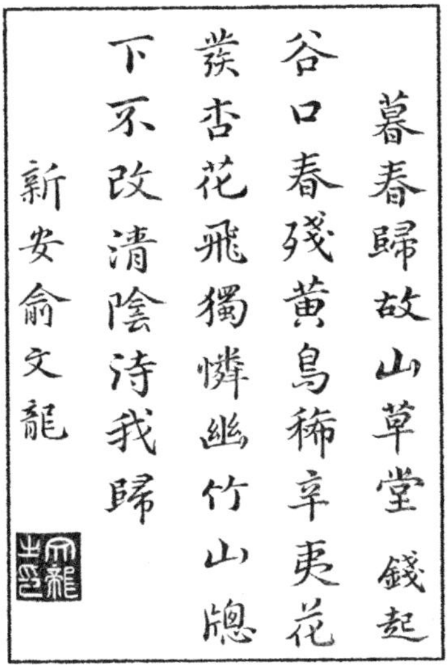

钱起《暮春归故山草堂》

坐看苍苔色

春日最不起眼的苍苔，其茸茸绿意，也在这白昼间有着叫人难忘的登场。李商隐有一句诗，“白石岩扉碧藓滋”——悄然出现在白石岩扉之上，那么一抹鲜妍生动的青碧，就是唐代诗人勾勒春日时，每每所及的苔色。

春光总是把玩不尽的——流连花木之人，心中所爱的往往是这春光的繁盛与明朗；钟情苔色之人，内心驻进的，恰是这春日迟迟所特有的，一笔焕着清幽的生意。王维写过一首《书事》，该诗就是关于苔色最为精彩的呈现：

> 轻阴阁小雨，深院昼慵开。坐看苍苔色，欲上人衣来。

在将雨未雨的天气里，一个人独坐深院当中，内心写满的，除了宁静还是宁静。坐再久的时间，似乎都不会有倦怠袭上心头，却有那青青的苍苔光色，不经意间染上了衣裾。诗歌

[明]董其昌书《书事》

当中，苍苔色所具有的拟人意味、苍苔色和人衣之间的动态关联，最为后人所称许——既写出了阴天深院、苍苔上凝结的那笔生意，在渲染苍苔颜色可爱的同时，也写出了深坐其间之人，内心的沉醉与欣然。这同样也是，春日白昼的一种打开方式。今日又逢春时，如果有一座苍苔深院容我们小坐半日，其实也一样能够感受到无边的宁静，以及袭上衣裙的点点苔色。读这样的句子，想象一个不复喧哗的春日白昼，便可任那古老也新鲜的幽趣，于不知不觉中来至身侧，铺满心头。

元结《石宫四咏》咏及春天，也是扣住了苍苔来写——

石宫春云白，白云宜苍苔。拂云践石径，俗士谁能来。

春云之轻盈洁白，确实与苔色之苍翠冷冽最是相宜。披拂一身云影，踏在铺满苍苔的石径之上，红尘中的扰攘纷杂，与我何干！任何世俗人等，也都无缘至此。不妨说，这样一个幽洁的所在，确实能够叫人褪尽俗想，洗却尘心。这样的幽洁，还有着春天特有的明亮——它根源于白云，也得自于苍苔。所以，春日苍苔之动人，除了那份毫不张扬的星星绿意，大约还在于它能够提供一种幽氛，使人可以藉此从尘色中遁逃开去。

山光物态妍

显而易见，春日白昼映着苔色，的确看上去无比幽静。而唐诗中春日白昼与山林的结合，则是又幽静，又明亮，既透着郁勃的野趣，也漫出无边的诗情。李白笔下的春日山林，所刻画的便是了无尘色的自在生涯。像这首《山中问答》，诗人用简淡笔墨绘就的，就是一个迥异于人间的“洞中天地”：

问余何意栖碧山，笑而不答心自闲。
桃花流水窅然去，别有天地非人间。

碧山之令人向往，正在桃花流水的潺湲；诗仙之令人追慕，则在那份笑而不答心自闲的洒落不羁。

李白还有一首《访戴天山道士不遇》，则是写得野趣盎然，叫人无法不去艳羡——艳羡诗人眼前的山林春色，也艳羡这等山林春色面前的诗人。

犬吠水声中，桃花带露浓。树深时见鹿，溪午不闻钟。
野竹分青霭，飞泉挂碧峰。无人知所去，愁倚两三松。

有犬吠，又见桃花，它们的出现奠定了这座春日山林的人间底色。不过这犬吠却夹杂着水声，被露水洗过的桃花愈发莹澈鲜妍，这又区别于人们日常所见，写出了不同寻常的山林气息。而如果你想要在唐人的吟咏间找寻春日山林的幽与深，这首诗大概算得上是最佳的范本了。树深见鹿，溪午钟杳，野竹青霭，飞泉碧峰，这样的句子根本都不需要解读，这样的山林从那时起就栖止在我们的梦中。

张旭《山行留客》一诗，写这春日白昼间的山林之阴也极为动人，洵为七绝中的上乘之作。小诗这样写来：

山光物态弄春辉，莫为轻阴便拟归。
纵使晴明无雨色，入云深处亦沾衣。

既然是留客之诗，当然要极力渲染这春日山林的美好。山

[清] 王鉴《春山烟霭图》

光物态与春辉的舞弄，当然是这份美好惯常见到的样子。不过就连有轻阴带着雨意出现，其实也无法成为仓促归去的理由。实际上，这春日白昼一旦与些许的雨色相逢，不知能够平添多少的味道，至于那诗意，更是这么就随着雨丝飘洒无端了。王维诗中有这样的句子——“雨中春树万人家”，将春雨赋予白昼的诗情，刻画得动人之极！满纸，都是人家檐前、树梢叶底滴落的宁静，弥漫的绿意，以及绘就的烟雨淋漓。“万人家”处，尚有如此清新的韵致，如斯透亮的雨色，何况是来到山间呢？更何况，就算是无雨的晴明时分，走入山林的深处，就等于走入了云霭的深处，一样会沾染满襟满袖的水气氤氲、烟色青青。

春与青溪长

就连最动人的春水，其实也不在他处，正在这山林当中。寻常的春水，一如王之涣《宴词》中所写——

长堤春水绿悠悠，畎入漳河一道流。
莫听声声催去棹，桃溪浅处不胜舟。

绿得透亮，映着春光，有浩浩荡荡奔涌的势头。等到进入山林当中，这春水的奔涌一下就平添了许多的风致。杜甫写过“春岸桃花水，云帆枫树林”，那样一种跃出纸上的明媚意态，还有说不出的蕴藉俊逸，就是寻常春水所罕闻的。李华《春行寄兴》，吟咏的对象，正是这春日山林中溪涧的美好：

宜阳城下草萋萋，涧水东流复向西。
芳树无人花自落，春山一路鸟空啼。

山林中出现的春水，通常都以溪涧为多。相比一般的江

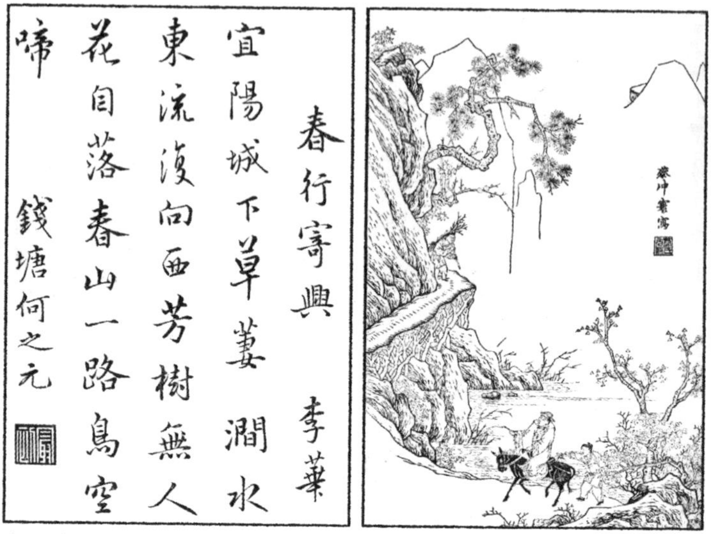

李华《春行寄兴》

河，溪涧与岸、与石、与树之间，似乎总是呈现出更多的相亲。随着那曲折蜿蜒的奔流，草色、树色、山色、云色，一时间都汇入了溪涧当中，这山林春水的神色，因此而倍加缤纷、清幽。而且溪涧流经的地方，往往是人迹罕见、飞尘罕至的。唯有片片落花飘飞其上、逐水轻漾，还有宛转的鸟鸣随着溪水喧豗，写一望幽深明亮。这样的景象，确实是美好得无以复加。也许唯有在这样的春水之上，才能充分地懂得，何谓“道由白云尽，春与青溪长。时有落花至，远随流水香”（刘昚虚《阙题》）……

六、春风余几日

读了那么多唐人关于春日白昼的诗句，相信那样一个处处草木生长、始终透着明亮的春天已经住进了各位的心中。现实中，春日白昼也是这等样的美好，不由分说就洒落一地的阳光，不由分说就纷扬一世界的烟雨，还有不由分说地绿透与燃亮，以及同样不由分说地凋零与逝去。春光，就是这么无赖，这么促迫。就像《蓝采和》这篇唐人小说中的歌吟所唱：

踏歌蓝采和，世界能几何。
红颜一春树，流年一掷梭。
古人混混去不返，今人纷纷来更多。
朝骑鸾凤到碧落，暮见苍田生白波。
长景明晖在空际，金银宫阙高嵯峩。

是啊，“红颜一春树，流年一掷梭”，对于这样的美好与促迫，唐代的诗人们可谓是深有体会的——

白玉一杯酒，绿杨三月时。春风余几日，两鬓各成丝。……

李白这首《赠钱征军少阳》，所写正是如此。绿杨三月，是春光最为绚烂最为意气风发的时段；白玉一杯，既是领受到这春光的由衷欣悦，却也是春风迅疾、难于遮挽的诗性写照。而春光的醉人与伤怀，正在它与年华的那份缠绕之中。李白这首诗的高明，就在咏叹春光的同时，也一并咏叹着生涯——如春光一般美好，又如春光一般易逝……可在这不容遮挽的直面中，有低回，却没有凄惶；有“秉烛唯须饮，投竿也未迟”的体认，却从容得不见丝毫急切，这也是唐人才有的气象。就算到了李商隐的时刻，写及春深白昼的种种，也只见：

睥睨江鸦集，堂皇海燕过。减衣怜蕙若，展帐动烟波。
日烈忧花甚，风长奈柳何。陈遵容易学，身世醉时多。

（《春深脱衣》）

此番叹惋似乎深恻了许多，可字里行间，依然流泻着淡淡的从容。

七、幽映每白日

说起来，唐人诗中春日白昼始终可见的这份明亮，与春天本身的特质显然是直接相关的。这一季节，萌发与生长是无所不在的景象。昭示出的，就是蓬勃而无所不在的生机。生机的存在与显露，总是叫人愉悦地看到希望；能够看到希望，眼前就是一片明亮。而除了这一层，这明亮的亘永蔓伸，还和唐人特有的怀抱相关——哪怕是面对飘飞与凋零，所捕捉到的，依旧是鲜亮的光色，诗一般的神情。故而唐人笔下的春日白昼，就算写到了凋残，也读不出丝毫的衰颓——“雨中草色绿堪染，水上桃花红欲然”（王维《辋川别业》），“桃花细逐杨花落，黄鸟时兼白鸟飞”（杜甫《曲江对酒》）。

所以常常觉得，唐人才是最懂得生活的群体，并且，没有初盛中晚的更多分别。所谓“诗的唐朝”，其实全在他们诗的生活。正是因为懂得，所以面对春光的烂漫与匆促，唐人才会有如此之多、不厌其烦的流连与抒发——或循着春意走入深山，或荷锄持斧立于田园，又或者，把盏擎杯，独坐于庭院——与花木苍苔相对，与雨丝风片相亲，吟彻春色，抚遍流光。似乎唯有这般，方才不致辜负那大好的春光，以及同样大好的人生年华。故此，读唐诗，和这唐诗中的春日白昼一同缱绻，哪怕囿于一室之狭，也一样能够：

幽映每白日，清辉照衣裳。

（刘昚虚《阙题》）

任由这清辉，照进生活的缝罅，照进琐屑与庸常。

第三章 怅惘

寂寞空庭春欲晚

随着太阳渐渐西沉，白昼告退，黄昏就在倏忽间宣告到来。

黄昏，大概是一天当中最能牵动情感思绪的时刻了。它意味着一天的终结。那日间的种种喧哗热闹，似乎到这一刻都能划上一个明晰的句号。于是，这一刻也就充满了别离的意味——不单单要告别白日里经历的光景与心绪，同时也要告别这马上就要逝去的辰光。面对别离，我们总也免不了怅然——或深或浅，程度与色泽或许有异，但情绪中那点黯淡的存在却是不争的事实。更何况，告别一个白昼，就意味着已然逝去、不复重来的辰光。所以，在黄昏降临的刹那里，并没有太多的昂扬可以找寻，反而总是写满了低回与怅惘。

而且黄昏降临的画面，落日已是余晖，光线不复耀眼；暗沉的色调成为无法阻挡的大势所趋。残阳如血，是这一画卷开端时仅存的恢弘与悲壮；紧随其后的瑰色霞彩，又给树木与山脊涂上了幻梦般的光影；然后，就是暮色轰然而至，游走于大地，四散于天宇。周遭的一切，无论草木山林，还是楼宇人群，都在暗影中默然，也在这暗影中不复被记起。

有一个词叫作“暮愁”，所形容的，正是这黄昏时分泛起的种种愁绪。“暝色入高楼，有人楼上愁”（李白《菩萨蛮》），说的就是这"暮愁"中的一种。暮愁的发生，总是在特定的时刻里；它的出现，也是这一时刻特殊的赋予。而四季当中，尤以春天的黄昏，最容易触动暮愁。

唐代诗人笔下的春天，有不少都定格在黄昏日落时分——在庭院中，在山居时，迎着夕阳向晚，散出满襟的暮愁。

一、向晚多愁思

这些春日黄昏的光色，有相当一部分，落在了人家庭院当中。这大概缘于庭院总有"深深"的特质——似乎总能成功分隔出一个与市井烟火有别的世界，而其间时光的脚步、人的情绪变化，都更易被人察觉，也更显明晰与深长。同时，这庭院里的春日暮愁，大多数情况，都和女子相关；大多数情况，都是因为离别、寂寞而幽然泛起。王维有一首《晚春闺思》，所凝结的，就是这样的暮愁：

> 新妆可怜色，落日卷罗帷。淑气清珍簟，墙阴上玉墀。
> 春虫飞网户，暮雀隐花枝。向晚多愁思，闲窗桃李时。

首句出现的"可怜"，其实是"值得怜爱"的意思，可就算精心绘就的妆容，却也敌不过时间的流转。已是春晚，又值日落，独自卷起罗帷，看到的，是这黄昏时分特有的景致：春天的温和之气已经漫上了竹席，院墙的倒影逐渐攀上了石阶；有飞虫在暮色中轻舞，也有小鸟儿藏匿于花枝深处。就这样的景致而言，似乎只是写出了傍晚的特质，并无更多情绪的渲染。然而作者显然未尽于此。诗歌终篇，整首诗点题的句子方告出现。其中，"向晚"一语颇有深意。既是向着日暮傍晚，也是向着春事之晚，同时，还是向着年岁与容颜之晚——对着

王　维

暮春黄昏，想着年华与容颜的老去，内心的忧伤，又何用多言。另外，“闲窗”的表达也十分精彩。一个“闲”字，就写出了时光与年华无人问津、无端虚掷的残酷现实。正是因为闲置如斯，也才会有愁思如许。

与王维这首诗题材相似的，还有刘方平的《春怨》。比起王维此诗，刘作显然更加为人所熟知：

纱窗日落渐黄昏，金屋无人见泪痕。
寂寞空庭春欲晚，梨花满地不开门。

院门深掩，掩住的是一个渐趋凋零的黄昏春日，也掩住了院中之人满心的孤寂与忧伤。很显然，比起摩诘诗作，这首诗的情感轮廓要分明得多。不但第二句就道明缘由，第三句还进一步点题——寂寞。这就是庭院中的黄昏情绪，也是庭院中女子的心境特征。不过这首诗令人印象最深的所在，还是最末一句——“梨花满地不开门”——满地梨花的洒落堆积，是这春天离开的痕迹；门之虽设而常掩，又写出了这一院落的清幽与静谧。这样烘托而出的寂寞，就有了诗一般的蕴藉，哪怕离开这深深庭院的依托，其动人也并无更多的改变。

岑参《山房春事二首》（其二），刻画的也是一个春日暮色中的庭院，不过所生发的暮愁，已然不同于前。

梁园日暮乱飞鸦，极目萧条三两家。
庭树不知人去尽，春来还发旧时花。

这个春日黄昏的“梁园”，分明有着太多往昔的片段，而今却只见零落与萧条。昏鸦上下，庭树又花，这个时候泛起的思绪，便是抚今追昔、物是人非的感伤与哀戚。春日黄昏，是伤怀天，也是无奈天。古往今来，似乎都不曾偏离过这样的轨辙。

二、山中对落晖

发生在山间的春天日暮，唐代诗人也写了不少。如果说庭院里的暮愁有着鲜明的色调，那暮愁来至山野深林，则顿时有了更为生动、也更为繁复新鲜的背景。这样的春山日暮，尤以闲居在辋川别业的王维领受得最为丰富和真切。是以，摩诘笔下的那些向晚春林，最能够打动人心。

山中相送罢，日暮掩柴扉。春草明年绿，王孙归不归。

（《送别》）

谷口疏钟动，渔樵稍欲稀。悠然远山暮，独向白云归。
菱蔓弱难定，杨花轻易飞。东皋春草色，惆怅掩柴扉。

（《归辋川作》）

寂寞掩柴扉，苍茫对落晖。鹤巢松树遍，人访荜门稀。
嫩竹含新粉，红莲落故衣。渡头灯火起，处处采菱归。

（《山居即事》）

悠然远山暮

虽然都是春山之暮，但三首诗所写却不尽相同。《送别》，顾名思义，所刻画的就是一场山中送别之后，诗人自处于黄昏时的心绪起伏；《归辋川作》，咏的则是在一个春日傍晚，诗人归来山中的历历情状；至于《山居即事》，记录的又是春深时节就着落晖、与山林相对的日常。有趣的是，这三首诗都写到了一个共同的动作，或者说场景，那就是“掩柴扉”。柴扉一掩，似乎就此隔开了尘嚣，可以就此拥有一个完整的黄昏，以及同样完整的黄昏心绪。不过，三者的柴扉之掩，却也呈现得各自不同。

《送别》诗中的“掩柴扉”，显然是日暮送别之后的一个具体动作。柴扉一掩，意味着友人的切实离开。前面说过，黄昏本来就是个充满告别意味的时刻。在这一时刻发生的送别，所引动的离愁无疑会更加的深长。朋友一走，门一关，整个世界便被暮色和孤寂充满了，心绪如何能够平静？这个黄昏，泛起的全是别绪与相思——明年春时，春草又绿，却不知今天送走的这位友朋，还会不会如约到来。

《归辋川作》，则是从归途中遇到的春天傍晚写来。归来的途中，听到了谷口隐约的钟声，看到了渐渐散去的劳作的人，暮色悄然落在了远处的山脊之上，所幸还依稀可见山顶的白云，似乎在指引着归去的方向。这样一个季节的黄昏，归途上的所见总是写满清意。除此而外，却也总会触到时光的不断推进，春色的不断凋零，此时再看到东皋春草的颜色，内心的情绪，大概就不会只是一味喜悦与宁静了。一腔淡淡的惆怅，也就在“掩柴扉”的当口，像这草色一般，蔓生开去。

《山居即事》，一开篇就给“掩柴扉”定下了情感的基色——寂寞与苍茫。在寂寞中关上了柴门，在柴门内品咀着自己的寂寞，又在寂寞中与满山苍凉的落晖相对。所以，寂寞与苍茫，就成了这一黄昏特有的心境。“鹤巢”一句，写出了无所依傍的孤独，“人访”云云，又渲染了无人问津的落寞。不过唐人的好处就在于，哪怕身处被忘却的境地，承受着巨大的孤独与落寞，心里满是寂寞苍茫，他也能够透过这一切，看到希望与生机，捕捉到那些明亮的光影。所以黄昏涌起的各色怅惘，通常也不会晦暗到底。这首诗的第三、第四联，就是令人眼前一亮的处理。嫩竹修饰以新粉，再着一个“含”字，写出了初初可见的生长态势，特别是那份惹人怜爱的神情。“红莲落故衣”，这一句更是写得情味十足——故衣之落，字面上的哀婉恰恰意味着新的生长——等到败叶褪尽，就迎来一个全新的季节，全新的绽放。罗宗强先生在《唐诗小史》中评价此诗，称其“寂静中却处处是生的喧闹”，既能使人领悟到万物的生生不息，又可以使人感受到生之热烈欢快。他认为王维是这样一个诗人：

> 他把山林写得很宁静、很美，但又不乏清新，充满生机。

这样的评价，真是再确当不过了。每个走入摩诘辋川，感受那春日暮色山林的读者，相信都会油然而生同样的体会。

三、苍苔浊酒静

如果说，王维绘就的向晚春山，都有一色悄静作为背景——无论离愁别绪，还是伤逝怅然，都透着一味宁静，总令人读之而起出尘之想，那杜甫笔下的村居黄昏，则是显露出了对于人生的贴近，充满着世间的意趣。

> 懒慢无堪不出村，呼儿日在掩柴门。
> 苍苔浊酒林中静，碧水春风野外昏。
>
> （《绝句漫兴九首》其六）

虽然所写都不过是春日黄昏，但王维与杜甫的区别，在这一首诗中可以说呈现得淋漓尽致。王维住的是山间别业，对于人世，他总是一种俯瞰的视角。杜甫领受的是山村当中的日暮景象，所以那热闹与贴近的意味自然有别。这首以“懒慢”开篇的诗歌，写出的就是有如村酒一般的黄昏——绝不精致，也并不幽寂，甚至还有些粗砺的味道，然而却亲切得无以复加。由苍苔浊酒渲染而出的“静”，散发着久历世事的沧桑。淡然道出的野外黄昏、碧水春风，也似乎不见春天特有的鲜妍，反而呈露出一种老境方能意会的苍茫。

这样与苍苔相映的浊酒一樽，似乎只有在春日黄昏里擎来，才有着格外鲜明的宁静与恬美。像是羊士谔有关玉蕊树的题咏，在“风暖动芬丝”之后，就有“留步苍苔暗，停觞白日迟”这样的字句。作为一种总在黄昏日暮时分绽放的花木，虽然玉蕊树一年四时都可以开花，但经由这两句的题咏描画，却分明呈现出春日黄昏所特有的澹荡与悠长。也许只有春日，才让人不惧怕黄昏的到来。又或者，只有春日黄昏，才能令喟叹逸出慵懒的声线；同时更令这杯中之酒，轻漾出一些别样的缱绻与温柔。苍苔色泽的深沉，与玉蕊花开的明丽，在日与夜的交替时刻书写着光影的流泻与变幻。这时节，白日的盘桓不去，与把盏间的思绪绵长，自然又交相焕映出一些隽永蕴藉的情味来，叫人可以无惧于岁月的匆匆和蹉跎。

四、黄昏春水寂

当然，黄昏时分的春水，也在唐人的诗作中留下了一道动人的剪影。有的是江，有的是溪，有的是一个普通的水潭，然而，都一样在暮色中滉瀁，倒映着不会因时光而褪色的怅惘。

韦应物的《滁州西涧》，便是这唐诗世界中最为自在的一道春涧。自从这首诗问世以来，不知道有多少世代的人，都竞相将它绘入画中。大约，绝大多数人心目中山林春涧的模样、山居生涯的美好，就尽在这并不复杂的四句当中：

独怜幽草涧边生，上有黄鹂深树鸣。
春潮带雨晚来急，野渡无人舟自横。

这是一道隐藏在深林当中的山涧。它的可爱，就在于那份和尘境的远离。它所拥有的，是一种透着清幽的自然野趣。涧边生长的草，是所谓幽草，那姿态与颜色，无一不惹人怜惜；山涧流经的岸边，布满了茂密的树林，黄鹂的清啭，来自叶片背后的另一片洞天。恰逢一个带雨的黄昏，诗人与这一道山涧相遇，所领受到的，除了幽深，还有那不受拘束的奔流，以及人迹罕至的惬意。有人说这首诗是有政治寄托的。然而将那些寄托的猜度剥离，我们所看到的，依然是春日黄昏中，徐步山林才能够邂逅的在在幽趣、万千美好。

另外一条有着出尘气韵的黄昏山溪，则是张旭的《桃花溪》（一作《桃花矶》）：

隐隐飞桥隔野烟，石矶西畔问渔船。
桃花尽日随流水，洞在清溪何处边。

这里的桃花溪，显然就和陶渊明笔下的桃花源一样，是一个远离尘世的所在。“隐隐飞桥隔野烟”，“隔”字用得精彩，

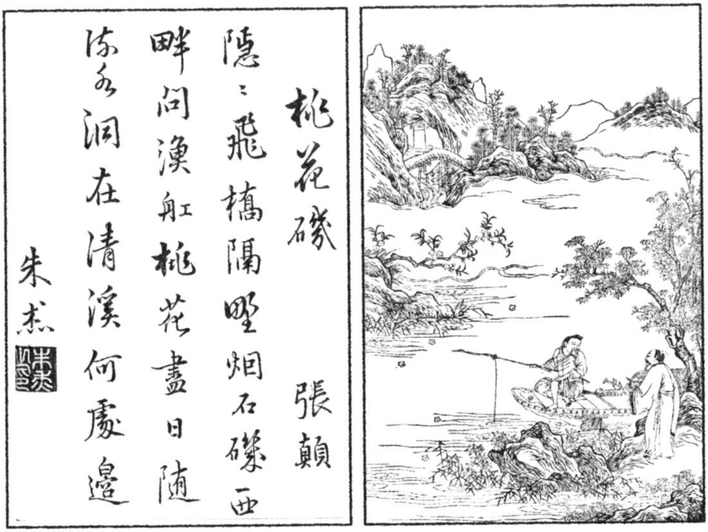

张旭《桃花矶》

一方面写出了溪水与桥与烟的关系——正因为有桥的存在，才在烟水一色中有了别样的一道弧线，也因为这弧线的出现，溪水才愈发显得烟色迷蒙，水气氤氲；另一方面，这一个字也道破了此方天地与外界尘境之间的隔绝。由于隔绝，这个所在变得难以找寻，更不要说轻易地遇见。“桃花尽日”云云，也是内容丰富的一句诗——既有找寻的艰难，也有近晚的时间交代，同时还不动声色地呈现了这条春溪流动的特点——点点桃花飘落溪上，溪水之美不待多言，溪水流经的处处桃林也宛在目前。这一条溪水，与其说是写实，倒不如说是象征。诗人借用这春溪，唤起的，是人们对于桃花源的追慕，对于远离尘境的深切渴求。

黄昏中的春江，倒是可以举储光羲的例子。不过储光羲笔下的日暮春江，虽然写的是我们都熟悉的长江，却明显流露出不一样的神情：

日暮长江里，相邀归渡头。落花如有意，来去逐船流。

（《江南曲四首》其三）

因为仿的是民歌声调，因为唱的是儿女情思，所以这暮色里的一带长江，轻轻漾起的，就是无边无际的旖旎春色。

至于暮色中的一潭春水，同样也可以在储光羲的吟篇中找寻——

垂钓绿湾春，春深杏花乱。
潭清疑水浅，荷动知鱼散。
日暮待情人，维舟绿杨岸。

（《钓鱼湾》）

很显然，这是一潭绿得清澈透亮的春水。这绿中，有水的色泽，也有岸边绿杨的倒映。春色已深，杏花开得缭乱，荷花

垂钓绿湾春

也初初绽放，所以这还是一潭有着动人香气的水。日暮到来，这一潭水中定然还会映出夕阳与晚霞，粼粼波光中，等候情人的状态更显情韵幽长。总的来看，储光羲的句子十分清淡，不过其间的情味却缠绵异常。如此牵绕的情思，冲淡了我们此前在春日黄昏不断遇到的那些怅惘，反倒一如天边的云霞，泛起瑰色的光芒。

当然，唐人笔下的春日黄昏，又怎会少得了在苍茫背景里炫目的夕阳呢？写过“天意怜幽草，人间重晚晴”的李商隐，还咏过一轮春溪之上的夕阳——

怅望西溪水，潺湲奈尔何？
不惊春物少，只觉夕阳多。
色染妖韶柳，光含窈窕萝。
……

（《西溪》）

这首诗最精彩的笔墨，正在三四句。“春物少”与“夕阳多”形成了鲜明的对照。春物之少，不难知道是春天在渐渐远离。夕阳之多，则说明一溪之上，全是漫天余晖的光影斑斑。就连岸边的柳树、青萝，也在这余晖的袭染下更见妖娆，愈发窈窕。夕阳，就是春日黄昏中最高明的画师；也是白天与夜晚之间，最叫人惊艳的一抹色彩——寂寥时不妨书写着苍茫，得意处，又不断挥洒着色与光。

五、日暮嫣香落

而在春天暮色中，值得捕捉的，还有那飘飞点点、纵情纷扬的落花。李贺《南园十三首》（其一），就是这黄昏中花落最显别致的抒发——

花枝草蔓眼中开，小白长红越女腮。
可怜日暮嫣香落，嫁与春风不用媒。

首句“眼中开”三字，充分道出了诗人对于周遭花木发自内心的珍视。这花枝草蔓的美好，就好像江浙女子皮肤的莹白、腮上的轻红。如此出众的美，却也敌不过日暮时分的一阵风过。对着落照，看着落花，这内心又焉能不伤感低回！

可以说，到了晚唐，更多的诗人乃是以敏感的心灵触到了凋零逝去的必然，所以此时生发的日暮怅惘，在淡淡、无端之外，更多了难以言表也难以克抑的凄婉；春日黄昏到得晚唐诗人笔下，似乎都蒙上了一层泪的雾翳。李商隐的名作《天涯》，就让我们真切地看到了这样的一个黄昏时分：

春日在天涯，天涯日又斜。莺啼如有泪，为湿最高花。

“春日在天涯”，这句诗极为凝练，道出的，除了春日和羁旅客愁的相叠，也写到了春光的迢遥，以及渐不可及的未来。

在天涯与春相对，本来已觉不堪忍受，这个时候再遇到暮色降临，这心中的凄楚就更不待言了。莺啼本来是明快的声响，此时听来却如同蓄满了泪水一般；若是这啼鸣果然衔着眼泪，那倒不如洒向最高处的花朵，为即将到来的飞坠，更为这不容遮挽的春光。

第四章 沉醉

落月摇情满江树

夜晚，总是令人不免想到黑暗与寂静。不过春天的夜晚，却似乎有着不同寻常的样貌。提到春夜，我们能够想到的都是春星、春月，以及春夜的雨、风，春夜的灯、市，还有春夜的人。春夜的这一切，总是闪现着明朗的色泽、浪漫的气息。有关春夜的种种，似乎都有令人沉醉的本领。走入唐人的春夜，我们所能感受到的沉醉，就是这么样的强烈和明晰。

一、夜静春山空

以月来看，夏天夜空的月，总给人无边朗照的印象，有着突出的浩荡和爽朗。秋天夜空的月，则是一味深入骨髓的莹洁，充满净化与抚慰的效能。冬夜的月，不啻悬于天空的一泓清冽。而春夜的月，似乎与人间世界有着更多的亲近，充满晤谈的可能，是窗棂背后的凝望，也是庭院当中花木上的温柔——笼着轻纱，和着鸟鸣，有着说他不出的朦胧，以及清亮。

王维的名篇《鸟鸣涧》，所描绘的，就是一个无比曼妙的春山之夜。

人闲桂花落，夜静春山空。月出惊山鸟，时鸣春涧中。

这首诗开篇就十分不俗，扣紧一个“闲”字，写出了和这春夜山谷相一致的恬淡心境。桂花，有独放于秋季的，也有四季皆开者。此诗所写，显然是春天的桂花。点出桂花，整个春夜山谷就有了香气。那样一种淡淡的甜香，最能够让人的内心贮满安宁。桂花花形细小，花落根本不易察觉。诗人却偏偏抓住了这种不易察觉的飘坠加以描写。一方面，这充分说明内心已抵达极致的“闲”与“静”，因为只有在没有任何俗事干扰的状态下，人们才会觉察到生活中的细微变化，受到这些细微变化的牵引。另一方面，这一句也写出了春夜山中那同样近乎极致的静谧。心是极静的，山是极静的，夜是极静的——境，就是极静的。静中聆听着静，静中也凝视着静，画面中唯有那桂花兀自开着，又兀自簌簌落着。这座春山给人的感觉就是一派澄澈与空明。所以这种时候，连山月的升起，那光芒都好像突如其来的不速之客，令山中栖止的鸟儿有所惊觉，于是有啼声在夜色中飘荡开去，和着那春涧的水声。仔细听的话，会发现这一首诗，实在充满了细碎的声响，像是桂花簌簌的落，像是山间溪涧的流淌，还有春山中那一声声鸟鸣。这些细碎声响的存在，无疑放大了春夜山谷的空明与美好。而且这些细碎的声响，就好像春夜特有的醉人，不知不觉，就浸染在每一寸空气当中。

于良史的《春山夜月》这样写道：

春山多胜事，赏玩夜忘归。掬水月在手，弄花香满衣。
兴来无远近，欲去惜芳菲。南望鸣钟处，楼台深翠微。

春山之多胜事，夜色之令人忘返流连，就在于有月有花。

“掬水月在手”，这是春夜才有的月与人之间的那份亲昵，以及如何形容都觉得未尽的月色温柔。没有严寒，没有酷热，也没有萧瑟，这样的夜里走入春山，披拂于如水的月光之中，除了沉醉其间，再没有其他更妙的选择。

李商隐的《夜出西溪》，也是写到了春夜的山林，以及山林上方的月与星：

东府忧春尽，西溪许日曛。月澄新涨水，星见欲销云。
柳好休伤别，松高莫出群。军书虽倚马，犹未当能文。

澄朗的月色，初涨的溪水，这样一种照应关系是叫人愉悦的。不难想象在那样一个世界当中，月光流动于溪水之上，而溪水又静谧于莹白当中，那会有怎样的宁静袭上心

［南宋］佚名《春山曛暮图》

间。更何况，这时候还有星光璀璨——那点点繁星从夜云间闪现的时节，就好像把云层都消解了一般。仰首见星，任星光洒落在双眸，就成了两泓最动人也最清澈的目光。春天的明亮，白昼里简直无处不在，到了这夜色笼罩的时刻，也一样有着明晰的印迹。

二、春气今宵暖

再看刘方平《月夜》为我们描绘的春夜庭院，诗人只用了寥寥几笔，就已令春夜特具的美好焕然于眼前。皇甫冉称刘方平善画，是所谓“墨妙无前，性生笔先”，读此诗差可证之。

更深月色半人家，北斗阑干南斗斜。
今夜偏知春气暖，虫声新透绿窗纱。

着一“更深”，则夜显然到了深沉的时分。这个时候，月色笼罩了一半的庭院。眼前的世界，一半陷落在黑暗中，另一半则充溢着明亮的光芒。这一明一暗的对峙，就充满了画意，而且让人觉得格外地宁静。天空中星星的位置，也再一次印证着这夜色深沉——阑干，本来是纵横的意思。诗人在这里分明用了互文的修辞手法——意思就是无论北斗七星，还是南斗六星，此时在夜空中都已经是横斜的状态。这夜色，显然已深极，也静极。然而这个时候，却有细细的虫声传来，打破了这夜的静谧。

诗人运笔非常之巧。他先勾勒了夜的面容，渲染了夜的深沉与寂静，然后，又突然点出此夜的不同一般——那样一种突出的煦暖，这也是春夜方才能够感受到的煦暖。诗歌的最后两句，写得更是别致。一个“偏知”，一个“新透”，就有许多的欣悦之意汇聚到了笔端；再一个虫声与绿窗纱的配搭，则让读者充分感受到了这声声虫鸣当中蕴含的生机和春意。后来的论者提到这首诗，除了肯定画面感的鲜明突出外，总称其运思与后来苏轼笔下的“春江水暖鸭先知”有着异曲同工之妙。这样一种相似，应该说是十分明显的。

三、春夜两三声

元结的《欸乃曲五首》（其二），则是把春夜月色下的一带江水带到了我们面前：

湘江二月春水平，满月和风宜夜行。
唱桡欲过平阳戍，守吏相呼问姓名。

“欸乃”就是棹声，而“欸乃曲”可以理解为船歌。其实唐诗中最为著名的与“欸乃”相关的句子并不是元结所写，而是出自柳宗元的笔下——

渔翁夜傍西岩宿，晓汲清湘燃楚竹。
烟销日出不见人，欸乃一声山水绿。
回看天际下中流，岩上无心云相逐。

（《渔翁》）

“欸乃”一声，漾出的就是山水之间灵透的绿意，由柳宗元的句子，不难触到这么一个简单声响当中蕴含的丰厚情味。柳宗元的此声“欸乃”，写的是朗朗白昼间的清碧山水；而元结的《欸乃》一曲，描绘的却是初春夜色下的江上行船。夜里行船于春水之上，虽然无法看见其可爱的碧绿色泽，却能够感受到风色之和，水波之平。春夜特有的宁静，也写在这春江之上。何况此夜江上还有一轮满月，那一望的银色江面，又写

柳宗元

满春夜特出的美好。在这样的月夜当中，有不绝于耳的江涛之声，也有船歌在水面荡漾，就连突然而起的守吏相呼之声，在敲破夜之静谧的同时，也重新锻塑了一份鲜活。读诗于今日，我们似乎依旧能够听到那些声响，沐于洒向江面的皎洁月光，也触到那份不曾褪色的鲜活。春的夜色，就这么在我们脚边轻轻流淌……

当然，这春夜的声响当中，除了桨声船歌，还有悠扬的笛声，细诉着时人怀抱当中的那些款曲——

谁家玉笛暗飞声，散入春风满洛城。
此夜笛中闻《折柳》，何人不起故园情？

（李白《春夜洛城闻笛》）

这一曲清笛，从李白笔下逸出，不知散入了多少世代的春风夜色当中。笛子的声音，本来有着清亮高亢的特质，可是本诗开头，诗人却用了一个“暗”字来形容。这个“暗”字，用得很是耐人寻味。它并不是想要突出这笛声的喑哑，而是想要暗示出这吹笛之人怀抱的幽微与深沉。所以，在春夜的寂静当中，才会突然有这笛声蓦地响起，带着那特有的清越，一时间令整个城市都笼罩在这乘着春风而来的笛声中。“散入春风”一语，写出的正是这笛声音质特有的明亮。然而如此明亮的音色，奏出的却是离别与客途的凄苦。《折杨柳》，是当日有名的笛曲，所抒发的即为别恨与客愁。在春夜的美好当中，笛声奏出的是折柳送别的不舍，杨柳青青的乡愁，所以能够唤醒，每一个在这夜晚未曾安睡的心魂。这首诗的好处，在于全然扣住了一个“闻”字在写。既有声之初起，后及声之渐闻，再到仔细辨认，最后听出了这《折杨柳》的曲调，又随之而生发出丝丝乡愁——在更尽夜阑的时分，任内心随这笛声，不断激荡、喧哗。

必须一提的，还有那鸟儿的吟唱，也一样，不时在这春夜的清寂中暗响。沈佺期《夜宿七盘岭》一首，就让我们听到了这唐时春夜里的声声啼鸣。这首诗写道：

独游千里外，高卧七盘西。山月临窗近，天河入户低。
芳春平仲绿，清夜子规啼。浮客空留听，褒城闻曙鸡。

这是一个悬在山间岭上的春夜，所以透着不多见的清冽和峭拔。“山月临窗近，天河入户低”，山月悬于窗侧，银河低垂得似乎已经进入了房屋当中，这样的景象，就是不多见的，有着奇异的光色。而这样的夜里，绿意在原野上弥漫，听得到子规在山谷间吟唱。子规的鸣声，被古人描述为“不如归去”。这样的声响，在清峭的春夜里听来，行于路上的人，又有几个能够不被牵动思绪，撼动心神！

四、一櫂春江色

而船，行在春夜的江上，所见除了一轮满月，还总有数不尽的灯火，数不尽的江花。李白有《夜下征虏亭》一诗，就把这绚烂的夜色春江写得格外生动明畅。其诗云：

船下广陵去，月明征虏亭。山花如绣颊，江火似流萤。

很有意思，李白写到下广陵的诗篇，似乎都有着突出的轻快与飞扬。去处是个好去处，再加上是在如此美好的春夜当中，心情焉能不写满快意！征虏亭的这次出发，发生在有着一轮朗月的夜色里。绣颊，是唐时少女特有的妆容。以绣颊喻山花，则这山花的绚美不待多言。江火，既有江面的渔火，也有万家灯火的映照，来往一如林间草丛里的流萤，则那光亮的轻盈逸荡也同样一望可知。如此春夜，江风水色都幻化成了酒，行舟其上，势必都免不了微醉醺然。

单独写到灯火的，还有李贺这首《南园十三首》（其十三）：

小树开朝径，长茸湿夜烟。柳花惊雪浦，麦雨涨溪田。
古刹疏钟度，遥岚破月悬。沙头敲石火，烧竹照渔船。

我们对于李贺，似乎唯有“诗鬼”“牛鬼蛇神”那等阴冷的印象。实际上，这位诗人笔下，也一样有“云烟绵绵，不足为其态”“春之盎盎，不足为其和”的字句表达。这一首诗所写到的，就是一个光色跃动、富于生意的春日园林。诗歌的第一二句，写出了园中草木，无论早晚俱可栖迟的美好——不论是早晨蜿蜒于小树之间的林中小径，还是被夜气熏染成一团烟绿的路边草色，都让人忘我流连。至于柳花雪浦，写出的是春

［南宋］佚名《清溪风帆图》

逝难追的惊痛；麦雨溪田，则是随着夜色到来而发生的暗涌与鼓荡。古刹里遥遥响起的疏钟，强化了夜的寂静，也有着超越时间的隽永。“破月”一语，是典型的李贺。此时的月光，显然就不再是明明不辍的朗照，而是飘拂于山气当中，几处昏昏的晕黄。这个时候，滩上的敲石取火，船上的烧竹照明，慢慢地点燃了这夜色。可见唐人笔下的春夜，除却自然，人的活动也一样写满了意趣和诗情。

不止江上，泛舟于溪，也会遇到一个叫人沉醉的春夜。綦毋潜有《春泛若耶溪》一诗，所写正是这样一幅图景：

幽意无断绝，此去随所偶。晚风吹行舟，花路入溪口。
际夜转西壑，隔山望南斗。潭烟飞溶溶，林月低向后。
生事且弥漫，愿为持竿叟。

际夜，也就是入夜。从这一句开始，诗人笔下的景象便都隶属于春夜的若耶溪。此时的南斗，已经隔山在望。月儿悬在林梢，越来越低，似乎就要坠到树林当中。溪水凝着水气，在夜色中，在月光下，成了有着溶溶之态、缥缈迷茫的烟色凄迷。置身这样一个所在，幽意自然注满襟怀。

五、夜来烟雨满

除了这些春月春江，发生于春夜的雨，也总有着格外动人的腔调。写到春夜雨事的唐人诗章，最著名的，仍数老杜那首《春夜喜雨》：

好雨知时节，当春乃发生。随风潜入夜，润物细无声。
野径云俱黑，江船火独明。晓看红湿处，花重锦官城。

夏夜的雨，大多都是暴雨，可以荡涤心神，使人快意；秋夜的雨，总与萧瑟凄楚划着等号，易生愁情；冬夜的雨，从来是寒雨冷雨，令人倍感其苦；唯有这春夜的雨，一向都是细雨，是好雨，是喜雨，令人由衷而生欣悦之情。杜甫这首诗的好处，就在它写活了春雨的特点，更将春夜逢雨的喜悦抒发得淋漓尽致。“好雨”一联，写出了这雨的灵性——它到来得如此及时，又是如此的不迫从容。颔联是这首诗最广为传诵的句子，它的精彩，在于绘出了这雨的神情——没有暴烈也没有酣畅，除了温柔还是温柔。不标榜什么，到来全在不经意间；不惊动什么，有所作用却能够不留丝毫痕迹。来到颈联，所写又是下雨时夜的状态。野径俱黑的云，唯有江船灯火独明，所道出的，就是一个未受丝毫惊扰、依然寂静的夜。所以，这样洒落的雨，也不会产生“花落知多少”的效应。早起看到的，不过是带着湿意的红色提示着昨晚的雨，而整个城市，依旧繁花簇簇，宣告着春正当时。

李商隐《寄怀韦蟾》一诗，也写到了春夜的雨：

谢家离别正凄凉，少傅临岐赌佩囊。
却忆短亭回首处，夜来烟雨满池塘。

李商隐真是擅长写夜雨的诗人。一首《夜雨寄北》，无论是“巴山夜雨涨秋池”，还是“却话巴山夜雨时”，都不知牵动了多少代人的情肠。不过，那一场是秋天的雨。而出现在《寄怀韦蟾》当中的，却分明是场春夜的雨。诗歌题为“寄怀”，显然是一首与别情有关的作品。首句言分别的凄凉，次句又及分别时的种种，可是在这分别中缠绕最深的，还是那样一个烟雨池塘的场景。其实这个场景，不啻别情的写照。“夜来烟雨满池塘”，用“烟雨”，可见其洒落无端，凄清迷茫；称“夜来”，则又见去来之无迹；着一“满”，易知其充塞无边，弥天盖地。而这一句，勾勒的正是短亭回首之所见，这样便自然勾勒出了满怀幽绪，满怀凄迷。

显然，春夜的雨，可以喜，也可以忧，甚至，还可以清而且奇。戴叔伦《兰溪棹歌》所写，就是这样奇异的雨：

凉月如眉挂柳湾，越中山色镜中看。
兰溪三日桃花雨，半夜鲤鱼来上滩。

从诗歌开篇来看，这写的明显是雨后宜人的夜色。凉月如眉，写出了这夜色的疏朗与凉爽。而在这一眉山月的映照下，雨后的溪水如明镜般光可鉴人，越中青碧的山色，在这镜里倒映，仿佛可看、可掬。这几日未曾停过的春雨，拂落了桃花，也新涨了溪水。于是，趁着这月色星星，更趁着这春水鼓荡，半夜就有许多的鲤鱼游上溪头浅滩。这有着奇幻瑰色的画面，就是春夜山溪，所特有的欢快，所特有的童话色泽。

六、春夜良宴会

春夜，就是这么的美好，这么的叫人沉醉陶然。所以，在春夜背景下发生的那些个相会，每每也有着格外动人的面庞。杜甫《赠卫八处士》，就是其中最为典型的一个例子。诗曰：

［北宋］赵令穰
《春晓图页》

人生不相见，动如参与商。今夕复何夕，共此灯烛光。
少壮能几时？鬓发各已苍！访旧半为鬼，惊呼热中肠。
焉知二十载，重上君子堂。昔别君未婚，儿女忽成行。
怡然敬父执，问我来何方。问答未及已，驱儿罗酒浆。
夜雨剪春韭，新炊间黄粱。主称会面难，一举累十觞。
十觞亦不醉，感子故意长。明日隔山岳，世事两茫茫。

老杜笔下的这场相逢，用平淡的语句娓娓道来，却写出了人们内心当中最深恻的情感——关于友谊，关于年岁，关于暌违，关于人生。人生的常态，就是聚少离多；年岁的常态，又是青春不常，鬓发易苍；友情的珍贵，就在于面对旷日持久的离别，偶一相逢，居然能够保持着不变的热度。人生之弥足珍贵，就在于在这匆匆不断的变化中，总有一些恒定不变的事物值得依傍。这场春夜中发生的重逢，最动人的字句，是“今夕复何夕，共此灯烛光”，那种扑面而来的喜悦，几乎要令人泣下；还有“夜雨剪春韭”，那样一种跃出纸面的清新，以及同

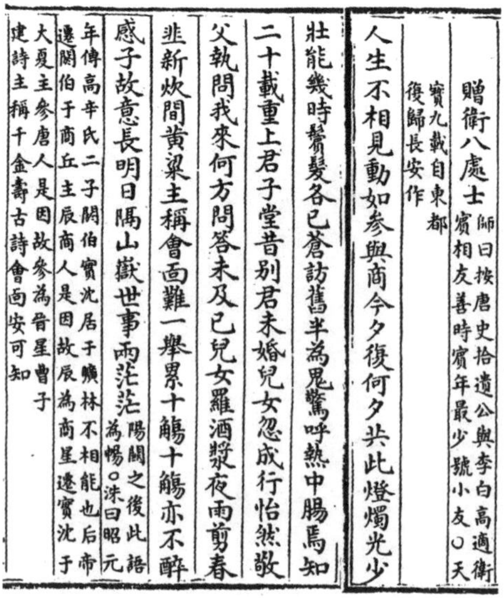
贈衛八處士 師曰按唐史拾遺公與李白高適衛賓相友善時賓年最少號小友○天寶九載自東都復歸長安作
人生不相見動如參與商今夕復何夕共此燈燭光少壯能幾時鬢髮各已蒼訪舊半為鬼驚呼熱中腸焉知二十載重上君子堂昔別君未婚兒女忽成行怡然敬父執問我來何方問答未及已兒女羅酒漿夜雨剪春韭新炊間黃粱主稱會面難一舉累十觴十觴亦不醉感子故意長明日隔山嶽世事兩茫茫 陽關之後此語為暢○洙曰昭元年傳高辛氏二子閼伯實沈居于曠林不相能也后帝遷閼伯于商丘主辰商人是因故辰為商星遷實沈于大夏主參唐人是因故參為晉星曹子建詩主稱千金壽古詩會面安可知

杜甫《赠卫八处士》
（书影选自《集千家注杜工部诗集》）

样跃出纸面的殷勤，都写出了这场重逢在主宾心中引发的激荡。有了这样一场重逢，再一次感受到十觞不醉的旧意深长，就算明天仍然要面对两茫茫的世事，继续旷日持久的离别，却也足以抵偿得过了。

老杜的重逢在平淡中可见深长。另外一场春夜之会，虽然是送别友人，却在叹惋中构筑了从容澹荡——

银烛吐青烟，金樽对绮筵。离堂思琴瑟，别路绕山川。
明月隐高树，长河没晓天。悠悠洛阳道，此会在何年？

〔陈子昂《春夜别友人二首》（其一）〕

陈子昂此诗，一扫我们所惯见的慷慨，出之以雍容。银烛金樽，是春夜里明晃晃的富贵气象；离堂别路，是襟袖间缠绕的别离气象；明月之隐于高树，长河之没于晓天，让我们看到了春夜的趋于结束，满纸都是清意流溢；最后两句，终之以叹息，却无更多的凄惶。这大概就是唐代人对待离别的态度了——再不舍，哪怕需要用一整夜来完成送别，也不致肝肠寸断，涕泪涟涟，反而总有一份阔大的怀抱，伴之以宁静的神情，在其间存现。

七、片时春梦永

另外，既然是夜，就免不了有梦——虽说春梦总是逝去了无痕迹，可偶尔记下来那么几笔，却也还是骀荡艳冶已极。像岑参所记，就是那样一个无边的“春梦”：

洞房昨夜春风起，遥忆美人湘江水。
枕上片时春梦中，行尽江南数千里。

（《春梦》）

看惯了岑参那些有着磅礴大气、陆离光色的边塞诗，乍一看这旖旎的春色，还真是有点不惯。这一首诗，出色处其实还不在旖旎缠绵，而是它把这份旖旎缠绵写得似乎没有尽头——在没有休止的行进中，反倒是有一种滔滔滚滚的气势。枕上片时，与倏然行尽的数千里江南，这对照之强烈，让我们看到了梦的特性。除此以外，还有相思的力度。正如沈祖棻先生所言，此诗之佳，“是用时间的速度和空间的广度，来显示感情的强度和深度”，故而“虽嫌迷离，终觉美好”。

八、春江花月夜

不过，唐人蓄满笔墨、情感和诗心描绘而成的春夜，首推仍是张若虚的《春江花月夜》。这一首诗，不但是春夜的全面亮相，更被称为“孤篇压倒全唐”之作。在闻一多先生眼中，它就是“诗中的诗，顶峰上的顶峰”——

如果刘希夷是卢、骆的狂风暴雨后宁静爽朗的黄昏，张若虚便是风雨后更宁静更爽朗的月夜。

在这种诗面前，一切的赞叹都是饶舌，几乎是亵渎。它超过了一切的宫体诗有多少路程的距离，读者们自己也知道。

如果说，前面举到的诗篇都不过“浅吟低唱”，那张若虚的《春江花月夜》，就不啻为一场规模宏大的音乐会——既有纷繁，也有浩荡，更见敻绝与深挚。其间每一个音符，都映证着春夜里的每一桩美好，也歌吟着这春夜里特有的沉醉喜悦，还有那联翩的意绪。这一曲春夜浩大的赞歌这样写来：

春江潮水连海平，海上明月共潮生。

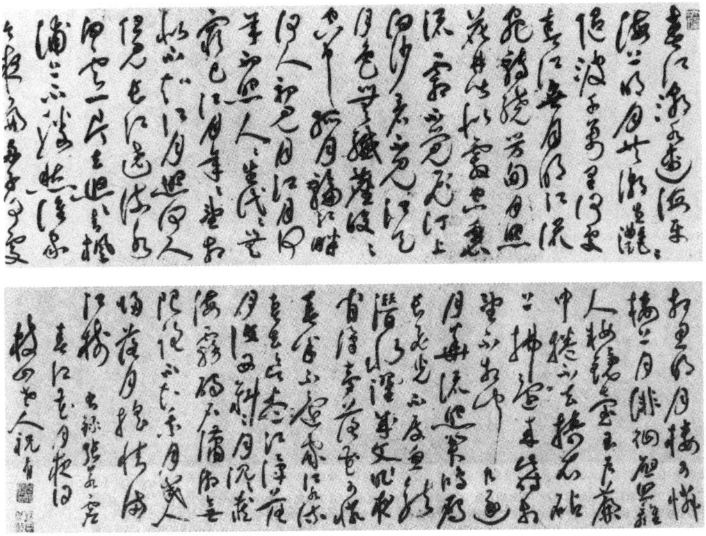

［明］祝允明书《春江花月夜》

滟滟随波千万里，何处春江无月明。
江流宛转绕芳甸，月照花林皆似霰。
空里流霜不觉飞，汀上白沙看不见。
江天一色无纤尘，皎皎空中孤月轮。
江畔何人初见月？江月何年初照人？
人生代代无穷已，江月年年只相似。
不知江月待何人，但见长江送流水。
白云一片去悠悠，青枫浦上不胜愁。
谁家今夜扁舟子？何处相思明月楼？
可怜楼上月徘徊，应照离人妆镜台。
玉户帘中卷不去，捣衣砧上拂还来。
此时相望不相闻，愿逐月华流照君。
鸿雁长飞光不度，鱼龙潜跃水成文。
昨夜闲潭梦落花，可怜春半不还家。
江水流春去欲尽，江潭落月复西斜。
斜月沉沉藏海雾，碣石潇湘无限路。
不知乘月几人归，落月摇情满江树。

《春江花月夜》，这个题目本来是乐府旧有之题，传说为陈后主所创制。这个题目本身就是极富诗意的，因为它汇聚的五种事物，无一不具备美好的特质——拥有郁勃生机、唤醒并化育万物的春，拥有不息奔流之势、波光浪影映照着周遭的江，加花之绚烂，月之皓皎莹澈，夜之深邃宁静，汇聚一处，就等于叠加以及放大的美。同一个题目，在张若虚之前，隋炀帝杨广也写过两首。其中一首，最为后世所称道：

暮江平不动，春花端正开。流波将月去，潮水带星来。

黄昏时候的江面，有着其他时刻所无的平缓与柔美。春花正值时节，开放得异常绚烂，光色耀人。月色仿佛随着江水一同流淌，不难想见这月光的徘徊会给江面带来怎样的色泽，而江水的不息奔流，又会赋予这月光多少生动的况味。于月之外，星也随着潮水轻漾。星月的交辉，又映照在春江的点点波光之上。可以看到，这首诗完美地做到了切题。这首诗的高明，就在诗人笔下，春、江、花、月、夜所成就的那一派明皓的月色星影，潮水波光。

而张若虚的杰出，恰恰在于他的诗作没有止步于“切题”一层，止步于人们司空见惯的一般化的优美。他不但把这么一首春夜的咏叹演绎到极致，甚至超越了单纯可感的美好，赋予寻常画面以超乎寻常的格局——那样一种异常阔大与明亮的背景、异常深邃更夐永的思绪，加上异常真挚并深沉幽长的情感。春、江、花、月、夜来到张若虚笔下，就褪尽了庸常的外衣，拥有了浩大和空灵，逸荡与深邃，让我们充分看到了，所谓大唐的胸襟与气韵，在这样一个春夜里，会有怎样的呈现与表达。

首先出场的是春江，而且，这是一条与海相连、潮与海平的春江。这样一个定位，就没有任何狭小可言——一条江的奔涌，让观者体味到海的存在与气息，这是何等样的开阔与大气！这样的视野与画面，所拥有的，就是不同凡响的气度、超乎寻常的壮美。在这样一个背景下，月亮的登场就更显磅礴，带有能够撼动人心的庄严——仿佛生自波涛的深处，与浪潮一并涌动。以往所有的句子，都在这样一个“生”字面前变得黯然——这是怎样一种亘古恒定的生生不息的力量！就好像世间的万事万物，都是从此间化育的一般！

顺着这苞含天地、吞吐古今的气势，诗人为我们呈现的，就是一种可以照彻整个宇宙的美——那样的明亮、那样的庄严，全无瑕疵，与尘垢绝缘。随着江流涌动，那一轮喷涌而出的皓月，纵情挥洒着皎洁莹白的光。在它的照耀下，整个世界变得纤尘不染、通体透亮。不难看到，在张若虚的《春江花月夜》中，花只是匆匆一现，月才是这个世界的唯一灵魂——它净化着周遭的一切，也提升了其间美的品格。月，是这春夜的成就者；月，也给予这春江永恒的生命。正是因为这样的景象具有撼动人心的庄严，所以它所引发的联想与思考就必然有着一样庄严阔大的格局。诗人在这样的月光照拂下，不免开始思考整个宇宙、人生，开始思考什么才是真正意义上的永恒无限，而在这样的永恒无限面前，渺小有限的生命个体该如何超越与救赎，如何实现不朽。

于是，这样的发问很自然就来到我们眼前——“江畔何人初见月？江月何年初照人？”一切初始的那个点在哪里？而我们每个人在这样一个奔腾不息的历史长河中，又处在什么样的位置？一切都永不停息，一切都周而复始。那在这周而复始的变化中，我们能够拥有的又是什么？这就是闻一多先生不断赞叹的“更夐绝的宇宙意识”，它让我们看到：

一个更深沉，更寥廓更宁静的境界！在神奇的永恒面前，作者只有错愕，没有憧憬，没有悲伤。

诚如闻一多先生所言，张若虚的难得，就在于面对这样无垠的永恒，他没有呈现出半点傲慢，或者是傲慢的反面——终于徒劳的哀毁与绝望。他只是平静地凝视着这一切，呈现出最为难得的“冲融和易”。而紧接着，诗人又从这浩瀚无穷的宇宙，从这阔大辽远的思考中收回了目光。当他看向同样“无穷已”的人生时，诗人敏感地发现：在周而复始的行进与变化当中，我们也有着可以对抗永恒的力量——因为在这“代代无穷已”的人生中，同样“代代无穷已”的便是人世间的色色情感。加上人生总是聚少离多——相聚总是短暂，离别方是恒常。所以相思与离愁，就成了世间情感最主要也最真实的内容。“谁家”“何处”两句，写出的是情感这一主题的普遍性，也是相思与离愁的普遍性——只要置身世间，就不免于此。离别之不舍，相思之苦楚，大概是行走于世间，每个人都要经历的考验。不过幸好，在经受这一切的时候，能够抚慰心神的，总有空中的那一轮皎洁。卷不去，拂还来的，是月光，当然也是这无从断绝的思念。相望不相闻的，还是那同一轮皎月，所以思念到了浓时，就会想要随着这月光去到那人身边。这月光行处停处，似乎都在传递着相思的字句，也在告慰着，那些因相思而煎熬的心魂。如果说，诗歌前半部分的月光有净化的作用，令得天地为之一清，那么，后半的月光就仿佛有着疗救的效能，可以叫人心间为之一暖。

闲潭落花之梦，诗人的笔触从泛化的观照中又回到了春夜春江。而在四季当中，春是最叫人倍感迅疾的一个季节。春来春去，似乎就在告诉你美好是如此地经不起虚掷，经不起蹉跎。所以，看到江水流春，落月西斜，自然就会心生叹息——“可怜春半不还家”——这个时候泛起的相思，虽然没有秋夜的凄清，却一样不知该如何才能克服，才能祛除。幸而唐人，总是以一副乐观的胸怀面对着世间种种——即便彷徨于斜月沉沉，无力于碣石潇湘，也依然可以体会到“落月摇情满江树”的无尽温情。

郑临川先生追忆他的老师闻一多先生，有一段文字很是动人，其中就提到了《春江花月夜》的煞尾两句——

最难忘怀的是先生在课堂上讲张若虚的《春江花月夜》煞尾两句留下的深刻印象。当先生无限深情地念完“不知乘月几人归，落月摇情满江树”两句诗时，接着就分析说：“这一片摇情的落月之光，该是诗中游子（扁舟子）情绪的升华，也是诗人同情怀抱的象征。它体现了这个流浪者在思想中经过一番迂回跌宕，终于把个人迫切的怀乡情绪转化为对天涯旅客们命运的深切关注，他多么愿意像落月一样用这最后的光辉照送他们及早赶路回家。在这里，诗人就把他前面敻绝的宇宙意识跟后面这种强烈的社会意识紧密结合起来了。”（《笳吹弦诵传薪录：闻一多、罗庸论中国古典文学》）

罗宗强先生关于这首《春江花月夜》后半的议论也十分精彩，他在《唐诗小史》中这样写道：

这纯为对于人生的美好感受与哲理思索中产生的对生命短促的悼惜的淡淡感伤，由这感伤而又生发了月长圆、人长聚的强烈向往，由这向往才产生了对相思离别的怅惘。感伤与怅惘的情思，有如滟滟万里的月色波光，流注在一个个或一人或一处的离别与相思的境界里。最后又生发为哲理的思索：在如此明丽纯美的春江月夜，几人踏月归来，把相思离别的感伤与怅惘散落在江边树上。

实际上，张若虚这首《春江花月夜》之所以能够孤篇横绝，就在于诗人的目光没有拘囿在某一个具体的所在——首先没有止于眼前这绝美的春江月色，反而是投向了时空的深处，探寻着来源，也含咀着古今；其次还能够从宇宙的探问中收回目光，又望向尘世的种种，看到别离与相思的恒常。这目光，有敏锐与创造的感知力，也有夐远而深沉的思辨性，同时，它还蓄满了诗意与深情。整首诗，就好像这春天的夜晚，可以起人遐思，也可以令人沉醉陶然，甚至，还可以予人以震撼和感发——王夫之所谓“动古今人心脾，灵愚共感”，此言果然非虚。

可以说，张若虚这首《春江花月夜》，再现了一个绝美的春夜，也重新塑造了一个无法超越的春天夜晚。这首诗歌的美好，分明已经打破了“人生代代无穷已”的枯索重复，始终都保有着那样一份震撼心魂的鲜活和情思。这个春夜，起于月生，终于月落，随月而出的，是叫人屏息凝神的华美与绚丽、深邃与空灵；而随着这落月洒满江树，在天地间摇曳生姿的，又是那萦绕如一、亘古不移的万千深情。